KB138581

제가 그 둘쨉니다

육삼 이혜경 등단 10년 소설집

CONTENTS

제가 그 둘쨉니다

육삼 이혜경 등단 10년 소설집

작가의 말

한때 문학 소녀였다든가, 백일장에서 장려상이라도 받아본 경험이 있다든가, 그도 아니면 꾸준히 일기라도 썼다면 소설쓰기가 좀 수월했을까. 이른 결혼으로 중단했던 공부를 다시 시작하면서 소설의 길에 첫발을 디뎠다. 무언가를 써야 한다는 강박에 사로잡혀 파편적으로 들었던 지인의 경험담에 설정을 입혀 첫 단편소설을 완성시켰다. 타고난 재능이 있어야만 소설을 쓸 수 있다는 편견을 걷어낸 순간이었다. 소설은 특별하거나 거창한 이데아가 아니라 우리가 부대끼며 살아가는 현실 이야기라는 사실을 그때 알았다. 그렇게 다작을 해온 지 올해로 등단 십 년째를 맞는다. 그런데도 변변한 작품 하나 발표하지 못했다. 재등단을 노리며 부단히 공모전에 투고했지만 역부족이었다.

두 편의 작품이 최종심에 오른 경험으로 조금 더 노력하면 될 줄 알았는데, 작중 인물에 대한 치열한 천착이 부족했다.

소설은 결국 울림이 있는가의 여부이다. 그러니까 인간에 대한 이해의 과정인 셈이다. 인간에 대한 이해란 무엇에 사로잡혀 다음 단계로 나아가지 못하고 멈춰서 있는 문제적 인물들을 헤아리는 것이다. 그 무엇은 또, 어느 날 문득 주체에게 시비를 걸어온 낯선 상황에 대한 불편한 기억이리라. 불온한 기억은 너무나 지독해서 도둑처럼 무의식에 스미어 주체에게 방어기제로서의 심리를 유도해낸다. 바로 트라우마다. 보무도 당당히 살아가야 할 현재가 과거에 간섭 당하는 상황에 놓인 것이다. 모든 병통의 원인인 무의식을 의식 속으로 통합시키지 않으면 영영 그 고통에서 벗어날 수가 없다.

부단히 전진하기를 소망하면서도 한순간의 기억에 붙들려 멈춰서버린 이 세상의 모든 문제적 인물들을 재판정에 세우는 심정으로 소설을 썼다. 실존이 본질에 앞서는 인간이란 존재에게 이쪽으로 가라고 정해진 길이 어디에 있으며 또 이렇게 살라고 정해진 삶의 방식이 어디 있겠는가. 수없이 흔들릴 때마다 선택과 결단을 강요받도록 운명 지어진 존재가 인간 아니던가. 그래서 나는 문제적 인물들이 살아있음으로 해서 흔들릴 수밖에 없는 실존적 운명과 맞서 새롭게 결단할 수 있는 장을 마련해주고 싶었다. 소설은 인물과 상황 설정이 제각각일지라도 결말은 항상 같다. 문제적 인물들은 위기상황을 어떤 식으로든 끝내고 방황에 종지부를 찍으면 다음 단계로 도약하게 된다. 따라서 세상의 모든 소설은 자아실현이나 자아완성으로 마무리되는 성장소설의 플롯을 지닌다고 할 수 있다.

맨 주먹 붉은 피로 절박하게 시작한 소설의 길이다. 내 소설의 화자가 모두 일인칭인 이유이다. 우주의 중심은 객체가 아닌 주체라는 생각에서 일인칭시점을 고집해 왔다. 삶과 죽음이 공존하는 삶에서, 나는 예기치 않은 사건과 이를 둘러싼 주변인들의 반응이 강렬한 대조를 이루는 삶의 단면을 전경화 시켜 보여주고 싶었다. 소설적 형상화를 위해 충격적인 반전으로 울림을 주고 싶은 열망이 컸지만 아직은 턱없이 부족하다는 것을 실감한다. 좋은 소설을 쓰겠다는 열정으로 가열하게 노력한다면 소설적 진화를 이룰 것이라 믿어 의심치 않는다.

등단 십 년 만에 육삼 이혜경으로 출간하는 이 소설집을 필두로 나의 소설쓰기는 비로소 첫걸음을 뗀 것이나 다름없다. 그동안의 졸작을 출간하겠다고 용기를 낸 데는 문우이자 출판사 대표인 홍남권 작가의 힘이 컸다. 아무런 준비 없이 소설의 길에 발을 담그면서부터 지금까지 소설을 지도해준 신용성 스승님께 감사를 드린다. 그리고 바쁜 중에도 흔쾌히 작품론까지 써주신

은혜 또한 백골난망이다. 또 소설쓰기에 대한 고민으로 전화기가 뜨거워지도록 같이 수다를 떨었던 부산 출신 문우 김민혜에게도 고마움을 전한다. 오랜 투병생활을 하시다 돌아가신 아버님, 구 년 동안 묵묵히 아버님을 간호하시면서 아홉 남매를 길러내신 어머님의 노고에 머리 숙여 감사하다는 말씀을 올린다. 아울러 나의 형제자매인 혜란 언니, 혜명, 정란, 정임, 정현, 금현, 동호, 창환이에게도 고맙다는 말을 전한다. 마지막으로 늘 가까이서 엄마를 응원해준 딸 은주, 아들 상욱에게 이 소설집 『제가 그 둘쨉니다』를 남기고 싶다.

2017년 8월 15일
육삼 이혜경

블랙아웃

블랙아웃

차창 밖으로 펼쳐진 가을 들녘은 황량했다. 군데군데 늘어놓은 원형짚단 위로 쨍쨍한 햇살이 내리쬐고 있었다. 짚단을 묶은 하얀 비닐에 반사된 한 줄기 빛이 비수처럼 눈을 찔렀다. 눈을 돌릴 틈도, 피할 사이도 없었다. 빛의 속도는 시신경이 뇌에 전달되어 반응하는 속도보다 빨랐다. 시신경을 건드렸던 빛의 잔영이 어둠 속에서 현란하게 형체를 바꾸었다. 송곳에 찔린 것 같은 편두통으로 버스 등받이에 몸을 기댔을 때 전화가 걸려왔다.

대체 형은 왜 이렇게 연락이 안 되는 거야? 코리언시리즈 보러가잔 게 누군데.

전화기를 통해 들려오는 동생의 목소리에 짜증이 묻어 있었다. 그를 형이라고 부르는 동생은 나보다 먼저 그를 우리 가족으로 받아들였다. 집안에 틀어박혀 게임만 하던 동생에게 처음 야구방망이를 쥐어준 것도, 동생이 나 아닌 다른 누구에게 친밀감을 보인 것도 그가 처음이었다. 블라인드로 햇빛을 차단한 어두침침한 방에서 나올 생각을 안 하던 동생이 첫 외출을 시도했을 때, 나는 그와 가족이 되어도 좋겠다고 생각했다. 일주일에 두어 번 정도는 동생 방에서 잠을 자고, 밥 먹고 난 그릇도 깨끗이 설거지 해놓는 그는 이미 한 가족이었다. 이런 사실을 눈치 챈 그의 어머니가 나를 보자고 채근했지만 중요한 시험을 핑계로 번번이 미루어왔다. 그녀의 초대에 응한 것은 사법시험에 합격한 지 사흘째 되던 날이었다. 자신의 어머니를 뵙는 것은 단순한 통과의례일 뿐이니 그냥 편하게 만나 뵈라고 했던 그는 막상 방관자처럼 굴었다.

부모님이 일찍 교통사고로 돌아가셨다고?

그의 어머니가 수사관처럼 나를 훑으며 한 말이었다. 화려한 장식의 클래식 소파에 등을 기대고 앉은 그녀가 때마침 걸려온 휴대전화를 받으며 혼잣말처럼 내뱉었다.

어쩐지 표정이 어둡다했더니.

키가 작고 뚱뚱한 몸피에는 어울리지 않을 하늘거리는 홈드레스를 입은 그녀가 차를 빨리 내오지 않는다며 도우미 아주머니에게 짜증을 내고는 베란다 문을 열었다.

찻잔을 내려놓으며 곁눈질로 나를 살피던 도우미 아주머니와 눈이 딱 마주쳤을 때 나는 황급히 거둔 눈길을 어디에 둘지 몰라 고개를 돌렸다. 겨드랑이 사이에 휴대폰을 낀 그의 어머니가 거실 창과 맞닿아 있는 넓은 테라스에 앉아 이름 모를 화초에다 물을 주고 있었다. 식은땀으로 범벅이 된 나는 몸피를 줄여 무성한 관엽식물 속으로 뛰어들고만 싶었다. 내가 결혼에 매달린다는 인상을 받는 것보다 취조하는 듯한 눈길을 더 못 견뎌한다는 것을 알 리 없는 그는 휴대폰 게임에만 열중해 있었다. 나를 배웅하겠다며 일어서는 그를 눌러 앉힌 그의 어머니가 현관문을 닫으며 말했다.

곧 연락 주마.

엘리베이터를 타고 로비로 내려왔을 때 남색 유니폼을 입은 데스크 여직원이 가볍게 목례를 했다. 건물을 나와 우측으로 이어진 길을 따라 걸어갔다. 대로변에 선 사람들이 바닥을 가리키며 심각한 표정을 짓고 있었다. 싱크홀은 인도에서 일 미터 가량 떨어진 지점에서 시작되어 8차선 대로를 동강내면서 건너편 3차선 도로까지 이어져 있었다. 수도관이 파열되었는지 붉은 황톳물이 무너진 흙벽을 따라 폭포처럼 밑이 보이지 않는 깊은 곳으로 쏟아져 내렸다. 시커먼 아가리를 벌리고 있는 싱크홀과 찢어져 너덜거리는 아스팔트 위로 내리쬐는 햇살은 내가 사는 세상과 그가 사는 세상의 경계선처럼 느껴졌다. 세상에 또 꺼졌

어! 세상이 미쳐가나 봐. 제 기능을 상실한 채 흉측한 민낯을 드
러낸 도로 앞에서 걸음을 멈춘 사람들이 저마다 한 마디씩 내뱉
었다. 그의 어머니에게 전화가 걸려온 것은 그때였다.

결혼, 없었던 걸로 하자.

그의 집에서 이곳까지 걸어오는 데는 7분도 채 안 걸렸다. 그
러니까 그의 어머니가 아들의 파혼을 결정하기까지는 십 분도
걸리지 않았다는 것을 의미했다.

호수에는 모가지를 길게 늘어트린 물오리 한 쌍이 부리를 비
벼대고 있었다. 물오리 주변으로 물새 떼들이 몰려들었다. 물오
리가 물갈퀴로 물을 휘저을 때마다 물결이 원을 그리며 퍼져나
갔다. 그 물결 안에서 소금쟁이 한 마리가 어지럽게 돌면서 동
심원을 넓혀갔다. 집으로 가는 걸음을 돌려 호수공원으로 그를
불러낸 건, 파혼통보는 그의 어머니로부터 들어야할 게 아니었
기 때문이었다.

세상이 웃겨.

두 시간씩이나 기다리게 해놓고 딴전을 피우는 그가 더 웃겼
다. 능청을 떠는 그는 내가 무슨 말을 꺼낼지 알고 있다는 표정
이었다. 필요 이상으로 톤을 높이는 목소리가 억지스러웠다. 과
장된 그의 행동은 미리 내 입을 막겠다는 얄팍한 의도가 숨겨져
있는지도 몰랐다. 내 기분 따위는 안중에도 없다는 듯, 툭 한마

디 던져놓고 딴 얘기를 하는 그가 내 부아를 돋웠다.

뭐가 웃긴데?

우리 집 앞에도 싱크홀이 생겼더라고.

그게 뭐.

서울 시내에 싱크홀이 생겼다는 것은 엊그제 얘기도 아닌데 호들갑을 떠는 모양새가 우스웠다. 그 따위가 지금 중요해? 목구멍까지 올라온 말을 삼키자 돌연 현기증이 일었다. 싱크홀 깊숙이 빨려 들어가는 기분이었다. 다리가 풀리면서 나는 그대로 주저앉았다.

왼쪽 무릎을 구부려 나와 눈높이를 맞추고 있는 그를 보았다. 흐트러진 눈매, 후줄근한 옷차림, 불과 몇 시간 전에 봤던 그의 얼굴은 면도를 하지 않은 것처럼 초췌해 보였다. 그의 어깨 너머로 뾰족하게 솟은 첨탑이 중세 유럽의 고성처럼 인공섬 한가운데 자리를 잡고 있었다. 한줄기 바람이 스치고 지나간 호수에는 주름주름 물이랑이 잡혔다. 호수에 떨어진 고성의 물그림자가 무너질 듯 비틀거렸다.

나를 부축하는 그의 손길은 쇠붙이처럼 딱딱했고, 굳어진 표정에는 권태가 묻어있었다.

얼른 일어 나.

팔을 잡고 있는 그의 손에서 악력이 느껴졌다. 그는 시비라도 걸어 싸우기를 작정한 사람처럼 말과 행동에 거침이 없었다. 알 수 없는 현기증으로 주저앉을 때마다 나를 일으켜주던 예전의 그가 아니었다. 자신 때문에 체했다고, 더위에 약하다는 걸 알면서 미리 챙기지 못했다고, 황사가 많은 이른 봄에 유람선을 타는 게 아니었다고, 농구장이 이렇게 시끄러운 줄 몰랐다며 나긋나긋한 손길로 나를 안아주던 그는 없었다.

어머님, 이유가 뭐래?

그만 고집 꺾고 병원에 가봐.

대체, 뭐가 문제래?

병원에 같이 가줄게.

내가 무슨 병에라도 걸렸다는 거야 뭐야?

응, 걸렸어.

단호하게 그렇다고 대답한 그를 노려봤다. 세상은 다시 혼란 속으로 빠져들고 있었다. 그동안 숨죽이고 있던 불안 덩어리가 그의 곁에서 줄곧 맴돌고 있었다는 것을 까맣게 몰랐다. 서늘한 바람이 둘 사이를 갈라놓았다. 붉게 물든 낙엽송에서 누렇게 색이 바랜 이파리가 두어 개 떨어져 흩날렸다. 바람에 헝클어진 머리칼을 쓸어 올리면서 나는 등을 돌리고 걸어가는 그를 노려봤다.

차창 밖 풍경이 도심으로 바뀌었다. 가방에서 거울을 꺼내 귀밑으로 내려온 머리칼을 올려 핀으로 고정시키고 옷매무새를 살폈다.

멈춰서 썩어버린 내 시간과 달리 아빠의 시간은 굽이쳐 흐르고 흐른 모양이었다. 내 기억에서 싹둑 잘라 망각의 주머니에 넣어 밀봉시켰던 아빠의 시간은 7년 전 그대로여야 했는데, 아니었다. 양 볼에 살이 오른 모습은 아빠 자신에 대한 배신이자 나에 대한 기만이었다. 편안해 보이는 아빠는 나와 동생을 세상의 불모지에 유폐시킨 자의 얼굴이 아니었다. 면회 순서를 기다리는 동안 잠시 가졌던 미안한 마음이 연기처럼 날아갔다. 딱히 기대하고 온 건 아니지만 아빠를 보러오지 말았어야 했다는 후회가 밀려왔다.

어제 꿈에 보이더니, 미안하다, 주은아.

아빠는 지난 시간들의 얼룩을 모두 지워버린 듯했다.

편해?

곧 사법연수원에 들어가겠구나, 고맙다.

칭찬 받으러 온 줄 알아?

면접, 곧 보겠네?

그런 게 왜 궁금한데?

죄인처럼 고개를 숙이고 있는 아빠를 봤다. 내가 왜 왔을까. 뱉은 말이 허공에서 메아리로 되돌아왔다. 더 이상 아빠를 속죄양으로 만들지 않겠다고 생각한 건 나쁘지 않았다. 그런데 막상 한 가정을 파탄으로 몰고 간 장본인과는 거리가 멀다는 듯 살이 오른 아빠를 보자 기만당한 느낌이었다. 충동적으로 이곳을 향해 방향을 잡았지만 중도에 돌아갈 생각은 없었다.

미안하다 주은아.

그렇게 미안하면 죽던가.

고개를 푹 떨어트리고 괜스레 머리를 긁적이고 있는 아빠에게 화가 났다. 아니, 만만한 아빠에게 거칠게 쏘아붙일 줄만 알았지 정작 말 한마디 건네지 못했던 불과 몇 시간 전의 나에게 화가 나서 견딜 수가 없었다. 그의 어머니에게 좋은 값으로 팔려가는 상품도 아닌데 왜 나는 죽은 자처럼 입을 다물었을까. 나도 모를 속물적 기대심리가 있었던 건 아닐까. 7년 전의 아빠는 절대로 만만한 사람이 아니었다. 한참 컸을 때까지도 아빠 손으로 구워주는 연둣빛 은행을 만병통치약으로 알 만큼 나는 아빠를 믿었다.

주은아, 미안하다.

면회 시간이 아직 남아있는데 돌아섰다. 내 뒷덜미를 잡아채듯 아빠의 미안하다는 말이 끈끈이처럼 귓가에 달라붙었다.

등을 보이고 앉았던 노랑머리 여자가 자리를 비우자 답답했던 시야가 뻥 뚫렸다. 맞은편 테이블에서 혼자 술을 마시던 남자와 시선이 마주쳤다. 남자가 눈을 깜빡거리며 추파를 던졌다. 레게머리에 코걸이까지 하고 술을 마시는 그가, 내가 있는 시공간을 흩트려놓았다.

면회를 끝내고 단골 주점까지 어떻게 왔는지 기억나지 않았다. 교도소에서 돌아오는 길, 끈덕지게 달라붙는 아빠의 목소리를 끊어내려고 머리를 쥐어뜯었던 것도 같았다. 교도소를 나오다가 생각이 바뀌어 사식을 넣어줬던 것도 같았다. 내 파우치를 열어서 무언가를 꺼냈던 것도 같은데, 기억나지 않았다. 오래된 필름처럼 희미하게 **떠오**르는 영상 하나가 머릿속을 어지럽혀 나는 거푸 술을 들이켰다. 빈속에 들어간 알코올이 혈액을 타고 빠르게 퍼져 뇌를 마비시켰다. 그런 와중에도 차분하게 정리된 하나의 생각은 7년이란 세월이 내게서만 멈춰 있었다는 사실이었다.

연신 히죽거리는 레게머리를 무시하고 나는 그 뒤의 벽을 응시하고 있었다. 자신을 본다고 착각한 남자는 보다 적극적으로 신호를 보내왔다.

꺼져, 거긴, 우리 자리야.

그날 술을 마시다 말고 그가 갑자기 주점 벽에 손가락과 휴대폰을 그렸다.

집게손가락과 휴대폰 키패드까지의 거리, 이게 우리 사이야.

착각하는 거 아냐? 너무 가깝잖아.

나는 벽의 그림을 보면서 웃었다. 그가 내 휴대폰을 테이블에 놓게 하더니 내 손을 끌어다 번호를 눌렀다. 그의 휴대폰 벨소리가 울렸다. 셔츠 안주머니에서 전화를 꺼내면서 그가 말했다.

이런 물리적인 거리가 때때로 마음의 거리보다 더 가까울 수 있다는 거 몰라?

나는 그의 말을 나를 인정해주겠다는 뜻으로 이해했다. 결혼이라는 굴레를 씌워 아내를 소유하려드는 여느 남자들과 달리 여자를 인격체로 존중해주는 그와 결혼할 수도 있겠다고 생각한 것은 그때였다. 그는 종로에서 만날 때면 꼭 이곳에 오는 거라며 그림 아래 '우리 자리'라고 썼다.

테이블에 팔꿈치를 붙이고 양손으로 턱을 괸 채 휴대폰을 봤다. 통화목록을 뒤적거리고 메시지를 확인했지만 그의 흔적은 없었다. 무겁게 내려앉는 눈꺼풀을 치뜨고 주방을 향해 소리쳤다.

은행 더 주세요!

벌써 몇 번째요, 안 그러시던 분이 오늘 왜 그러신데.

제가 어려부터 기관지가 좀 안 좋았거든요. 그래서 우리 아빠가 만날 나 먹이려고 은행을 주워왔다니까요. 빨간 코팅 장갑을 끼고 주우러 다녔다는 거 아녜요. 동네 사람들이 우리 아빠를 뭐라고 불렀는지 알아요? 은행경찰관……. 연두색……. 맞아요, 그 빛깔이 얼마나 고운지 아냐고요!

가을이 무르익으면 아빠는 은행이 가득 담긴 검정 비닐봉지를 들고 퇴근했다. 그때마다 엄마는 코를 틀어막고 잔소리를 퍼부었다. 구린내, 꼭 가난한 티를 내요. 그놈의 근천, 그만 좀 떨수 없어? 엄마가 그러거나 말거나 아빠는 은행을 추려 햇볕에

말린 다음 하루에 서너 알씩 구워서 내게 줬다. 들녘의 바람을 맞으며 자랐던 아버지는 어린 자신을 두고 집을 나간 어머니가 보고플 때마다 벌판을 내달렸다. 하늘과 맞닿아 보이는 들녘의 끄트머리 그 어디쯤에서 자신을 기다리고 있을 어머니를 생각하며 단란한 가정을 이루기를 소망했다. 아버지가 엄마의 잔소리를 묵묵히 견디며 눈물을 훔쳐냈던 이유였다. 연두색 은행 알의 고운 빛깔이 떠올랐다. 환청처럼 아빠가 부는 풀피리 소리가 들려왔다.

아빠는 틈이 날 때마다 어린 나를 데리고 들판으로 나갔다. 지천으로 널려있는 보라색 자운영, 하얀색 개망초, 벌개미취, 쑥부쟁이, 씀바귀, 원추리 등은 아빠가 알려준 들꽃 이름이었다.

가지 말 걸 그랬나, 아빠의 말이 계속 마음에 걸렸다. 얼굴이라도 보면 헝클어진 생각들이 정리될 줄 알았는데, 아니었다. 되레 잊었던 기억들이 생생하게 되살아났다. 그의 어머니가 부활시킨 기억의 단편들이 아빠를 만나면서 봇물처럼 터졌다. 끄집어내고 싶지 않은 기억들이었다.

무겁게 내려앉으려는 눈꺼풀 사이로 탁자 위 빈 소주병이 커졌다 작아졌다 요술을 부렸다. 머릿속은 잿빛처럼 뿌옇고 몸은 자꾸만 흐느적거렸다. 세상이 마술에 걸린 거 같아 실없이 웃음만 새나왔다.

비틀걸음으로 술집을 나왔다. 지나가는 사람들의 실루엣이 끝없이 이어지고 있었다. 앞뒤로 위아래로 내 주위를 뱅글뱅글 돌며 검은 그림자들이 춤을 추었다. 힘이 풀린 다리가 제멋대로 터덜거려 차도와 인도의 경계석에 주저앉았다. 무릎 사이로 고개를 파묻은 나는 좌우로 흔들거리다가 오뚝 일어섰다.

북가좌동 사거리!

택시 기사의 얇은 눈매가 룸미러로 얼비쳤다. 나를 흘깃거리는 기사의 눈을 쏘아보았다.

지긋지긋한 저 눈깔들!

시선을 돌린 차창 밖으로 세상이 비껴가고 있었다. 흔들리는 불빛을 따라 빌딩숲이 흔들리면서 내 몸도 따라 흔들렸다. 나를 흔드는 세상이 우스워 실소가 새나왔다. 아니, 세상에 흔들리는 내가 우스워 경박스럽게 웃었다.

웃겨, 이딴 세상에서 내가 뭘 할 수 있다고!

어릴 적 내게 했던 아버지 말이 머릿속을 들쑤셨다.

세상을 참답게 살기 위해 지식을 쌓아야지 욕망을 위해서라면 바보 같은 삶을 살게 될 거야.

나는 아버지를 맘껏 비웃었다. 세상에는 혼자서 해결할 수 없는 일들이 더 많았다. 현실은 일대일 법칙이 통하는 세상이 아니었다. 문제는 늘 스스로 가지를 치고 서로 얽히면서 점점 복잡해져갔다. 그 복잡한 세상살이에 휘둘리면서 나는 갈수록 단순명료해져갔다. 이제 내게 남은 건 바보처럼 살아가야 할 내일

들이었다. 아빠 말처럼 살아가기에는 너무나도 혼란스러운 세상이었다.

이 세상은 말야, 지식은 있지만 판단력을 상실한 나 같은 바보들만이 살아갈 수 있는 세상이라고!

나는 울렁거리는 속에서 역류한 신물을 꾸역꾸역 삼키며 눈에 힘을 줬다. 택시 기사가 혀를 차며 소리쳤다.

저 미친 년, 토하기만 해봐.

룸미러를 향해 소리를 꽥 질렀다.

어쩔 건데?

택시가 급정거를 했다.

몸을 일으키려다가 꼬꾸라지기를 반복했다. 뜻대로 움직여지지 않았다. 일어나려고 몸부림칠수록 뒤로 젖혀진 팔목이 조여왔다. 서늘한 기운이 전신을 휘감았다. 누군가의 부축을 거부하며 마구잡이로 팔을 휘둘렀다. 악을 쓰는 나를 뒤에서 제압하고 있는 남자를 올려다보았다. 낯익은 사람이었다.

보세요. 정상이 아닙니다.

경찰관이 혀를 내둘렀다. 바닥에 박살이 난 컴퓨터가 널브러져 있었다. 내 죄명은 택시미터기 파손과 공무집행 방해 및 경찰 폭행이라고 했다. 속이 메스꺼워지면서 구역질이 올라왔다. 상체를 들썩이며 게워내려 하자 경찰이 수갑을 풀었다. 화장실 변기 속으로 머리를 집어넣자마자 위장에서 토사물이 우르르 쏟아졌다. 헛구역질을 하며 손가락을 입안으로 넣어 위장을 모두 비워냈다. 변기 레버를 누르자 토사물이 회오리물살을 일으키면서 구멍 속으로 빨려 들어갔다. 거울 속에 비친 몰골은 처참했다. 긴 생머리는 헝클어졌고, 광대뼈 부근에는 퍼런 멍이 올라오고 있었다. 목은 붉은 손자국으로 얼룩이 졌고, 단추가 세 개나 떨어진 바바리는 겨자 색 티셔츠를 내보인 채 벌어져 있었다. 군데군데 까져 있는 손등과 멍이 든 팔목은 흉측스러웠다.

지구대에서 경찰서로 옮겨졌지만 여전히 기억은 가물거렸다. 형사는 지구대에서 꾸며진 조서를 보면서 물었다. 기사는 내가 목적지를 대지 못할 만큼 취해 손가락으로 이리저리 방향을 가리켰다고 말했다. 별안간 차를 세우라고 고함을 질렀고, 차가 멈추자 조수석 문을 열고 기물을 부쉈다는 것이다. 외운 듯 막힘없이 대답하는 택시기사의 일방적인 말을 믿을 수가 없었다. 기억에도 없는 지구대에서 작성한 조서도 그랬다. 기억을 떠올리려 애썼지만 소용없었다. 파편화된 기억이라도 사건의 실마리를 풀 수 있는 단서가 될 수 있을 것이다. 맥없이 흘러가는 시간들이 조급한 마음을 부채질했다. 그럴수록 머릿속에 떠오른 아빠가 생각의 흐름을 방해했다. 그가 자판기에서 커피를 뽑아왔다.

무조건 합의부터 봐야 해. 면접에 영향을 줄지도 몰라.

이제 와서 뭔 상관이야?

미안해. 엄마랑 얘기 하느라 연락을 못했어.

나는 그의 탓이 아닌데 화가 났다. 처음부터 그가 이런 변명이라도 해줬더라면 아빠를 만나러 가는 일도 없었을 것이다. 그 시간에 그와 동생이 LOL게임을 하는 것을 지켜보고 있었을지도 몰랐다. 친구들과 당구장에 가는 그를 따라갈 수도 있었고, 그러다가 홍대 클럽에서 힙합공연을 볼 수도 있었다.

엄마 말 무시해. 결혼은 우리가 하는 거야.

그가 또 나를 당혹스럽게 했다. 나를 당황시키는 그를 볼 때마다 아빠가 떠올랐다. 그에게서 아빠의 그림자를 발견하는 것은 괴로운 일이었다. 내가 철이 들기 시작한 것은 엄마의 위세를 감당하려는 아빠에게 힘을 보태는 역할을 배우면서부터였다. 아빠를 두둔해서가 아니었다. 엄마의 잔소리에 친숙해지지 못하는 아빠의 고지식한 성격이 안타까워서였다. 엄마가 서울로 이사를 가자고 조르거나, 집이 낡았다거나 자식 교육 때문이라거나 하는 이유는 핑계일 뿐이라는 걸 아빠는 모르지 않았다. 시간이 흐를수록 두 사람 사이는 점점 더 벌어졌다. 아빠가 파출소 야간 근무를 마치고 아침에 들어올 때면 엄마의 악쓰는 목소리가 집안을 허물어뜨렸다. 나는 울음을 터뜨리는 동생을 품에 안고 소리쳤다. 차라리 이혼해! 그렇게 나는 가슴속에서 부모의 의미를 지워 나갔다.

내 입장도 좀 이해해줘.

이미 끝난 일이야.

너와 나, 결혼한 거나 마찬가진 거 몰라?

그는 지난 2월 말 이야기를 하고 있었다. 겨울이 끝나지 않은 청계천변은 온통 눈으로 뒤덮여 있었다. 나는 그에게 매달리다 시피 미끄러운 길을 걸었다. 날씨는 매서웠고 바람은 사방에서 불었다. 발은 시리고 입술은 얼어붙었다. 그가 계속 떠들었지만 무슨 말인지 귀에 들어오지도 않았다.

그 포장마차 오뎅 먹으러 가자.

그를 올려다보며 팔짱 낀 손에 일부러 힘을 주었지만 그는 모른 체 걷기만 했다. 두물다리를 건넜을 때 청혼의 벽에 음악과 함께 영상이 떠올랐다. 영상의 주인공이 우리라는 사실을 알았을 때 나는 현기증을 느꼈다. 종로에서 이곳까지 힘든 발걸음을 하게 만든 것은 그가 이벤트 시간에 맞추기 위한 것임을 그제야 알았다. 미리 와서 기다리고 있던 그의 친구들은 내가 쓰러진 것을 두고 감동의 해프닝이라며 놀렸다. 갑자기 벌어진 생뚱한 분위기에 휩쓸려 얼떨결에 청혼을 받아들였고 그가 준비한 반지를 꼈다. 기분은 나쁘지 않았지만 그의 행동에서 늘 느껴왔던 피곤함은 청혼 이벤트까지 깊숙이 배어 있었다. 근원을 알 수 없는 이 피곤함은 그의 뿌리 깊은 이기주의의 또 다른 모습이라는 것을 그때는 알지 못했다.

그만 좀 하라고.

내가 컴퓨터 전원코드를 뽑아버리자 동생이 짜증을 냈다.

내일 테스트 있단 말이야.

요사이 동생의 신경질이 부쩍 늘었다.

언젠가 그가 뜬금없이 동생 이야기를 꺼냈을 때 무슨 뜻인지 알아듣지 못했다.

주혁이, 정말 자질이 있다니까.

7년을 방구석에 박혀 게임만 하고 지냈으니 조금 하는가보다 생각했다. 그가 게임 시장과 프로 게이머의 연봉을 따져가며 생소한 이야기를 쏟아낼 때까지도 반신반의했다. 그런데 동생이 충분히 도전할 만큼 실력이 있다는 걸 알았을 때 나는 진심으로 그가 고마웠다. 코드를 다시 꽂는 동생에게 말했다.

아빠한테 언제 갈래?

별일이네, 어디 아파?

같이 가자고.

형하고 뭐 안 좋은 일 있어?

동생이 비아냥거릴 만도 했다. 일정한 간격을 두고 아빠에게 다녀오는 동생과 달리 나는 아빠를 면회 간 적이 없었다.

서랍장을 열어 수면제를 꺼냈다. 부모님 사건이 나던 그때부터 달고 살았던 수면제는 내게서 등을 돌리고 뚝 떨어져 나간 세상을 잊게 해주었다.

엄마의 죽음과 함께 주위의 모든 사람들이 내게서 떠났다. 그들은 남겨진 어린 남매의 앞날을 염려할 만큼 어른스럽지 못했다. 장례식장에서 어미가 죽었는데 눈물 한 방울 흘리지 않는 독한 년이라고 눈을 흘기던 이모, 십오 년째 타고 다니는 자동차도, 만년 경사인 계급도, 시들시들한 거시기까지 죄다 고물이라며 남편을 비아냥거리다가 총에 맞아 죽은 엄마, 그런 아내를 세 발이나 쏴서 죽인 아빠, 현대 사회가 양산해낸 사이코패스에 무방비로 노출된 아이들을 폭력으로부터 보호해야 한다고 연일 떠들어대던 언론들, 그 누구도 뒷일을 책임지지 않았다.

나 역시 동생의 삶에서 떼어낼 것도 덧붙일 것도 없었다. 동생이 알아서 감당해야 할 몫이었다. 엄마 장례식장으로 몰려든 기자들의 물음에 동생은 아빠가 컴퓨터를 박살내고 사정없이 때리고 걷어찬 적이 있다고 말했다. 이런 동생의 말은 기획의도에 맞게 기자의 상상력이 더해져 신문 사회면을 통해 발표됐다. 졸지에 우리 남매는 '어른들의 폭력에 노출된 불행한 아이들'로 전락했다. 한번 언론에 노출된 우리 남매는 대중의 이목을 피하기가 어려웠다. 기자들의 집요한 추적이 시작되면서 친구들과 선생들의 싸늘한 시선을 견디지 못하고 학교를 옮겨 다녔다. 전학을 간 학교에서도 우리 남매의 정체가 드러나는 데는 일주일이 걸리지 않았다. 이 년여 동안 집요하게 따라붙는 시선을 피해 학교를 옮겨 다닌 끝에 나는 고등학교를, 동생은 초등학교를 겨우 졸업할 수 있었다. 여전히 그때의 상처가 아물지 않은 나처럼 동생도 마찬가지일 것이다. 동생이 게임에만 집착하는 이유를 잘 알면서도 내 눈에 동생이 폐인처럼 보이는 건 어쩔 수 없었다.

아빠를 떠올리면 고통이 먼저 찾아왔다. 무언가를 하지 않으면 불안해서 견딜 수가 없었다. 불안감을 떨치려고 앞만 생각하고 지내온 시간들이었다. 늘 초조하고 불안해서 얇은 잠에서조차 가위에 눌렸다. 아빠의 사건은 늘 진행 중에 있었다. 비슷한 사건이 발생할 때마다 아빠의 불씨는 살아서 꿈틀거렸다. 잊힐 만하면 되살아나는 아빠의 망령에 시달렸다. 살아있는 채로 망령이 된 아빠에게서 도망치려면 한 가지 방법밖에 없었다. 가슴에서 아빠를 지우는 일이었다. 그렇게 부녀간의 인연은 허망한 구름처럼 바람에 흩어지고 증발되어 버렸다.

벽에 등을 기대고 앉았다. 어슴푸레하게 영상 하나가 스쳐 지나갔다. 급히 붙들었지만 가물거리기만 할 뿐 또렷해지지 않았다. 술을 많이 마셨다고는 하나 이렇듯 기억이 아득할 수 있는지 이해되지 않았다. 기억의 회로가 망가지면 정신이 딱 한순간만 멈춰버릴 수도 있는 걸까. 술집에서 누구와 다툰 기억이 어렴풋이 났다. 설핏 울었던 것도 같은데 그럴 리는 없을 것이다. 술집 주인이었는지 앞자리에 앉았던 코걸이 남자였는지 분명치가 않았다. 거기까지가 기억나는 전부였다. 나는 벌떡 일어나

옷을 갈아입었다.

CCTV 영상 속의 나는 미치광이였다. 팔목에 수갑을 찬 채로 웅크리고 앉은 모습은 처참했다. 내가 표정 하나 일그러뜨리지 않고 지켜보자 경찰관이 슬쩍 자리를 피했다. 택시 기사에게 대드는 내 모습은 아귀와 다를 바 없었다. 내가 경찰을 폭행한 건 택시기사에게 달려들지 못하도록 제지했기 때문이었다. 조서를 받기 위해 내 신분을 묻는 경찰에게 미란다 원칙을 고지하지 않았다며 고함을 질렀고, 무죄추정의 원칙도 모르는 밥버러지들이라고 비난했다. 이건 강압 수사고 인권침해라며 수갑을 풀지 않으면 당장 고소하겠다고 난동을 피웠다.

은행잎으로 뒤덮인 샛노란 숲길을 걸으면서 숨을 깊이 들이마셨다. 익숙한 냄새였다. 행락객들의 발길에 뭉개진 은행알들이 품어내는 인분냄새였다. 가느다란 가지에 옹기종기 모여 있는 은행알들이 노란 꽃송이처럼 보였다.

공원 한쪽에서 들국화 전시회가 열리고 있었다. 들국화, 금불초, 벌개미취, 구절초 등이 오종종하게 모여 서로의 몸을 뒤섞은 채 바람에 흔들거렸다. 원색 복장의 관람객들이 가을을 짙게 물들이고 있었다. 테라스에 있는 테이블에 자리를 잡았다. 냉수한 컵을 단숨에 들이켠 뒤 카페모카를 주문했다. 생크림이 묻은 입술을 핥으며 커피잔을 내려놓았다. 커피에 가득 올려둔 민트

생크림이 한쪽으로 찌그러진 채 흔들렸다. 서늘한 바람 한 줄기가 지나갔다. 은행나무 잎이 서로 부딪치는 소리가 들렸다. 나는 토핑으로 얹은 체리를 건져냈다.

기억을 마비시킨 발단으로 택시기사를 지목했던 판단은 잘못이었다. 지구대 영상을 보기 전까지는 전혀 예상치 못했던 일이었다. 그의 어머니로부터 받은 모욕을 택시기사가 부추겼다고 믿었다. 일방적으로 통보받은 파혼을 부정하고 싶어서 그랬을 거라고 여겼는데 그게 아니었다.

어깨를 포개고 있는 산봉우리에 내린 노을 사이로 어둠이 스며들고 있었다. 아침에 먹이를 찾아 떠났던 새들이 노을 속에서 튀어 나온 듯 떼를 지어 날아들었다. 둥지를 튼 우듬지로 내려앉은 새들은 귀환을 자축이라도 하듯 꽁지를 세우고 재잘댔다. 고개를 들어 하늘을 쳐다보았다. 다닥다닥 몸을 맞대고 있는 은행알이 노을에 붉게 익어가고 있었다.

휴대폰을 꺼냈다. 발신음이 게으른 소리로 이어지고 있었다. 또박또박 키패드를 눌렀다.

「할 얘기가 있어. 광화문에서 만나.」

문자가 전송 되는 순간, 나는 후회했다. 그에게 더 할말이 있었나? 있는 것도 같고 없는 것도 같았다. 결혼과 관련된 이야기가 아닌 것은 분명한데 뭐였을까. 뫼비우스의 띠처럼 머리가 빙글거렸다. 나는 그를 만나는 게 두려워져 휴대폰 전원을 꺼버렸다.

　네온 불빛이 어둠을 사르고 있는 광화문사거리는 인파로 넘쳐났다. 사람들의 표정과 모양은 제각각이었다. 웃거나 시무룩하거나, 큰소리를 내거나 입을 다물거나, 얼굴이 둥글거나 각지거나, 키가 크거나 작거나, 몸피가 뚱뚱하거나 홀쭉하거나 했다. 아무런 관련도 없는 사람들끼리 서로 어깨를 스치며 흘러갔다. 영화의 스틸 컷처럼 형체를 드러내지 않고 빛처럼 다가왔다가 어둠처럼 사라졌다. 시선의 초점은 흐트러지고 머릿속은 뒤죽박죽이었다. 내가 벤치에 앉아 있다는 것조차 느껴지지 않았다. 모든 것이 아득하고 희미했다.

　한 번 방전된 기억의 회로는 재생이 불가능한 모양이었다. 원인이 무엇인지, 어디서부터 잘못되었는지 감이 오지 않았다. 어떤 형태든 그것이 아빠와 연결되어 있다는 것은 분명한 것 같았다. 나를 두려움으로 떨게 하는 정체를 알 수는 없지만 악질 중의 최악질일 것만 같았다.

　그에게 진실을 말할 수 있을까. 어젯밤 일에 대해, 아니 7년 전 일에 대해 말할 용기를 낼 수 있을까. 그와 다시 시작하고 싶다. 종로 주점에서 '우리 자리'를 다시 찾을 수 있을까. 누군가 그 위에 다른 글자를 덮어 썼어도 상관없을 것 같다. 그런데 막상 그에게 하고 싶었던 말이 떠오르지 않는다.

　중국음식 배달 스쿠터가 길게 타원을 그리며 지나간다. 짐칸에 꽂혀있는 빨간 깃발이 파르르 떨었다. 빌딩 숲 사이로 남산 타워가 우뚝 솟았다. 오색 조명을 받은 탑신이 아름답다. 고개를 젖혀 하늘을 쳐다보았다. 하늘 색이 뿌연 잿빛이다. 별이 보이지 않지만 나를 알아보는 얼굴이 없는 서울에서 살아갈 수 있다는 것만으로도 좋다. 내게서 멈춰버린 7년이란 시간을 비로소 이을 수가 있을 것만 같다. 거리를 메우고 있는 사람들과 같은 공간에 있다면 그것으로 족하다.

길 건너에서 횡단보도를 건너오고 있는 그의 모습이 보였다. 검은 양복의 말끔한 정장차림이었다. 그의 걸음걸이는 빨랐다. 나는 머리를 매만지며 벤치에서 일어났다. 가까이서 본 그의 얼굴은 어두웠다.

아버님, 안 좋은 일이 생겼대.

그가 나를 살피며 또 말했다.

사식 속에서 조그만 가위가 나왔다네.

나를 뚫어져라 보는 그의 눈을 나는 정면으로 응시했다.

그의 불안한 얼굴 뒤로 빌딩 옥외 전광판의 글귀가 눈에 들어왔다.

안양 교도소, 복역 중인 경찰관 자살.

가위라고, 내 파우치에 들어있던 미용가위인가? 내가 사식을 넣었던가, 생각만 한 게 아니었었나? 설마 내가…….

혼잣말로 횡설수설하는 나, 그런 내게서 뒷걸음치는 그, '복역 중인 경찰관 자살'이라는 글귀, 아나운서가 전하는 속보를 들으며 제 길을 묵묵히 걸어가는 사람들 모두 정치하게 그려진 풍경화처럼 비현실적으로 느껴졌다.

제가 그 둘쨉니다

제가 그 둘쨉니다

    엄마 몸에서는 늘 비린내가 진동한다. 구역질나는 그 냄새는 목욕탕을 다녀와도 가시지 않는다. 엄마의 하루는 장어 잡는 일로 시작해서 장어 잡는 일로 끝이 난다. 얼핏 보면 돈을 벌기 위해 장어집을 하는 게 아니라 장어를 때려잡기 위해 장사를 하는 것처럼 보인다. 긴 생머리를 여러 번 비틀어 올리고 연회색 비닐 앞치마를 두르고 있는 엄마는 생선가게 아줌마 같다. 그런 엄마 손에 죽어간 장어의 수는 헤아릴 수 없을 만큼 많아 커다란 양식장을 채우고도 남을 것이다.

    남자한테는 장어가 최고지요.

    장어에 대한 엄마의 믿음은 맹목적이다. 그 신념은 장어는 버릴 게 없다는 것에서부터 비롯된다. 대가리는 죽 끓일 육수로,

기름에 튀긴 뼈는 술안주로, 소주에 탄 쓸개즙은 정력제로 둔갑한다. 엄마의 말을 맹신한 남자들은 욕망으로 번들거리는 눈길로 쓰디쓴 녹색 소주를 달게도 삼킨다. 한 톨도 남김없이 남자들 몸속에 스며든 장어는 저마다의 사연을 갖고 양질의 단백질로 배설될 것이다. 가게를 들어올 때와 달리 솟은 어깨를 거들먹거리고 나가는 남자들이 배설에 대한 쾌감을 포기하지 않는 한 엄마는 장어를 잡아 죽이는 일을 멈추지 않을 것이다.

자정이 가까워지는데도 엄마는 들어오지 않는다. 나는 머리까지 뒤집어쓰고 있던 이불을 걷어차고 패딩을 걸친다. 운동화를 질질 끌고 밖으로 나와 골목 끄트머리 너머의 큰 길을 살피지만 구불하게 이어진 실골목 어디에도 엄마의 그림자는 보이지 않는다. 요사이 엄마는 가게에서 자는 날이 많다. 상관할 바도 아니고, 관심조차 없지만 학부모 면담 때문에 어쩔 수가 없다. 성가시지만 잠들기 전에 엄마의 확답을 받아둬야 한다. 월요일엔 반드시 엄마를 모셔 와야 한다며 담임이 친구들 앞에서 면박을 줬다. 고등학교 진학 문제를 왜 부모와 면담하는지 알 수가 없다. 어차피 내신 성적으로 순위를 정해서 가는데 말이다.

골목 어귀 가로등 주위를 몇 바퀴 돌자 한기가 차오른다. 무턱대고 기다리려니 짜증이 솟구친다. 나는 가게로 가는 지름길인 재래시장 쪽으로 방향을 잡는다. 10번 마을 버스가 속력을 내며 달려온다. 샛별아파트에서 재래시장을 거쳐 학교까지 가는 버스다. 손을 들려다가 차비가 없다는 생각에 그만둔다. 차창 너머로 보이는 버스 안은 텅비어 있다. 차고지로 가는 막차일 것이다. 오르막길을 올라가는 버스가 뿜어낸 연소되지 못한 매연이 코를 찌른다.

씨발.

보도블록을 걷어찬다. 운동화 한 짝이 저만치 날아가 곤두박질친다. 오른쪽 발가락이 찌릿거린다.

낮 동안의 소요를 물리고 비루하게 휴식을 취하고 있는 재래시장을 노려보며 도로를 건넌다. 비닐천막으로 꽁꽁 동여맨 가판대들이 들짐승처럼 웅크리고 있다. 큰 길모퉁이를 돌아서자 〈고창장어〉 입간판이 눈에 들어온다. 간판 불은 꺼져 있는데 식당에서는 희미한 불빛이 새어 나온다. 나는 식당으로 느릿느릿 다가갔다.

식당 뒷문을 빠끔히 열자 계산대에 앉아 염주를 돌리고 있는 엄마가 보인다. 눈을 감은 채 집중하고 있는 엄마는 인기척을 느끼지 못한 것 같다. 연신 입을 달싹거리던 엄마가 벌떡 일어선다. 주방으로 들어간 엄마가 누런 양동이를 들고 수족관으로 향한다. 장어 몇 마리를 닥치는 대로 잡아넣은 뒤 다시 주방으로 들어간다. 엄마는 맨손으로 도마 가장자리에 박아놓은 못에 장어 대가리를 박는다. 꼬리를 파닥대던 장어가 엄마 손에 맥없이 찢겨진다. 상처 난 엄마 손에서 피가 흐른다. 도마 위에 너덜너

덜해진 장어 살점을 펼친 엄마가 칼을 집어 든다. 양 손에 칼을 든 엄마가 다듬이질하듯 손을 놀리다가 점점 속도를 빨리 한다. 앙다문 어금니를 뚫고 엄마 입에서 옹골찬 욕이 튀어나온다.

갈기갈기 찢어 죽이고 씹어 먹어도 분이 안 풀릴 잡놈.

곤죽이 된 장어 속살이 연분홍색으로 변하기 시작했을 때 나는 도망치듯 식당을 나왔다. 어젯밤 엄마는 집에 들어오지 않았다.

밤사이 많은 눈이 내렸다. 오르막길과 내리막길을 지나 가게로 가는 길이 미끄럽다. 걸음을 내딛을 때마다 화가 치민다.

배고프면 와서 처먹어라 이거지.

식당 문을 열자 주방에서 반찬을 장만하고 있던 엄마가 힐끗 쳐다본다. 식당 안쪽으로 걸음을 옮기면서 이불이 널브러져 있는 방안을 살핀다. 나는 의자에 앉아 기계적으로 손을 놀리는 엄마를 본다.

상을 차리는 엄마의 손길에서 신경질이 배어난다. 나는 김치찌개를 뒤적거리며 계산대로 가는 엄마를 노려본다. 입맛이 확 달아나 숟가락을 내려놓는다. 염주를 돌리는 데 정신을 판 엄마는 내가 지켜보고 있다는 걸 알아채지 못한다. 같이 있을 때만이라도 그 짓거리를 안 했으면 좋겠다. 학교생활이 어떤지, 친구들과의 관계는 어떤지, 성적은 또 어떠한지 그런 거창한 관심까지는 바라지 않는다. 그냥 밥 먹는 모습을 밥상머리에 앉아 지켜만 봐줘도 좋을 것 같다.

집에서 밥을 먹었던 기억이 아련하다. 오늘 같은 일요일에는 집에서 밥을 먹고 싶다. 나는 툭 말을 내뱉는다.

실업계 지원할 거야.

그때 한 무리의 손님이 들어온다.

하필 이때. 좆나 구린 것들!

마음 같아선 손님들을 확 내쫓고 엄마와 맞장을 뜨고 싶다.

장어를 움켜쥔 엄마의 손등 힘줄이 불거진다. 엄마가 이를 악물고 칼자루를 내리칠 때마다 장어가 몸을 비튼다. 주둥이를 뻐금거리던 장어가 눈을 뒤집더니 축 늘어진다. 면장갑을 낀 엄마의 굵은 손마디가 몸뚱어리를 훑어 내리자 장어가 꿈틀 뒤챈다. 엄마의 익숙한 손놀림에 장어는 쉽게도 뼈와 살을 내준다. 두 동강이 나고도 꼬리를 파닥거리는 장어에다 소스를 바른다. 이글거리는 숯불에 올려진 장어가 몸을 비틀다가 서서히 움직임을 멎는다. 엄마는 여러 번 소스를 덧발라 노릇노릇해진 장어를 석쇠에 올린다.

담임이 학교에 오래.

초벌구이 장어를 들고 주방을 나서는 엄마를 막아서지만 눈길조차 주지 않는다.

에이 씨발.

엄마의 뒷덜미를 노려보며 내뱉은 욕지거리가 허공으로 흩어진다.

나는 주방으로 들어가 누런 양동이 앞에 멈춰선다. 물이 절반쯤 채워진 무릎 높이의 양동이 안을 휘젓고 다니는 장어를 본다. 허리를 굽혀 양동이 속으로 손을 집어넣는다. 장어가 손등을 스칠 때마다 나는 움찔한다. 어렵사리 움켜쥔 놈이 손가락 사이로 빠져나가려고 바동거린다. 손아귀에 힘을 싣자 놈이 더 요동을 친다. 놈의 떨림이 손에서 팔로, 전신으로 전해진다. 주방 바닥에 놈을 패대기친다. 몸을 배배꼬며 깔딱거리는 놈을 외면하고 다시 양동이에 손을 넣는다. 표적으로 삼은 한 놈을 잽싸게 움켜쥔다. 꼿꼿이 고개를 쳐든 놈을 그대로 패대기친 후 발로 짓이긴다. 연신 파닥거리는 장어를 도로 주워 함지박 안으로 던진다. 헛구역질과 함께 끈적끈적한 침이 목구멍을 타고 올라온다. 함지박 안으로 고개를 숙이자 미끄덩한 액체가 우르르 딸려 나온다.

카운터에 앉아 염주알을 세고 있는 엄마에게 다가간다.

나 정보고, 아니다 상고 간다고!

엄마는 멀뚱하게 나를 쳐다볼 뿐 염주알 세는 걸 멈추지 않는다.

씨발, 진짜 엿 같네.

엄마 손이 멈춘다. 나는 손님들을 의식하며 부라렸던 눈을 내리간다. 무슨 말을 할 듯하던 엄마가 짧은 한숨을 토해내며 주방으로 들어간다. 나는 엄마를 쫓아가며 소리를 지른다.

나까지 꺼져주기를 바라는 거지?

씩씩거리며 돌아선 나는 손님들의 시선을 피하며 식당 문으로 걸어간다. 콧수염을 기른 손님이 목을 쭉 빼면서 엄마에게 묻는다.

대체 누구요?

콧수염을 노려보고 서 있는 내 등을 주방에서 뛰어나온 엄마가 떠밀면서 말한다.

우리 둘째예요.

엄마를 걷어차듯 식당 문을 박차고 나왔지만 마음이 심란하다. 내 뒷목을 잡아채는 듯한 엄마의 말 때문이다.

원래 저러지 않아요. 우리 둘째, 착한 애에요.

편의점 아르바이트 여학생이 힐끗 쳐다본다. 담배를 주문하자 곁눈질로 나를 훑는다. 집 전화번호를 대고 눈을 부라리자 얼른 담배를 꺼내 계산대에 올려놓는다. 담배를 낚아채듯 호주머니에 넣으면서 편의점을 나온다. 차도를 건너는데 자동차가 경적을 울린다. 반대쪽에서 달려오는 트럭 운전사가 삿대질을 하며 욕을 쏟아낸다. 쏜살같이 달아나는 트럭 뒤꽁무니에다 대고 가래침을 뱉었다. 나는 뒷골목에 있는 아파트 놀이터로 갔다. 놀이터에는 조무래기 몇몇이 시소를 타고 있다. 주위를 둘러보고는 공중화장실 뒤편으로 가서 담배 두 대를 이어 피웠다.
머리가 핑 돈다.

실업계고등학교를 가겠다는 건 엄마의 관심을 끌려는 술수였
다. 그러면 엄마가 화를 낼 줄 알았다. 화가 난 엄마가 훈계를
시작하면 지금부터라도 노력해서 엄마가 원하는 아들이 되겠노
라며 화해를 시도하려고 했다. 엄마가 반응하는 정도에 따라 눈
물도 조금 흘렸을지 몰랐다. 그런 다음 가슴깊이 묻어두었던 말
을 응석부리듯 꺼내놓으려고 했다. 그런 어젯밤의 내 계획을 엄
마가 또 무참히 짓밟아버렸다.

엄마는 왜 악착같이 돈을 모으는 걸까. 특별히 돈 쓸 데도 없
는 것 같은데 골목길 끄트머리에 있는 낡아빠진 집에서 수년째
살고 있다. 재작년부터 부쩍 돈에 집착을 보이던 엄마는 그 흔
한 새우깡 한 봉지 사들고 들어오지 않았다. 심지어 냉장고에
말라비틀어진 김치쪼가리 하나 없다. 돈 쓰는 것에 인색한 엄
마를 흠잡으려는 게 아니다. 식당에 남아도는 음식을 조금 덜
어 넣어둘 생각조차 없다는 것이다. 내가 할 수도 있지만 그러
긴 싫다. 식당으로 밥을 먹으러 가지 않으면 엄마 얼굴을 볼 수
없기 때문이다.

엄마는 내가 어떤 행동을 하든 상관하지 않는다. 묻는 말에 대
답하는 것조차 귀찮아한다. 손님들에게 접대용으로 짓는 헤픈
웃음조차도 내게는 없다. 엄마는 연속극을 챙겨 보지도 않고,

게임에 빠져 있는 나를 야단치지도 않는다. 엄마는 장사 외에는 도통 관심이 없다. 따로 돈 쓸 데라도 생긴 걸까. 집으로 돌아오는 내내 머리를 굴려보지만 가슴만 답답할 뿐이다.

어슬렁거리며 들어선 초등학교 운동장에는 어른들이 공을 차고 있다. 조기축구회원들에게 밀려난 아이들이 철봉 아래 모래바닥에서 공놀이를 하고 있다. 나는 쪼그려 앉아 아이들이 노는 것을 지켜본다. 아이들이 나를 힐끗거린다. 내가 씩 웃자 아이들이 손에 묻은 모래를 털며 일어선다. 아이들을 따라 문방구 앞 진열된 청거북이의 움직임을 좇는다. 아이 하나가 청거북이를 만지려고 손을 내민다. 나는 아이 손을 막는 척 청거북이를 손안에 넣는다. 내 손을 바라보는 아이를 한 대 쥐어박고는 주머니에 손을 찔러 넣고 걸음을 재촉한다.

주머니 속 거북이를 만지작거리며 마을을 두어 바퀴 돈다. 오후의 게으른 햇살이 내려앉기 시작한다. 내리쬐는 햇살을 받으며 거북이를 꺼낸다. 손바닥에서 죽은 듯 움직이지 않는 거북이에 금방 싫증이 난다. 나는 거북이를 쓰레기통에 버리고 산동네 오르막길을 오른다.

방문을 열자 비릿한 냄새가 코를 찌른다. 방바닥에 얼룩진 화장지가 어지러이 흩어져 있다. 휴지를 주섬주섬 집어 휴지통에 넣는다. 내가 자위를 시작한 건 삼 년 전이다. 그날 학교에서 돌아와 현관문을 열었을 때 설핏 형의 신음소리를 들은 것 같았다. 한참 후에 나온 형이 나를 쓱 쳐다보고는 가방을 둘러메고 나갔다. 형 방에서 비릿한 냄새를 풍기는 휴지통을 거꾸로 들어올렸다. 구겨져있던 휴지가 꽃처럼 피어나면서 비릿한 냄새를 뿜어냈다. 검정비닐봉지에 그것들을 담아 냄새가 새어나오지 않도록 꽁꽁 묶어서 버린 그날 새벽녘에 몽정이 찾아왔다.

방바닥에 드러눕자 적막한 집안 공기에 눌린 몸이 무겁게 가라앉는다. 보일러가 돌아가는 소리도 나지 않는다. 세상이 멈춘 듯 고요하다. 개나 고양이라도 키우고 싶은데 엄마가 싫다고 했다. 털 때문이라면 이구아나나 거북이는 괜찮지 않을까.

책상으로부터 세 뼘 정도 위쪽에 네모난 액자를 걸었던 덴 자국이 다른 벽지와 차이를 드러내고 있다. 형이 내 어깨에 팔을 두르고 활짝 웃고 있는 졸업사진이 걸려있었다. 그날 형은 중학교를, 나는 초등학교를 동시에 졸업했다. 그 사진에는 흔히 졸업식에서 배경이 되어주는 부모나 친구 그리고 꽃다발이 빠져있다. 오전에 졸업하는 나를 위해 형이 와줬고, 오후에 졸업하는 형을 위해 내가 가줬다. 그래도 형과 나는 활짝 웃을 수 있었다. 부모님이 우리를 남겨놓고 식당 근처로 방을 얻어 나갔기 때문이었다. 그즈음 우리가 얼마나 행복한 시간을 보내고 있었는지는 사진이 증명해준다. 그런 추억을 떼어낸 자국이 점점 빛바래지고 있지만 내 머릿속에는 활짝 웃는 형의 모습이 생생하게 살아있다.

나는 익숙한 눈길로 천장 벽지의 무늿결을 좇다가 네모를 마름모꼴로 만든다. 눈을 치뜨고 위로 모은 초점을 분산시키면 네모가 마름모꼴로 변한다. 동작을 빠르게 반복하면 여러 형태의 다양한 무늿결이 물결처럼 일렁인다. 수십 개의 가느다란 물줄기가 몸통을 비틀며 파닥거리는 장어로 바뀐다. 그 영상 위로 입을 비튼 채 맨손으로 장어를 찢는 엄마 얼굴이 클로즈업된다. 눈을 부릅뜨고 노려본다. 모래알 몇 개가 굴러다니는 것처럼 눈알이 껄끄럽다. 불면 탓일 것이다. 나는 가만히 눈을 감는다.

라면 먹을래? 주방에 선 형이 묻는다.

엄마, 아직 안 왔어? 내가 형에게 묻는다.

그딴 걸 왜 나한테 물어. 식탁에 냄비를 올리면서 형이 퉁명스럽게 말한다.

오늘 반찬 갖고 들른다고……. 나는 얼른 눈을 내리깔며 입안에서 말을 굴린다.

먹기 싫으면 관둬. 깍두기를 씹던 형이 툭 말을 뱉어낸다.

아냐. 라면 한 가닥을 젓가락으로 말아 올리면서 내가 대답한다.

이리 내. 형이 눈알을 부라리며 그릇을 잡는다.

맛있게 먹을게. 내가 다급하게 그릇을 붙든다.

아무리 맛있어도 한두 끼니지 형은 툭하면 라면을 끓인다. 매콤한 떡볶이와 바삭한 튀김이 먹고 싶다. 젓가락을 내려놓은 형이 주머니에서 담배를 꺼내 자연스럽게 불을 붙이고 한 모금을 빤다. 형이 담배 피우는 것을 처음 보지만 놀라지 않는다. 고등학생이 담배를 피우는 건 이상한 일이 아니다. 우리 반에도 담배를 피우는 애들이 몇 있다. 담배를 피우는 형의 폼이 설지 않은 걸 보니 꽤 된 것 같다. 이 광경을 엄마가 본다면 어떨까, 하긴 쓸데없는 걱정일 뿐이다. 엄마와 형이 마주치는 일은 없을 테니까.

다 먹었냐? 형이 담배연기를 뿜어내며 묻는다.

나는 고개를 끄덕이며 창밖으로 시선을 둔 형을 살핀다. 형 손가락 사이에 끼어있는 담배가 절로 타고 있다. 담배를 피우고 있다는 걸 잊은 모양이다. 형은 무슨 생각을 그리도 골똘히 하는 걸까. 나는 소리 나지 않게 젓가락을 내려놓는다. 볼품없는 나와 달리 형은 인물이 훤칠하다. 추리닝을 대충 걸치고 있는데도 귀티가 흐른다. 형은 잘 먹지 않는데도 세 살 터울인 나보다 세 뼘 정도는 더 크다.

형이 낡은 모자를 삐뚤게 쓰고 방에서 나온다. 현관문을 나서는 형을 다급하게 불러 세운다.

형, 어떻게 된 거야?

힐끗 나를 돌아다본 형이 어슬렁거리며 나간다.

그날, 어떻게 된 거냐고!

나는 눈을 번쩍 뜬다. 유리창 너머로 어스름이 내리고 있다. 한기를 느끼고 방바닥을 더듬더듬 만지는데 따뜻하다. 다시 감았던 눈을 뜨며 자리에서 일어난다. 나는 책상 아래 숨겨둔 비닐봉지를 꺼내 운동복 주머니에 쑤셔넣는다.

미로 같은 골목을 몇 차례 도는데 응달진 곳에 녹지 않은 눈 때문에 걷기가 사납다. 오르막길을 걸어 다시 내리막으로, 내리막길에서 또다시 오르막으로 뱅글뱅글 돌고 돈다. 늘 걷는 길인데도 방향감각을 잃기 일쑤다. 거꾸로 걷는 것만 같아 걸어온 길을 다시 내려갈 때가 많다. 길을 잃어버릴 때마다 빨간 벽돌집을 지표로 삼곤 한다. 그곳에서부터 다시 시작하면 동네 지리가 훤해진다. 나는 다시금 빨간 벽돌집을 찾아 나선다. 구불구불한 실골목을 두어 차례 돌자 빨간 벽돌집이 보였다. 나는 모퉁이에서 잠시 걸음을 멈춰 올라온 길을 내려다본다. 잠시 숨을 돌리고는 빠르게 언덕을 오른다. 하늘채 아파트 뒤편으로 나있는 산책로를 피해 샛길로 빠진다. 절명하듯 훅 사라진 겨울 해가 어둠을 깔아놓은 저녁 시간인데 등산객이 있을 리가 없다. 그래도 조심스러워 사람 눈길이 닿지 않는 곳을 찾아간다. 조금만 더 가면 움푹 파인 곳이 나온다. 그곳은 일주일 전에 발견한 장소다. 기식이 녀석이 얼마 전 학원 앞 아파트 공원에서 본드를 하다가 경찰에게 걸렸다. 명지 그년이 토하고 지랄하는 바람에 주민들이 신고를 한 것이다. 그때 경찰이 조서를 꾸미면서 기식이 면전에다 본드를 들이대고는 '지금이 어떤 시댄데 쯧쯧, 시대에 뒤쳐져도 한참을 뒤떨어지는 애송이들아, 담배보다 싸고 구하기도 쉬웠냐.' 하면서 머리를 쥐어박았다고 했다. 경찰서에서 나온 기식이가 곧바로 나를 불러내어 마약한 혐의를 받은 것보다 본드를 하다가 걸린 게 더 쪽팔렸다며 씩씩댔다. 하지만 나는 기식과 달리 본드가 아닌 다른 것에는 애초에 관심도 없었다. 어찌됐건 그날 이후 아파트 경비들이 무시로 순찰을 다니는 바람에 부득이 다른 장소를 찾아야 했다. 이곳은 인적이 드물고 음습해서 조금 무섭기는 하지만 나에게는 마침한 장소이다.

　구덩이 속에 자리를 잡고 눕는다. 몸에 눌린 눈이 사그락사그락 소리를 내며 퍼진다. 배를 한껏 부풀려 복식호흡을 한 뒤 호주머니에서 비닐봉지를 꺼낸다. 비닐봉지를 벌리고 본드를 절반쯤 짜 넣는데 비릿하면서도 자극적인 냄새가 코를 찌른다. 나는 비닐봉지에 코를 갖다 대고 천천히 숨을 들이 마신다. 숨을 들이쉬고 내쉴 때마다 비닐봉지가 부풀었다가 꺼진다. 여러 번 반복하자 스르륵 눈이 감긴다. 복잡한 머릿속이 말끔하게 씻긴다. 형, 엄마 그리고 나. 다시 한 번 들이키자 어둠이 걷힌 머릿속이 투명해진다. 공기처럼 가벼워진 몸이 붕 날아오르더니 나는 한 마리의 개똥벌레가 되어 밤하늘을 난다. 푸른 형광의 빛 꼬리를 끌며 까만 밤을 수놓는다. 나도 모르게 벌어진 입가에서 흐르던 미소가 이내 울음으로 바뀐다.

나는 어둠 속을 두리번거린다. 마당 저쪽 개집 옆에서 고개를 파묻고 울고 있는 형에게 조심스럽게 다가간다.

뭐 먹어야 형처럼 빨리 클 수 있어.

빨리 커서 뭐하게.

아빠 죽여 버리게.

니가, 왜.

형을 아들이라고 안 하니까.

맞을지도 몰라. 너랑, 나랑, 안 닮았잖아.

형은 외가를 쏙 빼닮았다고 했잖아.

내가 진짜로 아빠 아들이 아니면 어쩔래?

아니어도 괜찮아. 한 번 형은 끝까지 형이니까.

내가 사라지면 아빠가 엄마를 안 때릴까?

엄마는 형 사라지는 것보다 아빠한테 쥐어터지는 걸 더 원할 거야.

바보, 엄마도 날 미워해.

안 그래.

어느 날 불쑥 사라질지도 몰라, 나.

그건 싫어 형!

허공에다 뻗은 손을 허우적대다가 나는 벌떡 일어난다. 아득해지는 눈으로 설핏 보였던 그믐달이 사라진다. 나는 그대로 꼬꾸라져서 헛구역질을 한다. 무거운 바윗덩어리가 짓누르는 것만 같아 짧고 격한 숨을 여러 번 들이마신다. 때로 반쯤 정신을 잃은 적은 있지만 이렇듯 가슴 통증을 크게 느끼는 건 처음이다. 나는 몸을 돌려 천천히 숨을 들이마신다. 찬바람이 목구멍을 타고 허파로 들어간다. 헛구역질과 함께 쓴물이 올라온다. '사인, 본드 과다 흡입', 이렇게 실수로 죽을 수도 있겠구나. 나는 팔을 대자로 뻗고 흐느낀다.

　뒷짐을 지고 서 있는 할아버지를 슈퍼 앞에서 맞닥뜨렸다. 청대문집 할아버지를 안 건 초등학교 때부터다. 집에서 상당히 떨어진 이곳까지 물건을 사러오는 것은 값이 싸서다. 슈퍼와 나란히 붙어 있는 청대문집 할아버지와 자주 부딪치다보니 인사를 드리게 된 것이다. 할아버지는 어린 나를 볼 때마다 주머니에서 알사탕 하나씩을 꺼내주곤 했다. 내가 주뼛거리면 어른이 주는 건 받아야 한다며 기어코 내 손에 쥐어주었다. 그때마다 나는 기어들어가는 소리로 감사하다고 말했다. 내가 고개를 숙이면 형은 내 머리를 사정없이 헝클며 등을 쿡쿡 찔러댔다. 할아버지 잔소리가 늘어지기 전에 빨리 자리를 뜨자는 신호였다. 할아버지는 그러는 형을 보면서 공치사를 보냈다. 어쩜 저리 형 노릇을 잘할까. 참, 기특해. 나는 무심결에 라면을 집어 들고 할아버지의 눈치를 살핀다. 한동안 걸음을 안 하던 이곳까지 어쩌다 왔을까. 아, 오늘 담배 사기는 다 글렀다. 주독이 코끝으로 뭉쳐 딸기코가 된 할아버지의 시선을 피해 계산대로 간다. 할아버지가 슈퍼 문턱에다 한 발을 턱 걸치고 말한다.

요샌 도통 안 보이더구나. 형도 그렇고.

우리 형, 고3이라 바빠요.

공부하느라 안 보였던 게야, 기특한 녀석들.

나는 고개를 숙여 보이고는 슈퍼를 나왔다. 할아버지가 고개를 갸우뚱거리는 게 눈에 들어왔다. 여지없이 할아버지가 나를 불러 세웠다.

가만있어라, 이 시간이면, 학교에 안 간 거네?

저, 그게…….

낯빛이 백짓장 같은데, 어디 아픈 게야?

나는 다시 고개를 숙이고 걸음을 재촉했다. 걸쭉한 할아버지 목소리가 뒷덜미를 잡아챈다.

넘어지면 어쩌려고 그래. 길도 미끄러운데, 신발 좀 똑바로 신어.

저놈의 버릇은 죽어야 고쳐지려나. 영감탱이가 별의별 참견을 다하고 지랄이야, 지랄이. 나는 구겨 신었던 운동화를 고쳐 신고 뒤돌아서서 꾸벅 고개를 숙이고는 냅다 뛰었다.

간판 불이 꺼져있다. 엄마가 바람이라도 난 걸까. 그럴 위인도 못 되지만 근래에 식당 문을 닫고 외출하는 날이 잦다. 명절

날을 제외하고는 가게를 쉰 적이 없는 엄마였다.

게임이 한창일 때 선불요금이 끝나 호주머니를 뒤적거려 보지만 동전 몇 개만 손에 잡힌다. 기식이 놈은 전화도 받지 않는데 창밖은 벌써 어둑하다. PC방을 나섰지만 막상 갈 데가 없다. 괜스레 골목길을 서성이는데 허기가 몰려온다. 라면을 끓여 먹을 걸 괜히 생것으로 먹었나 보다. 형이랑 먹던 순이네 국밥이 생각난다. 재래시장 너머 우뚝 솟은 샛별아파트는 집집마다 환하게 불을 밝혔다. 새어나오는 불빛이 따사롭다. 저런 집에 사는 아이들은 어떨까. 아파트 윗뿔 첨탑의 붉고 푸른 네온불빛이 반짝거린다. 아파트와 조금 떨어져 있는 오른쪽 주택가 쪽은 고적한 어둠이 내려앉아 있다. 아파트 오색 불빛은 납작 엎드린 산동네까지는 미치지 않는다. 나는 주택가의 어둠을 응시한다.

난, 이 집이 좋아. 형이 말했다.

뭐가 좋아, 하나도 안 좋구만. 내가 불만스럽게 받아쳤다.

몰라서 물어? 꼰대랑 안 살면 무조건 좋은 집이지. 형이 맞받아쳤다.

아파트처럼 좋은 데서 우리 둘이 살면 더 좋잖아. 내가 말했다.

바보, 아파트로 이사 가면 꼰대랑 합쳐야 해. 형이 내 머리를 쥐어박았다.

엄마가 돈 많이 벌어서 두 채 사면 되잖아, 뭐. 내가 따졌다.

이게 엄마가 할 수 있는 최선이야. 형이 말했다.

무슨 말이야? 내가 다그쳤다.

왜 갑자기 아파트 타령을 하는데? 형이 화제를 돌렸다.

내가 형에게 아파트에서 살고 싶다고 한 것은, 사 년 전 재개발 아파트가 들어서자 학교 친구들끼리 편이 갈라졌기 때문이었다. 대단지 아파트가 들어서면서 아파트를 두르고 있는 높은 콘크리트 담벼락 때문에 등하굣길이 멀어졌다. 처음에는 아파트 후문으로 학교를 오갔지만 단지에 사는 형들에게 몇 번 얻어터지고 난 뒤부터는 얼씬도 하지 않았다. 반나절쯤 걸어서 학교에 간다고 할지라도 형과 사는 집이라면 나는 불만이 없었다. 만약 평수가 큰 아파트에서 아빠랑 같이 살아야 한다면 내가 나서서 반대했을 것이다. 나도 형처럼 부모님과 떨어져 살 수 있는 이 집이 가난해서 좋았다.

태규야.

누군가 뒤에서 어깨를 잡는다. 돌아보니 얼굴이 낯익다.

기식이 알지? 나 기식이 형이야. 만 원만 줘라.

씨발.

주먹으로 맞은 왼쪽 뺨이 얼얼하다. 나는 얼른 호주머니에서 담배를 꺼낸다.

싫으면 관두고.

한두 대 맞아주는 것은 예의로 치지만 더 이상은 허락하지 않을 것이다. 내가 애들을 위협할 때도 폭력은 다음 단계의 수단으로만 사용한다. 애들에게는 한마디 욕설만으로도 충분할 때가 있다. 길들여진 애들은 어느 시점에서 천 원짜리 두세 장을 꺼내야 하는지 잘 안다. 주먹을 쥐어 보이는 건 그 다음 일이다.

한 녀석이 피식 웃자 잽싸게 라이터를 꺼낸다. 그들이 노리는 건 푼돈이지 화풀이 대상이 아니다. 수중에 돈이 없기도 하지만 지금 내 기분이 썩 좋지 않다. 나는 담배와 라이터를 건네면서 씩 웃어준다. 화풀이가 목적이었다면 그들은 상대를 잘못 골랐다는 뜻이다. 한 녀석이 주먹으로 머리를 쿡 쥐어박고는 담배를 낚아채간다. 기분이 더럽지만 여기까지 참아준다. 내일 기식을 만나 되갚아줄 구실을 마련해둔 셈으로 친다면 절대 손해 보는 장사는 아닐 것이다.

엄마가 거실에서 염주를 돌리고 있다. 내가 현관문을 꽝 닫고 들어오자 엄마가 돌리던 염주를 목에 걸고 주방으로 간다.

요새 장사도 안 하고 재미가 좋은가 봐?

엄마가 가스레인지 레버를 돌리자 파란색 불꽃이 피어난다.

말을 하면 뭐라고 대꾸 좀 해. 욕이라도 좋으니까, 응?

물을 끼얹어 불을 확 꺼버리고 싶다. 엄마에게 퉁명스럽게라도 말을 거는 건 대화를 유도해내기 위한 하나의 방식이다. 2년 동안 서로의 눈을 바라보고 얘기한 적이 없다. 엄마가 밥과 수저를 식탁에 차려 놓고 다시 염주알을 세기 시작한다. 찌개가 데워지는 동안에도 저것을 돌려야 하는 이유를 알 수 없다. 엄마가 가스레인지 불을 끄고 찌개를 식탁에 올린다.

내가 숟가락을 들자마자 엄마가 또 염주를 돌리기 시작한다. 염병할, 저놈의 손가락을 확 분질러버릴까 보다. 나는 숟가락을 팽개치고 버럭 소리를 지른다.

그 빌어먹을 염주 좀 그만 돌리고 나랑 얘기 좀 해.

말해.

요즘 가는 데가 어디야?

둘째 너는 몰라도 돼.

둘째 좋아하시네, 아직도 내가 둘째야?

내 눈을 피하는 엄마에게 비아냥을 놓는다.

그래, 남자라도 만나시나?

응.

입에서 실소가 새어나와 비아냥거린다.

그 자식, 아직 죽었는지 살았는지도 모르면서 다른 남잘 만난다고?

살아 있다.

뭐, 그 자식이 살아있다고? 어딨어, 당장 말해.

말하면.

죽여버릴 거야, 개새끼. 빨리 말해!

그 인간, 안 그래도 오늘 내일 한다.

그래서 그런 놈을 돌봐주러 다닌 거야, 죽어가니까 불쌍해서?
그렇게 얻어터지고도 챙길 맘이 나냐고?

엄마가 더는 말하지 않겠다며 안방으로 들어간다. 나는 주먹
으로 식탁을 내리치며 고함을 내지른다.

그럼 우리 형은!

아침부터 쏟아지던 눈이 조금씩 잦아들고 있다. 이틀째 결석
했는데도 담임한테 연락이 없다. 엄마 연락처를 다르게 적어놓
았으니 식당으로 연락이 갔을 리는 없다. 혹시 연락이 갔더라도
엄마는 그냥 두라고 했을지도 모른다. 어찌됐건 나처럼 부모가
신경을 안 쓰는 학생을 쉽게 포기하는 담임이 편하긴 하다. 혼
자 놀기 무료해서 끊었던 학원시간도 이미 지났다. 시간을 때
운다는 의미밖에 없지만 이렇게 눈이 오는 날엔 그마저도 귀찮
다. 벽에 기대어 무릎을 감싸고 몸을 웅크린다. 오늘 달력 날짜
에 빨간 동그라미로 표시가 돼있는 게 눈에 들어온다. 무슨 날
인지 기억나지 않는다. 혹시, 그 날인가? 작년 그날엔 엄마를
따라 절에 갔었다. 어젯밤 엄마가 아무 말도 안 한 걸 보면 그
날은 아닐 것이다.

아파트 상가 건물을 세 바퀴째 돌면서 '뇌 호흡'이라는 간판
글씨를 보며 깔깔 웃는다. 기식이 카톡으로 알려준 학원 이름이
다. 좆까, 뇌가 무슨 호흡씩이나 한다고. 기식이가 학원에 다니

겠다고 했을 때 수작하지 말라고 쥐어박았다. 나처럼 학원비를 삥땅치려는 속셈인 줄 알았다. 그런데 웬일인지 그 녀석 답지 않게 학원 문을 자주 들락거린다. 기식이 엄마가 원장에게 특별히 출석 체크를 당부해서일 것이다. 상가 건물 현관으로 학생들과 함께 우르르 몰려나오던 기식이가 나를 발견하고 손을 흔든다. 건물 모퉁이로 걸음을 옮기던 기식이가 주위를 둘러보며 실망스런 표정을 짓는다.

명지는?

돈부터 꺼내.

뻥이었냐, 씨발.

기식이가 꽁무니를 빼려는 눈치지만 어림없다. 명지를 데려 가겠다고 보낸 카톡을 보고 틀림없이 일이만 원은 준비하고 왔을 터다.

다음 달 학원비 뜯어서 준다니까, 새꺄.

커진 내 목소리에 지나가던 초등학생이 놀라 담박질 친다. 만 원짜리를 꺼내는 기식이의 손길이 께지럭거린다.

니가 모시는 형님들한테 돈 상납해서 없어, 빨리 더 내놔.

내가 주먹을 올리자 기식이가 움찔한다. 기식이가 오천 원을 더 건네며 말했다.

진짜 이게 다야.

고맙다, 근데 갑자기 순대국밥이 먹고 싶다야. 같이 먹으러 가자.

됐으니, 내 몫까지 배 터지게 드셔.

내가 산다고 새꺄, 혼자 먹기 뭐해서 그래. 정말 산다고.

바가지 씌우려는 거 다 알거든? 정 혼자 먹기 그럼 포장해달라고 하든지.

재래시장의 좁은 통로를 걸으면서 떡이요, 떡이! 라고 가만히 외쳐본다. 어딘가에서 형 목소리가 들리는 것만 같다. 내가 모자를 벗자 예전처럼 형이 내 머리를 마구 헝큰다. 나는 씩 웃으며 모자를 다시 눌러 쓰고는 느림보 걸음으로 시장을 구경하면서 걷는다. 순이네 식당 앞에서 걸음을 멈춘다. 순이 아주머니가 숟가락을 포장하고 있다.

야채튀김, 떡볶이 좀 포장해주세요.

손을 놀리며 건성으로 네, 라고 대답한 아주머니가 일어서면서 나를 본다. 아주머니가 고개를 갸웃거리고 나와 조심스레 말한다.

혹시, 장어집 쪼그만 하던 둘째?

제가 그 둘쨉니다.

몰라보게 컸다 야. 세상에나 같이 국밥 먹던 생각이 나서 왔나보네.

네?

그렇잖아도 아까 그날 얘길 했단다. 그날 말야, 니 엄마가 요

옆 야채 가게에서 시장보다가 연락을 받았잖니.

네? 아, 예! 순대랑 국밥이랑 포장해주세요.

아주머니의 손은 여전히 푸짐했다. 정이 많은 아주머니는 손님이 오지 않는 한 내가 사라질 때까지 지켜보고 서 있을 것이다. 나는 뒤돌아보지 않고 빠르게 걸음을 놀리다 오른쪽 골목으로 들어가 아주머니의 시선을 따돌린다. 나는 마트에 들러 엄마 심부름이라 둘러대고 담배와 소주를 샀다.

음식들을 접시에 담아 형이 좋아했던 순대를 식탁 중앙에 놓는다. 그 양쪽으로 떡볶이와 튀김을 가지런히 놓고, 잔 두 개를 챙긴다. 순댓국을 국그릇에 담아 밥 옆에 둔다. 늦은 오후의 햇살이 조명처럼 식탁을 비춘다. 형 잔에 술을 따른다. 형이 술 마시는 걸 본 적은 없지만 싫어하지는 않을 것이다. 나는 입안에 술을 털어 넣고 순대를 집는다.

잔을 비우고, 채운 잔을 또 비운다. 형의 잔을 비우고 잔을 채워 또 비운다. 형 잔과 내 잔을 번갈아 마신다. 알코올 기운이 빠른 속도로 혈관을 타고 퍼진다. 젓가락질이 제멋대로라 나는 손으로 튀김을 집어 형 숟가락에도 올려놓는다. 먹지 않고 있는 형을 물끄러미 바라보는데, 형이 보였다 안 보였다 한다. 눈을 흡뜨고 다시 보지만 형은 보이지 않고 식탁만 커졌다가 작아졌다가 흔들렸다가 한다. 나는 의자에서 내려와 벽을 기대고 앉아

집안을 훑는다. 거실이라고 부르기도 어색한 비좁은 공간을 가
득 차지하고 있는 냉장고가 거슬린다. 나는 냉장고를 향해 삿대
질을 한다. 아무 짝에도 쓸모없는 너 때문에 이 집이 음침하다
는 거 아니겠어? 삿대질하는 나를 거실장 유리가 비춘다. 희뿌
연 유리 속에서 내가 좌우로 몸을 흔들어댄다. 벽에 머리를 쿵
쿵 박자 그대로 따라한다. 이쪽이 진짜 나인지, 저쪽이 진짜 나
인지 헷갈려 나는 고개를 갸웃대다가 낄낄거린다.

식탁 위에 놓아둔 휴대폰에서 벨이 울린다. 내게 전화를 걸어
올 사람은 없다. 광고 전화일 것이다. 쉽게 끊지 않는 걸 보니 기
식이일지도 모르겠다. 나는 손을 뻗어 휴대폰 전원을 끈다.

병째 소주를 들이키자 속에서 불이 확 인다. 바닥이 나를 잡
아채 그대로 꼬꾸라진다. 일어서려는 나를 누군가 잡아채어 다
시 눕히자 나는 박박 기어 내 방으로 간다. 책상 밑 서랍을 열어
본드를 꺼낸다. 나는 본드를 짜 넣은 검은 봉지에 코를 박고 닫
혀있는 형 방을 노려본다.

2년 전 오늘, 학교에서 돌아와 신발을 벗는데 늘 닫혀있던 형
방문이 반쯤 열려 있었다. 열린 문 사이로 검정 비닐봉투를 뒤
집어쓴 채 웅크리고 있는 형이 보였다. 형 머리맡에는 정액이
묻은 휴지와 공업용 본드 두 개가 흐트러져 있었다. 형이 쓰고
있던 검정 비닐봉지를 벗겨냈을 때 형은 편안히 잠든 모습이었
다. 나는 역류한 누런 위액이 말라붙어 있는 형의 입을 닦아주

고 깨끗하게 방을 치웠다. 그리고 형을 반듯하게 눕히고는 119에 전화를 걸었다.

나는 바닥에 머리를 쿵쿵 부딪친다. 내 머릿속으로 못이 쑥 들어온다. 정신이 혼미해지는 통증으로 나는 가슴을 움켜쥐고 버둥댄다. 버둥댈수록 못이 깊숙이 박힌다. 파닥파닥 뒤채던 내 몸뚱어리가 축 늘어진다. 입 꼬리로 끈적끈적한 침이 흐르고 까무룩 뒤집힌 눈자위가 뒤룩거린다. 나는 온힘을 다해 소리친다.

왜 그랬어, 왜?

어디서 나를 부르는 소리가 들린 것도 같다. 형인가, 엄마인가. 한두 사람이 아닌 여럿의 뜀박질 소리가 가까이 들리는 것도 같다. 사이렌 소리도 희미하게 들려오는 것도 같다. 나는 재차 형을 다그친다.

실수가 아니라고, 세상 좆같아서 끝내버린 거라고 말하란 말야.

누군가 내 등짝을 세게 후려치는데, 손매가 매섭다. 엄마? 엄마를 불러보지만 목소리가 되지 못한다.

그래, 이참에 너도 팍 뒈져버려라.

엄마, 형 자살한 거 맞아.

그딴 게 뭐가 중요해. 그냥 뒈진 걸 가지고.

그 자식이 죽인 거야.

그래서 내가 그 개새끼 죽였다.

뭐?

술에다 수면제 타서 재우고, 깨어나면 또 먹여서 재웠더니 그렇게 멍충이가 되더라.

왜?

니 형 괴롭히니까. 끝내 백치가 되어 아무 분별도 못하는 줄 알았는데, 새끼 잡아먹고는 바로 집 나가더라.

아직 살아있다며!

저도 양심은 있는지, 새끼 잡아먹은 날 기다렸다가 좀 아까 뒤따라갔다. 정말이지, 좆대가리 놀리는 사내놈들, 아주 넌덜머리가 난다. 에라, 너도 팍 뒈져버리든가.

엄마는 닥치는 대로 나를 때리고 나는 엄마의 손바닥을 피해 이리저리 몸을 뒤튼다. 사정없이 나를 후려치던 엄마의 손바닥이 내 몸뚱어리를 쫙 훑는다. 나는 필사적으로 몸을 비틀며 파닥대다가 까무룩 눈을 뒤집는다. 엄마가 내 몸을 돌려가며 골고루 소스를 바른다. 나는 몸을 비틀다가 배배 꼬다가 경련을 일으킨 듯 부들부들 떨다가 그만 늘어지고 만다. 엄마가 나를 들어 석쇠에 올린다. 이글거리는 숯불에 올려진 나는 비명을 내지르며 벌떡 일어나 앉는다.

엄마, 나야 나, 엄마 아들 둘째라고!

구급차 이동침대를 밀고 달리는 엄마가 눈에 들어찬다. 염주

를 돌리며 달싹거리는 엄마 입술이 분필을 칠해놓은 것처럼 하
얗다. 가슴팍에서부터 올라온 뜨거운 것이 눈물로 떨어져 내린
다.

　시발. 왜 자꾸 눈물이 나는 거야. 쪽팔리게시리.

핑크 키티

핑크 키티

꽁지머리가 품어내는 술내를 피해 눈동자를 굴려 엄마를 본다. 엄마는 간이침대에 웅크리고 앉아 드라마에 푹 빠져있다. 우주에서 온 '다르나'가 붉은 비키니 차림으로 지구의 좀비들을 처단하는 장면이다. '다르나'는 필리핀 판 원더우먼이다. 내용이 치졸한 판타지물인데도 인기가 높은 건 여배우의 섹시한 몸매가 한몫을 한 것 같다. 엄마는 가끔 드라마를 현실로 착각하여 연기하는 배우에게 감정이입이 되어 함께 울다가 웃다가 흥분하다가 하면서 극중 인물과 자신을 동일시하곤 한다. 얼마 전에 끝난 일일드라마에서 오랫동안 식물인간 상태로 있던 주인공이 깨어났을 때, 쟤는 깨어났는데 넌 왜 못 일어나는 거냐며 눈이 퉁퉁 붓도록 울었다.

막 병실에 들어온 간호사가 맥박에 이어 내 혈압을 체크한다. 차트에다 숫자를 적어넣은 간호사가 이번엔 허리를 숙이고 소변 양을 체크한다. 다시 차트에 숫자를 기입하던 간호사가 눈을 치뜨고는 나를 본다. 유심히 나를 살피다가 돌아서는 간호사를 꽁지머리가 잽싸게 붙든다. 내 증상에 대해 묻는 꽁지머리에게 간호사는 고개를 저어 보이는 것으로 대답을 대신한다. 차트를 겨드랑이에 끼고 나가려던 간호사가 꽁지머리에게 말한다. 하루도 빠짐없이 딸을 간호하시네요. 정말 대단하세요, 아버님. 간호사의 칭찬을 들은 꽁지머리가 엄마 등을 툭 건드리며 말한다.

지니 엄마, 영 차도가 없다네.

꽁지머리는 엄마를 지니 엄마라고 부른다. 사람들 앞에서 다정한 목소리로 우리 지니 엄마, 우리 지니 엄마 하는 통에 병원 사람들은 그가 엄마의 남편인 줄 안다. 그런데 정작 그와 엄마는 툭하면 티격태격 목소리를 높이다가 끝내는 몸싸움으로 번져 병실을 발칵 뒤집어 놓는다. 꽁지머리에게 힘이 밀리는 엄마는 닥치는 대로 물건을 던지며 꽁지머리에게 저항하지만 종국에는 코피가 터지거나 팔이 꺾여 풀썩 쓰러지고 만다. 서로 맞서 격한 몸싸움을 벌인 날이면 엄마는 얼굴에 난 상처를 가리느라 파운데이션을 두텁게 발랐다. 화장이 두터운 만큼 공들여 세안을 해야 했던 엄마는 꽁지머리가 앞에 있는 듯 욕설을 퍼붓곤 했다. 사실 엄마만 상처를 입는 게 아니다. 작은 체구 어디서 그런 힘이 나오는지 몰라도 꽁지머리의 몸에도 면도칼로 그은 것 같은 엄마의 손톱자국이 어지러이 찍혀있었다. 그렇게 다시는 안 볼 것처럼 물불을 가리지 않고 싸우던 두 사람은 금세 화해를 하고 주거니 받거니 술잔을 부딪치며 낄낄대곤 한다. 그럴 때 보면 둘은 영락없는 부부다.

슬금슬금 엄마 곁으로 다가간 꽁지머리가 엄마의 옷자락에 손을 집어넣는다. 엄마는 잠깐 움찔하다가 그냥 둔다. 꽁지머리가 능글거리는 웃음을 매달고 엄마의 젖가슴을 밀가루 반죽 주무르듯 주물럭댄다.

이렇게 살려두는 게 무슨 의미가 있냐고, 대체.

엄마는 대꾸하지 않고 텔레비전만 본다. 나는 화를 내지 않는 엄마를 무연하게 바라본다.

나는 겉으로 드러나지 않을 뿐 하루에도 몇 번씩 통증 때문에 만신창이가 되곤 한다. 뾰족한 돌로 뼈와 살을 짓찧는 듯한 통증이 수시로 나를 공격해온다. 끓는 물에 덴 듯 살점들이 녹아내리는 것만 같고, 바늘이 온 혈관을 헤집고 다니는 듯 따끔거려 살 수가 없다. 전신을 옮겨 다니며 괴롭히는 통증 때문에 죽을 것만 같지만, 사실 나는 마음대로 움직일 수 없다는 것 말고는 아무 문제가 없다. 다만 문제가 있다면 생각과 행동이 밖으로 드러나지 않는다는 거다.

병원비도 못 내면서, 그만 보내버리자니까?

엄마가 벌떡 일어선다.

그런 말 하려면 당장, 나가!

웃겨, 창녀 주제에.

엄마가 꽁지머리의 아랫도리를 거칠게 움켜쥔다.

그래, 창녀니까 몸뚱이 팔아서 돈 좀 만져보자.

이게 미쳤나, 자식 보는 앞에서.

그런 놈이 시퍼렇게 살아있는 애를 두고 뭐?

나 화나게 하면 이 바닥에서 일 못한다는 거 알아, 몰라?

엄마가 병실 바닥에 주저앉아 아이처럼 발을 동동거리며 운다. 한참을 울던 엄마가 솟구치듯 일어나 꽁지머리의 혁대를 움켜쥔다. 꽁지머리가 뒷짐을 지고 나를 내려다본다. 자, 지금부터 잘 봐둬라. 네 엄만 이런 년이란다. 거만한 웃음을 매달고 있는 꽁지머리의 표정이 그렇게 말을 하는 것 같다. 엄마가 허둥대면서 꽁지머리의 혁대를 풀고 팬티를 끌어내리자 그의 부풀어 오른 성기가 튕겨지듯 고개를 쳐든다. 치마를 걷어 올리며 간이침대를 붙들고 돌아선 엄마가 뚝뚝 눈물을 흘린다. 꽁지머리의 헐떡거리는 숨소리와 엄마의 앓는 듯한 신음소리가 뒤섞여 들려온다.

엄마가 매춘을 시작한 것은 외삼촌 때문이라고 했다. 외할머니는 외삼촌이 술에 취해 행패를 부릴 때마다 엄마를 불렀다.

그때마다 엄마는 이불 밑에 감춰둔 돈을 들고 외갓집으로 담박질했다. 엄마가 외삼촌 손에 돈을 쥐어주면 몽둥이를 들고 설치던 삼촌의 패악질은 끝이 났다. 외삼촌의 행패가 끝나기를 기다리던 나는 유리조각으로 어질러진 거실을 피해 식탁 밑으로 기어들어가 바들바들 떨었다. 이빨로 혀를 잘근잘근 깨물던 외삼촌이 씩씩대고 나가면 엄마는 외할머니 얼굴에 빨간 약을 발라주면서 서럽게 울었다. 주먹으로 가슴팍을 치며 서럽게 울던 엄마는 약병을 휙 집어던지고는 발을 동동거리면서 할머니에게 화풀이를 했다. 내가 왜 이 짓을 하게. 저 자식을 죽이고 싶은데 못하니까. 살인청부업자 사서 죽여 버리려고 이 몸뚱이를 팔기 시작한 거라고.

　엄마가 이불을 뒤집어쓰고 울고 있다. 꽁지머리가 던져놓고 간 돈이 이불을 따라 들썩거린다. 이불에서 하나둘 떨어진 돈이 병실바닥으로 내려앉는다. 그가 나가면서 불을 끈 병실이 점점 어두워지면서 엄마의 형체를 조금씩 지워간다. 그가 뿜어낸 정액만이 비릿한 냄새를 풍기면서 어둠 속을 둥둥 떠다니고 있다. 나는 짙어져가는 어둠을 응시한다. 꽁지머리가 방사한 정자들이 엄마의 자궁에서 사력을 다하고 있을 것이다. 19년 전에 내가 그렇게 태어났듯이 한국 남자가 뿌린 씨앗이 또 움을 틔울지도 모른다. 나는 온힘을 다해 아랫배에 힘을 준다. 하체로 빠져나가는 뜨듯한 온기에 나는 한바탕 진저리를 친다.

한기가 들어차고 온몸에 소름이 돋는다. 시도 때도 없이 일어나는 통증을 참으려고 나는 숨을 깊이 들이마신다. 소독약 냄새가 코를 찌르고, 복도를 지나가는 사람들의 말소리가 들려온다. 병원으로 들어오는 앰뷸런스의 다급한 소리도 들린다. 나는 정신을 곧추세우고 다리를 쭉 뻗는다. 소변줄이 박혀있는 아랫도리에 빡빡한 이물감이 느껴진다.

내가 사고를 당한 그날은 필리핀 독립기념일이었다. 막 사거리에 도착했을 때 신호등이 꺼진 횡단보도에 많은 사람들이 모여 있었다. 반대편 도로에는 군악대가 행군하고 있었고, 원색의 빨강 파랑 노랑의 바롱을 차려입은 미녀들이 국기를 흔들며 지나갔다. 나는 구경꾼들 속에서 빠져나와 시험 때 틀렸던 문제를 정리해놓은 오답노트를 꺼냈다. 첫 장을 넘기는데 휴대폰 벨이 울렸다. 공부하러 가는 길이라고 했더니 엄마가 얼른 전화를 끊었다. 괜스레 마음이 조급해져 다시 오답노트를 들추는데 사람들의 비명이 들려왔다. 고개를 든 바로 그때 검정색 자동차가 나를 덮쳤다. 오른쪽 다리가 범퍼에 부딪히면서 몸이 허공으로 솟구쳤다. 땅 위의 건물들이, 나무들이, 차량들이, 사람들이 사정없이 돌고 돌았다. 공중에서 풀썩 떨어진 내 몸이 가로수를 부딪고 시멘트 바닥으로 곤두박질쳤다. 내 몸이 고무공처럼 바닥에서 두서너 번 튕겨졌던 것도 같은데 확실치는 않다. 그렇게 점점 머리가 뜨거워지는 성싶더니 이내 어지럼증이 일면서 속이 메스꺼워졌다. 경련하듯 들썩이던 허리가 꺾이면서 소화가 되지 않은 음식물이 우르르 쏟아졌다. 누군가 잽싸게 달려와 나를 모로 누이는 것도 같았다. 나는 안간힘을 쓰며 일어나려고 애썼지만 몸이 말을 듣지 않았다. 가까워지는 앰뷸런스 소리를 들으며 나는 가까스로 뜬 실눈으로 보도블록 위에 올라선 검은색 승용차를 보았다. 검은색 승용차가 물결에 일렁이듯 가물거리더니 보푸라기처럼 삐져나와 있던 한 가닥 의식이 어둠 속으로 빨려 들어가면서 블랙아웃 되었다.

끊어질 듯 이어가는 가쁜 숨소리, 똠방똠방 오줌 떨어지는 소리, 힘없이 흘러나오는 방귀소리가 뒤섞여 들려왔다. 나는 저쪽 세상으로 넘어가지 않으려고 몸부림을 치는 생명의 소리를 들으며 눈을 떴다. 형광등 불빛이 눈을 찔렀다. 나는 눈을 찡그리며 주위를 훑어보다가 몸을 일으키려했다. 하지만 손가락 하나 까딱할 수 없고 수천 마리의 벌이 일제히 쏘아대는 듯한 통증이 몰려와 이만 악물었다. 얼마나 다친 걸까, 기억을 더듬으려고 눈을 감는데 눈꺼풀이 내려앉지 않았다. 팽팽하게 공기를 머금은 풍선처럼 뇌가 터질 듯 부풀어 오르는 것만 같았다.

나는 부릅뜬 눈으로 엄마를 기다리고 있었다. 중환자실 문이 열리고 우르르 몰려오던 면회객들의 발소리가 사방으로 흩어졌다. 많은 발소리에도 나는 엄마가 걷는 소리를 금방 알아들을 수 있었다. 엄마는 오른발에 비해 왼발을 약하게 내딛는다. 그러니 왼쪽 다리가 짧은 것처럼 뒤뚱거릴 수밖에. 언뜻 봐서는 잘 표시가 나지 않지만 엄마는 자신이 그렇게 걷는다는 걸 알면서도 아니라고 우겼다.

열다섯 살 때부터 매춘을 했던 엄마는 내가 태어나기 일 년 전쯤에 아버지를 만났다고 했다. 할머니와 동생들을 책임져야 했던 엄마는 아버지가 주는 적은 돈으론 살아갈 수가 없어 매춘 일을 계속했다. 매춘 일을 그만두고 싶었던 엄마가 아버지에게 섹스를 한 횟수만큼 돈을 더 주면 안 되겠냐는 속내를 털어놓았다. 그때 골프채를 집어든 아버지에 의해 어린 엄마의 아킬레스건이 산산조각난 뒤로 엄마는 오리처럼 뒤뚱거리는 걸음을 걷게 되었다고 외할머니가 말해줬다.

엄마, 라고 소리쳐 불러보았지만 엄마라는 소리가 목구멍 안에서 스러졌다. 내 얼굴을 어루만지던 엄마도 소리쳐 외쳤다. 빨리 좀 와주세요. 우리 애가 눈을 떴어요. 엄마는 계속해서 내게 말을 시켰다. 지니야, 엄마 소리 들려? 들리면 눈을 깜빡여봐. 나는 눈을 감았다 떠 보이기를 여러 번 시도했지만 엄마는 여전히 엄마 소리 들리면 눈을 깜빡여보라는 말만 되풀이했다. 그 뒤로 나는 기미 낀 엄마의 얼굴만 아프게 바라볼 수밖에 없었다. 그날 내 눈에 손전등을 비추고, 가슴골에 청진기를 갖다 대던 의사가 엄마에게 말했다. 일단 고비는 넘긴 거 같으니 경과를 지켜봅시다. 성모마리아상 앞에서 기도하듯 두 손을 모으고 있던 엄마가 그렁그렁한 눈으로 고개를 부지런히 끄덕여 보였다.

나를 이렇게 만든 건 규빈의 아버지다. 필리핀 한국대사관에서 근무한다는 그를 나는 아직까지 본 적이 없다. 중환자실에서 일반병실로 옮겨지던 날도 그는 오지 않았다. 제 아버지를 대신해서 규빈이 나를 찾아온 건 엄마가 막 병실을 비우기 시작하던 무렵이었다.

나보다 두세 살 가량 어려 보이는 남자애가 빠꼼히 병실 문을 열고 들어왔다. 조심스럽게 다가온 아이가 다짜고짜 내 손을 덥석 잡더니 혼잣말처럼 중얼거리기 시작했다. 누나, 우리 아빠여기 한 번도 안 왔지요? 원래 그런 사람이에요. 아빠 대신 용서를 빌게요. 그날 비자발급 문제로 급히 차를 몰고 가다가 아빠가 사고를 냈던 거래요. 필리핀 여성과 결혼하려는 한국 총각이 인터넷에 항의성 글을 올려 진상을 파악하러 가던 길이었다나 봐요. 그렇게 두서없이 중얼거리던 애가 갑자기 아참 내 말 못 알아듣지? 여기 온 지 얼마 안 돼 영어도 서툴고. 어쩌지? 하면서 제 머리를 콕콕 쥐어박았다. 그러더니 계속 구시렁구시렁 혼잣말을 해대는 거였다. 지니 누나죠? 전, 규빈이라고 해요. 또 그렇게 혼자서 한참을 떠들다가 돌아간 규빈이라는 아이는 곱상한 생김새답지 않게 넉살 하나는 끝내줬다. 거기에다 붙임성까지 좋아 나를 누나라고 부르며 살갑게 굴다 갔지만 나는 그 아이가 하나도 달갑지 않았다. 그 아이 입에서 나온 아빠 대신 용서를 빈다는 말 때문이었다. 용서를 빌기 전에 진심어린 사과부터 해야 했다. 용서를 할지 말지는 내가 결정할 일이니까.

　가슴이 보일락 말락 깊이 파인 옷을 입고 짙은 화장을 한 엄마 입에서 술내가 진동한다. 엄마가 매춘 일을 다시 시작한 것 같다. 요즘 부쩍 외출이 잦은 엄마는 예전처럼 근심스런 표정도 짓지 않고 이따금씩 손을 뻗어 내 눈을 찌르지도 않는다. 나는 딱딱 소리를 내며 껌을 씹는 엄마를 본다. 돈이 또 떨어진 모양이다. 엄마는 돈이 필요하면 언제든지 남자 앞에서 옷을 벗는다. 부자가 되고 싶거나 고상하게 살고 싶거나 하는 욕심이 없는 엄마는 그날그날 필요한 돈이 생기면 그걸로 끝이다. 그런 엄마가 못마땅한 나는 백치일지도 모르는 엄마를 오래오래 바라보곤 했다. 그나마 다행인 건 딸만큼은 자신처럼 살지 않기를 바란다는 것인데, 그것도 술에 취해 있을 때만 그랬다. 우리 딸은 훌륭한 의사가 될 거야. 그 말조차도 별 뜻 없이 내뱉어서 그런지 엄마는 한숨을 푹 내쉬고는 곧장 잠에 빠져들었다.
　열어놓은 창문으로 비바람이 들이친다. 엄마는 쌀쌀한지도 모르고 깊은 잠에 빠져있다. 창밖의 나무가 바람에 휘청거린다. 태풍이 올 징조다. 매년 찾아오는 태풍은 코피노들이 모여 살던 빈민촌의 지붕을 날리고 담벼락을 무너뜨렸다. 태풍이 할퀴고

간 자리에 남은 것은 굶주림과 절망뿐이었다.

작년 만성절을 한 달 가량 앞두고 불어 닥친 태풍은 그 어느 해보다 강력했다. 태풍에 가로수가 뿌리째 뽑히고 사람과 가옥이 쓸려가는 바람에 학교에도 휴교령이 내려졌다. 세상을 다 쓸어버리고 말겠다는 듯 사납게 불어제치는 태풍을 가슴으로 밀어내면서 우리는 학교로 갔다. 한국인 소설가 김정현의 『아버지』를 토론하기 위해서였다. 하이스쿨로 진급하면서 한국을 알려면 소설만큼 좋은 게 없다는 생각에서 결성한 모임이었다. 학교에 도착했을 때 나와 친구들은 흠뻑 젖은 생쥐 꼴을 하고 있었고 비닐우비도 폭탄을 맞은 듯 찢겨져 있었다. 서로를 손가락질하면서 까마귀 떼처럼 운동장을 돌 때 앞서가던 제시카가 큰 소리로 말했다. 우리 아버진 어떤 사람일까. 엄마는 작은데 내가 이렇게 큰 걸 보면 우리 아버지는 분명 키가 큰 사람일 거야, 그치? 우리는 약속이라도 한 듯 일제히 멈춰 섰으면서도 제시카의 물음에 답하지 못했다. 고개를 푹 숙이고는 신발 앞부리로 질척거리는 흙만 콕콕 파댈 뿐이었다. 갑자기 괴성을 지른 제시카가 하늘을 향해 두 팔을 벌리면서 무릎을 꿇었다. 그대로 한참을 있던 제시카가 벌러덩 진흙탕 바닥에 드러누워버렸다. 누가 먼저랄 것도 없이 우리는 제시카를 따라 바닥에 드러누워 진흙탕을 구르기 시작했다. 그렇게 우리는 하늘이 구멍난 것처럼 쏟아져 내리는 폭우를 온몸으로 맞으며 고래고래 소리를 질러댔었다.

 친구들이 그립다. 얼굴보다 이름이, 이름보다 별명이 먼저 떠오른다. 얼굴이 하얗고 부석해서 두부인 레아, 키가 커서 장다리인 크리스, 지금쯤 의대생이 되었을 히포크라테스 제시카가 보고 싶다. 우리는 모두 아버지가 누군지 모른다. 다만 한국인이고 사업차 필리핀에 왔었다는 것만 안다. 그렇게 세상에 태어난 우리지만 아버지를 원망할 생각은 없다. 우리에게 아버지에 대한 원망은 너무 멀고, 돈벌이 수단으로 내돌린 몸뚱이로 우리를 낳은 엄마들에 대한 원망만 가까웠다. 그랬던 우리의 생각이 차츰 커지면서 그녀들의 삶을 이해하기 시작했다. 그녀들에게 처음 매춘은 돈벌이를 하기 위한 선택이었지만 나중에는 자식을 키워내기 위해 꼭 해야만 하는 필수가 되었다.

 3년 전 제시카 어머니는 에이즈로 죽었다. 그녀의 유골을 차가운 시멘트벽에 가두고 돌아오던 날 우리는 한국으로 유학을 가기로 맹세했다. 한국 유학을 목표로 삼은 건 아버지들을 찾아서 벌을 주자는 게 아니다. 아버지 나라에서 당당하게 대접받으며 살고 싶어서다. 우리에게 붙여진 정체가 모호한 수식어로부터 도망치지 않겠다는 다짐이기도 했다. 그것만이 우리들의 존재가 부정당하지 않는 유일한 길이었다.

 사고만 아니었다면 지금쯤 나도 제시카와 함께 서울에서 유학하고 있을지도 모른다. 제시카는 여기서처럼 차별을 받지 않고 당당하게 살고 있을까. 히포크라테스처럼 훌륭한 의사가 되고야 말겠다던 제시카, 엄마가 돌아가셨을 때 허공을 노려보며 흐느끼던 그녀가 보고 싶다.

엄마가 냉수를 들이키면서 위를 쓸어내리고 있다. 웬일로 일찍 일어나나 했더니 속이 쓰려서 그런 거다. 엄마는 배가 부르면 술맛이 없다고 안주 없이 술을 마신다. 위장이 성할 리가 없다. 예전에도 한밤중에 일어나 위를 쓸며 고통스러워하는 모습을 자주 보았다. 그러면서도 술을 끊지 못하는, 아니 안주 없이 술을 마시는 엄마가 미워죽겠다.

엄마는 어젯밤에 싸가지고 온 음식으로 아침을 때운다. 음식물을 입안에 넣고 오래도록 씹는다. 나는 엄마가 탐스럽게 음식을 먹는 걸 본 적이 없다. 언제나 반찬 투정을 하는 어린아이처럼 깨지락거린다. 단맛이 나도록 씹은 음식물을 몇 번 삼키고는 남은 음식을 비닐봉지에 쓸어 넣는다. 엄마가 후식으로 망고를 한입 베어 물었을 때 꽁지머리가 들어왔다.

엄마가 입속에 있던 망고를 뱉으며 창문을 연다. 꽁지머리가 눈으로는 엄마를 보면서 손으로는 내 볼을 콕콕 찌른다. 꽁지머리가 한쪽 입술을 비틀고 웃는다. 그가 웃는 데는 다 이유가 있다. 내가 돈을 받고 팔 수 있는 물건이기 때문이다. 방금도 심장, 간, 콩팥 등에 값을 먹이고는 좋아서 웃은 거다. 만에 하나라도 그가 내 장기를 판다면 엄마에게는 얼마나 쥐어질까. 사실 이런 상상은 의미가 없다. 엄마 수중에 돈이 들어간다 해도 외삼촌에게 금세 빼앗길 테니까. 외삼촌은 사냥개만큼이나 엄마의 돈 냄새를 잘도 맡는다.

팔짱을 끼고 창밖을 바라보던 엄마가 되돌아선다. 엄마가 느닷없이 꽁지머리에게 목청을 높인다.

당장 나가. 애 볼은 왜 꼬집어?

꽁지머리가 씹던 껌을 바닥에 퉤 뱉는다.

고기 값 많이 쳐준다잖아. 시간 끌어봤자 손해라니까.

엄마 어깨를 툭 친 꽁지머리 손이 아래로 내려와 엄마의 젖가슴에서 멎는다. 엄마가 문을 열며 소리친다.

쇠고랑 차고 싶지 않으면 꺼져.

보자보자 하니까, 이게.

꽁지머리가 주먹을 쥐어보이자 엄마가 얼른 두 손으로 얼굴을 감싼다. 엄마에게는 머리보다 얼굴이 더 중요한가 보다. 하긴 매춘을 해서 밥을 벌어먹으려면 얼굴이 더 중요할 수도 있겠다. 쾌락을 위해 돈을 지불하는 남자란 작자들에게 매춘부가 백치이건 말건 무슨 상관이겠는가. 그저 환장할 것 같은 한순간을 즐기면 그만인 것을. 그나저나 오늘은 꽁지머리가 순순히 나갈 낌새다. 그가 어슬렁어슬렁 다가가 엄마 손에 또 명함을 쥐어준다. 신경질적으로 문을 닫은 엄마가 명함을 구겨 휴지통에 처넣는다. 그리고 내가 덮고 있던 이불을 사납게 걷어내고는 내 허벅지를 꼬집어 비튼다.

차라리 확 죽어.

살점이 떨어져나갈 듯한 아픔으로 나는 어금니를 깨문다. 엄마가 화풀이라도 해서 그 속상함이 가신다면 물건 다루듯 나를 막 대해도 괜찮다.

화장을 하는 엄마의 손길이 무척이나 진지하다. 외출을 할 모양새다. 눈두덩에 펴바른 푸른색 샤도우가 멍처럼 보인다. 유난히 얼굴에 신경 쓰는 걸 보면 남자가 또 생겼는지도 모르겠다. 자신보다 남을 더 아끼는 엄마는 이번에도 버림받는 날까지 그 남자에게 정성을 다할 것이다. 외할머니를 보호하기 위해 몸 판 돈을 주저 없이 외삼촌에게 쥐어주는 엄마다. 그러면서도 외삼촌한테 화냥년이라고 욕을 먹는다. 외삼촌을 무서워하는 엄마는 할머니가 죽든지 외삼촌이 죽든지 할 때까지 몸을 팔 게 틀림없다. 민소매 원피스를 입은 엄마가 거울을 보며 손으로 머리를 매만진다. 거울 속으로 엄마 겨드랑이에 시커먼 털이 보인다. 엄마는 파인 옷을 입고도 아무렇게나 허리를 숙이고 치마를 입고도 한쪽 무릎을 세워 앉는다. 나는 언제나 그런 엄마가 걱정스럽기만 하다. 피임이나 제대로 하는지 모르겠다. 서른일곱 살인 엄마는 조심하지 않으면 나 같은 코피노를 또 낳을 수 있다. 어쩔 수 없이 몸을 판다지만 정신만이라도 헤프지 않았으면 좋겠다.

엄마가 내 엉덩이를 들어 올린다.

꼴에 꼬박꼬박 생리는.

엄마가 혀를 차며 서랍장을 열고 생리대를 꺼낸다. 나는 생리대를 갈아주는 엄마를 가만히 본다. 엄마의 처분만 바라고 있는 나는 정지된 한순간에 머물러 시간을 거역할 형편이 못 된다. 그러니까 나 같은 식물인간은 살아있어도 살아있는 게 아닌 거다.

건성으로 내게 이불을 덮어준 엄마가 가방에서 손거울을 꺼낸다. 거울 속 얼굴에다 분첩을 부지런히 놀리던 엄마가 가방을 둘러메고 나간다. 나는 엄마에게 다녀오라는 눈인사를 건넨다.

이대로 죽을 것인가, 병실에 홀로 남은 나는 천장을 노려본다. 예전으로는 돌아갈 수 없는 걸까. 숨을 들이마시자 비릿한 냄새가 코를 찌른다. 힘껏 아랫배에 힘을 주자 뭉클뭉클한 덩어리가 빠져나온다. 하얀 생리대 위로 노을보다 더 붉은 꽃망울이 구름처럼 피어난다.

문을 열고 규빈이 들어온다. 나는 손을 들어 인사하려다 그만둔다. 마음보다 몸이 먼저 반응한 건 그가 반가워서만은 아니다. 울적한 기분을 달래줄 누군가가 필요해서다. 엄마도 의사도 어느 누구도 내게 말을 걸지 않는다. 그들은 혼잣말로 중얼거리거나 자기네들끼리 대화하는 게 전부다. 나는 식물처럼 고요히 그들을 지켜볼 뿐이다. 의사와 간호사가 그젯밤 리베로호텔에서 저지른 비행을 나는 알고 있다. 회진을 돌 때 사람들의 눈을 피해 의사가 간호사의 엉덩이를 움켜쥐는 것도 여러 번 봤다.

나에게 말을 거는 건 규빈뿐이다. 내가 대답하지 않아도 그는 묻는다. 내가 위로해주지 않아도 그는 속상했던 순간들을 털어놓는다. 숨기고 싶은 자신의 과거를 고해하듯 읊조리는 규빈에게 나는 언젠가부터 위로를 받기 시작했다. 엄마의 눈 화장이 짙어지던 즈음이었을 것이다. 처음엔 무척 당혹스러웠다. 지긋지긋한 이 상황을 견딜 수 없었던 나의 무의식이 꾸며낸 환상일 거라며 나는 수십 번도 더 고개를 저었다.

규빈이 책가방에서 상자를 꺼낸다. 포장지를 벗기고 상자뚜껑을 연다. 입이 없는 키티가 분홍 원피스를 입고 분홍 나비 핀을 머리에 꽂고 있다. 늘 그러했듯 규빈은 또 혼자서 중얼거린다.

키티라고 하는데, 누나를 닮았어요. 키티가 입을 닫고 있는 건 말을 못해서가 아니에요. 가슴에 묻어둔 사연들을 들어주려고 그러고 있는 거예요. 아이들이 키티를 좋아하는 건 그런 이유가 아닐까 해요.

규빈이 핑크 키티를 내 품에 안겨준다. 규빈은 내가 생각하는 것 이상으로 외로움을 많이 타는 거 같다. 규빈이 오늘따라 말이 많다. 누나가 하루빨리 퇴원하길 바라면서도 이대로 있어줬으면 좋겠다는 생각도 해요. 완쾌하면 날 안 만나줄 테니까. 내 얘기에 귀 기울여주는 …… 누난, 내 키티예요. 규빈이 내 손을 꼭 잡았다 놓는다.

말없이 키티를 만지작거리는 그의 표정에서 쓸쓸함이 묻어난다. 할 말이 있는 듯 머뭇거리다가 병실 문을 열던 그가 움찔한다. 엄마가 나를 향해 걸어와 키티를 낚아채 바닥에 패대기친다. 그를 노려보고 있는 엄마를 거꾸로 처박힌 키티가 또 노려보고 있다.

이런 거 살 돈 있으면, 차라리 나한테 돈으로 줘.

아이한테 돈을 달라는 엄마가 부끄럽다. 규빈의 아버지는 교통사고에 대한 도의적인 책임을 다했다. 일시불로 받은 합의금은 외삼촌의 술값으로, 외할머니의 약값으로 야금야금 다 써버렸다. 엄마는 규빈이 나를 좋아하는 줄로 착각하는데, 그건 아니다. 그 애가 나를 찾는 건 제 외로움 때문이다.

규빈은 아버지의 강요로 어쩔 수 없이 어학연수를 하는 셈 치고 필리핀에 온 거다. 그는 공부하기를 죽는 것만큼이나 싫어한다. 공부 잘하는 사람들을 괴물 보듯 하는 놈이다. 바람을 피운 아버지가 엄마랑 이혼하는 바람에 마음 둘 곳이 없어 떠도는 그런 놈이다. 언젠가 이혼을 들먹이며 엄마 아빠가 싸우는 걸 보고 홧김에 돌멩이를 던진 적이 있다고 했다. 와장창 유리창이 깨지지 뭐예요. 삼십육계 줄행랑을 치면서 달리는 맛을 알게 되었죠. 그가 달리기를 시작한 건 그때부터라고 했다. 외로움을 달래는 데는 달리기가 최고라던 그는 나를 찾아올 때조차 대중교통을 이용하지 않고 뛰어서 온다고 했다.

나는 부릅뜬 눈으로 천장 모서리를 바라본다. 내내 저기압인 엄마를 보기가 민망해서다. 엄마가 외출에서 왜 금세 돌아왔는지 알 수 없지만 뭔가 안 좋은 일이 있은 모양이다. 또 남자에게 버림받았는지도 모르겠다. 엄마는 숱하게 버려지면서도 왜 그래야 하는지 알려고 하지 않는다. 이런 일을 하는 여자를 어떤 놈이 좋아하겠냐며 한숨만 내쉴 뿐이다. 뉴스가 끝나자 엄마가 텔레비전을 끄고 이불을 편다. 엄마의 눈 주위에 몰려 있던 기미가 얼굴 전체로 퍼져 있다. 속이 까맣게 타는 모양이다.

차트를 들여다보던 의사가 고개를 갸우뚱거리다가 내 눈을 벌리고 손전등을 비춘다. 나는 반사적으로 눈을 깜빡인다. 의사가 내 코에 끼어있는 줄을 아무렇게나 잡아당긴다. 코끝이 찡해오고 목젖이 따끔거린다. 그 줄은 내 생명을 연장시켜주는 밥줄이다. 나는 그 줄로 주스를 마시고 유동식 곡물을 마시며 연명한다. 그렇게 아직은 살아있는 나를 공장에서 찍어낸 인형쯤으로 취급하는 의사를 나는 빤히 쳐다본다. 의사가 간호사에게 차트를 건네며 말한다. 이 환자 퇴원시키란 지가 언제야?

병실에 들어서는 엄마 얼굴이 화사하다. 엄마가 들고 있는 꽃

때문일까. 평소와 다르게 엄마의 움직임이 경쾌하다. 머그컵에 꽃을 꽂고 카디건을 벗은 엄마가 간이침대에 궁둥이를 걸치면서 성경책을 펼친다. 나는 침을 발라 책장을 넘기는 엄마를 본다. 엄마가 언제부터 성경책을 읽기 시작했는지 모르지만 곧 그만 둘 것이다. 꾸준하게 무얼 해본 적이 없는 엄마다. 귀가 얇아 혹한 탓에 집어치우는 것도 쉬운 엄마지만 성경책만큼은 꾸준히 읽었으면 좋겠다. 똑똑, 노크 소리가 나고 간호사가 들어온다. 엄마가 다소곳이 일어나면서 성호를 긋는다. 겉옷을 챙겨든 엄마가 앞장서는 간호사를 뒤따른다. 병실 가득 꽃향기가 퍼진다. 머그컵에 꽂혀있는 삼파귀타를 본다. 화려하진 않지만 맑고 깨끗한 꽃이다.

밖에 비가 오는지 규빈이 우산을 들고 들어온다. 나는 규빈이와 삼파귀타를 번갈아 살핀다. 삼파귀타는 삶은 계란을 벗겨놓은 것 같은 알 모양의 꽃을 피운다. 추위에 약한 게 흠이지만 향기만큼은 어느 꽃에 지지 않는 삼파귀타는 심약해 보이지만 강인한 구석이 있는 규빈을 꼭 닮았다. 어깨 위의 물기를 털어낸 규빈이 막 팔을 걷어붙이고 물걸레질을 시작한다.

규빈이 내 콧줄에다 요구르트를 넣어준다. 기도에 들어가지 않도록 튜브를 살살 기울이면서 조금씩조금씩 흘려 넣어준다. 그의 손길이 엄마의 것보다 더 섬세하다. 침대 위로 올라온 규빈이 나를 일으킨다. 규빈의 몸을 의지하고 앉은 등허리에 따스한 기운이 번진다. 규빈이 내 등을 위에서 아래로 서너 번 쓸어내리자 끄윽 트림이 새나온다. 내 머리를 한 손으로 받친 규빈이 몸을 빼면서 서서히 나를 눕힌다. 때마침 문을 열고 들어온 엄마가 서슬이 파래진 얼굴로 달려온다. 규빈의 몸이 화석처럼 굳는다.

당장 내려오지 못해!

허둥대며 이불을 덮어주는 규빈의 뒷덜미를 엄마 손이 잡아챈다. 바닥으로 나뒹굴다 꿇어앉은 규빈이 엄마의 주먹질에 흔들린다.

버러지 같은 족속들.

엄마가 씩씩거리며 이불을 걷어내고는 내 가랑이를 벌린다. 제 몸 하나 간수 못할거면 차라리 죽어, 죽어! 엄마의 손바닥이 내 엉덩이를 찰싹찰싹 때린다. 나는 질끈 감았던 눈을 뜨고 엄마를 본다. 건성으로 내게 이불을 덮어준 엄마가 휴대폰을 꺼내 번호를 누른다. 나는 살의로 번뜩이는 엄마의 눈을 노려본다. 엄마는 지금 아버지에 대한 분노를, 세상에 대한 화를 규빈이에게 풀고 있다. 그만둬. 나는 다급하게 엄마를 말려보지만 목소리가 되지 못한다. 나는 머리를 조아리고 있는 규빈을 향해 소리를 지른다. 도망가버려, 그냥. 소리가 되지 못하고 스러지는 말을 되삼키던 나는 가슴을 옥죄는 답답함으로 숨을 쉴 수가 없다. 간헐적으로 단말마 소리를 터트리던 입안 가득 거품이 차오르면서 나는 서서히 움직임을 멎어 간다.

누나, 누나!

규빈의 소리를 들으며 혼미해져가는 정신을 나는 곧추세운다.

악몽에서 깨어난 듯 번쩍 눈을 뜬다. 규빈의 꿈을 꾼 것도 같은데 생각나지 않는다. 좌우로 눈동자를 굴려 주변을 살핀다. 사고를 당하고 나서 처음 눈을 떴던 중환자실이다. 엄마가 침대에 엎드려 울고 있다. 납작 엎드린 엄마의 정수리가 보인다. 나는 눈을 감았다가 떴다가 그 짓을 여러 번 반복한다. 눈꺼풀 내려앉는 느낌이 예전과 달라 두 눈을 동그랗게 뜬다. 어른거리던 형체들이 점점 또렷해지면서 눈꺼풀의 떨림이 미세하게 감지된다. 엄마가 눈물을 닦으며 일어나자 나는 잽싸게 두 눈을 부릅뜬다. 저쪽으로 걸어가는 엄마가 보이지 않을 때까지 기다렸다가 나는 눈을 감고 뜨는 연습을 무한 반복한다. 이제 눈을 감고 싶으면 감고 눈을 뜨고 싶으면 뜰 수 있다. 가슴이 벅차오른다. 이제 나는 곧 일어날 수 있을 것이다.

몸이 나아서 퇴원하면 무엇부터 할까. 규빈에게 정식으로 데이트 신청을 해야겠다. 아니다, 그보다 먼저 거울을 봐야 한다. 그동안 머리카락이 얼마나 자랐는지, 부석부석한 얼굴의 붓기는 얼마나 가라앉았는지 확인해야 할 것이다.

나는 예쁘게 웃는 연습을 한다. 쌍꺼풀이 없는 아버지 눈을 닮아 실눈이 되는 게 싫어서 잘 웃지 않았다. 엄마가 쌍꺼풀 수술을 해준다고 했을 때 할 걸 그랬다. 엄마가 매춘해서 번 돈을 헛되이 쓰고 싶지 않아 거절했는데, 괜히 그랬다. 나는 이가 드러나도록 웃어본다. 환하게 웃을 땐 양 볼에 움푹 보조개가 파였는데 지금도 보조개가 피어날까.

규빈을 철새 도래지인 맹그로브 숲 상뚜아리에 데려가야겠다. 철새들이 짝을 짓기 위해 날개를 퍼덕이며 부르는 세레나데를 그에게도 들려줘야지. 세상에 그 어떤 음악도 구애하는 새들의 지저귐만큼 감미롭진 않을 테니까. 호들갑을 떨며 간호사를 부르는 엄마가 내 공상을 깬다. 빨리 와보세요, 우리 애가 또 깨어났어요.

가슴골이 보이는 브이넥 원피스를 입고 나간 엄마가 사흘이 넘도록 돌아오지 않고 있다. 누군가가 휘두른 골프채에 오른쪽 다리마저 못 쓰게 된 건 아닐까. 엄마가 걸어서 못 오면 기어서라도 나타나주기를 나는 기다린다. 사고가 나기 열흘 전쯤에 서울로 유학을 가겠다고 시위를 벌인 적이 있었다. 얼굴의 푸른 멍을 가리기 위해 점점 짙은 화장을 하는 엄마를 한국으로 데려갈 생각이었다. 결국 삼일 만에 고집을 꺾은 탓에 엄마는 내가 꿈을 접은 줄 알지만 사실은 아니었다. 가난한 엄마를 힘들게 하면서까지 A- Level 과정을 수석으로 마친 내가 유학의 꿈을 포기할 리가 없다. UP대학 의학부에 입학하면 서울 유학의 꿈이 쉽다는 걸 알고 잠시 계획을 미룬 것뿐이다. 내가 빨리 일어나서 한국으로 유학을 가게 된다면, 엄마도 필리핀에서의 구질구질한 삶을 잊고 새롭게 시작할 수 있을 것이다.

나만큼이나 꽁지머리도 엄마를 기다리는 걸까. 꽁지머리는 아까부터 심각한 표정으로 간이침대에 앉아있다. 뭔 생각에 골똘해 있던 그가 문을 열고 밖을 살피고는 다시 닫는다. 꽁지머리가 풀린 눈으로 다가와 내 볼을 쓰다듬는다. 그의 손이 미끄러지듯 가슴께로 내려온다. 허둥지둥 앞자락 단추를 푼 그가 내 젖가슴에 얼굴을 묻는다. 거친 숨소리를 내던 그가 아래로 손을 뻗는다. 힘없이 발가벗겨진 바지 위로 내 아랫도리가 드러난다. 욕정으로 번들거리는 그를 노려보는 나의 부릅뜬 눈에서 눈물이 흐른다.

꽁지머리가 숨을 헐떡인다. 그의 몸에 짓눌린 내 몸뚱어리가 느즈러지면서 고통이 사그라진다. 나는 천천히 감았던 눈을 번쩍 뜬다.

이년 보게.

경기하듯 꽁지머리가 몸을 떨어댄다.

병실 문이 열린다. 나는 규빈의 커진 동공을 피해 수치심으로 몸을 움츠린다. 꽁지머리는 인기척을 느끼지 못한다. 탁자 위 가습기를 집어 든 규빈이 한 발씩 걸음을 뗀다. 언제 나타났는지 모를 엄마의 눈에 핏발이 서려있다. 엄마가 규빈의 손에서 가습기를 빼앗아 꽁지머리 뒤통수를 내려친다. 꽁지머리가 비명을 내지르며 꼬꾸라진다. 엄마가 사정없이 그의 얼굴을 짓밟는다. 꽁지머리 뒤통수에서 흐른 피가 병실바닥을 적신다. 푸르스름한 멍이 올라온 엄마의 볼로 눈물이 콸콸 쏟아져 내린다. 엄마는 딱지가 앉은 입술로 악에 바친 소리를 쏟아낸다. 하얗게 눈을 까뒤집고 손을 허우적대는 꽁지머리를 엄마는 한 번 더 가습기로 내려찍는다.

심장박동이 거세지면서 손가락이 부들부들 떨린다. 조금만 더, 나는 이를 악물고 손을 들어올린다. 주먹 쥔 손을 펴면서 온 힘을 다해 손을 내젓는다. 내 허벅지를 닦아주는 규빈의 눈에서도 눈물이 흐른다. 가슴속에서 한 점 불꽃이 인다. 한줄기 빛이 전신을 감싸며 나를 에워싼다. 성운처럼 쏟아지던 빛이 입자로 부서져 내린다. 눅눅한 어둠 속에 가라앉았던 몸이 공중에 떠오르는 듯 가벼워진다. 전신에 일던 따스한 기운이 시나브로 식어가며 몸이 뻣뻣하게 굳어 간다.

무거운 눈꺼풀 사이로 규빈과 엄마가 희미하게 들어온다. 피투성이가 된 엄마가 벽에 기대어 울고 있다. 엄마는 이제 더 이상 발을 동동거리며 울지 않는다. 천장을 노려보는 규빈의 충혈된 눈에서 눈물이 뚝뚝 떨어진다. 내 안으로 스며든 그의 눈물방울이 수천 개의 별이 되어 눈 속으로 쏟아져 들어온다.

강물은 흐른다

강물은 흐른다

술에 취해 기어오는 일이 있을망정 열 시를 넘긴 적이 없는 아내가 새벽 두 시에 들어왔다. 결혼한 지 십칠 년이 지나도록 열 시를 넘겨 귀가한 적이 없는 아내였다. 아내는 술을 즐겨하는 것 말고는 흠잡을 데가 없는 여자였다. 그래서 배터리가 나갔거나 휴대폰을 잃어버렸을지도 모른다는 생각으로 곧 오겠지 하면서 기다린 것이 그 시간이었다. 열 시쯤 아내의 휴대폰으로 전화를 걸었을 때 전원이 꺼져있었다. 혹시 번호를 잘못 눌렀나 싶어 여러 번 다시 눌렀지만 마찬가지였다. 시장기가 사라진 뱃속에서 꼬르륵 소리가 났지만 유쾌하지 않은 예감이 머릿속을 들쑤셔 먹을 수가 없었다. 생선을 좋아하는 아내를 위해 끓여놓았던 생태찌개가 식은 지 오래였다. 아내의 회사동료인 은하 엄마에게 전화를 걸기에는 너무 늦은 시각이었다. 전자회사에 다니는 아내의 퇴근 시간은 정각 일곱 시로 사고가 났다면 벌써 연락이 왔을 것이다.

텔레비전을 보다가 깜빡 잠이 들었는데 열쇠 구멍에 키 꽂는 소리가 들렸다. 무사히 들어오나 싶은 게 안심이 되면서도 짜증이 솟구쳤다. 째깍거리는 초침 소리가 거슬려 사발시계를 이불 속에 파묻고 열어놓은 안방 문 사이로 아내를 엿보았다. 신발을 벗던 아내의 몸이 자빠질 듯 한쪽으로 쏠렸을 때 하마터면 뛰어가서 부축할 뻔했다. 넘어질 듯 다시 일어서는 아내를 보고 나는 혀를 끌끌 차면서 머리까지 이불을 뒤집어썼다. 옷 갈아입는 소리, 화장실 물 내리는 소리, 양치하는 소리가 연이어 들렸다. 잠시 후 이불속으로 들어온 아내가 몸을 돌려 벽을 향해 모로 눕더니 이내 코를 골았다. 아내가 숨을 내쉴 때마다 감내가 물씬 풍겼다.

아내는 휴대폰까지 끄고 누구랑 술을 마신 걸까. 동료끼리라면 굳이 전원을 끌 필요가 없었을 텐데. 정말 배터리가 나갔을지도 모른다는 경우의 수를 생각하자 아무 일도 아닌 것처럼 마음이 편안해졌다. 만약 그렇다면 의심할 여지가 없이 모든 궁금증이 일시에 사라질 것이었다. 하지만 경우의 수는 그것만이 전부가 아니었다. 나는 온갖 궁리를 한 끝에 아내의 휴대폰을 확인해보자는 결론을 내렸다. 그런데 막상 아내의 소지품을 뒤지는 상상을 하자 가슴이 마구 떨려왔다. 가방을 뒤지다 아내에게 걸리면 그런 낭패가 없을 것이었다. 혹시 소변이라도 마려워서 아내가 일어난다면? 그런 최악의 상황을 떠올리기만 해도 입이 바싹바싹 탔다. 나는 용기를 내어 아내가 덮고 있는 이불을 살살 잡아당겨보고, 아내의 눈앞에다 손을 갖다 대고 흔들어보이면서 아내가 깊이 잠들었는지를 확인했다. 그래놓고도 마땅한 때를 찾느라 검은 방안을 노려보고 있었다. 여간해서 귀가 막힌 바람벽처럼 알람소리도 듣지 못하던 내가 똑딱똑딱 시계 돌아가는 소리를 세고 있었다. 세 시, 네 시, 아내가 몸을 뒤척일 때마다 식겁한 가슴은 좀처럼 가라앉을 줄을 몰랐다. 그런 중에도 정신은 더 맑아지고 위로 향한 눈동자는 사정없이 굴러다녔다. 생각에 생각이 꼬리를 물고 늘어지면서 머리는 온통 뒤죽박죽이 되었다.

나는 슬그머니 이부자리를 빠져나와 아내의 가방을 들었다. 침대에서 내려와 까치발로 화장대 위에 놓여있는 아내의 가방을 집어 들기까지는 꽤나 긴 시간이 흐른 것 같았다. 쿵쾅거리는 가슴을 진정시키고 거실로 나왔을 때, 커튼을 쳐놓은 거실은 캄캄했다. 나는 가방을 더듬거려 아내의 휴대폰을 꺼내 가슴팍에다 대고 배터리가 없기를 기도하며 감았던 눈을 부릅떴다. 아내의 휴대폰은 배터리가 꽉 차 있었다. 잠시 허탈해진 마음으로 풀어졌던 내 눈은 이내 예리하고도 날선 눈빛으로 번들거리기 시작했다. 아내가 밝히기를 꺼려하는 이유가 어쩌면 내가 상상하고 있는 그 이상일지도 모른다는 생각이 들자 불길한 기운이 온몸으로 퍼져나갔다.

알람시계가 요란스레 울어대는 소리에 눈을 떴다. 여덟 시가 지나고 있었다. 새벽까지 잠을 설치다가 늦잠을 자고 말았다. 욕실 세면대에 물기가 바싹 마른 걸로 보아 아내는 출근한지 오래된 듯했다. 눈곱만 떼어내고 허겁지겁 차를 몰며 시간을 잡아당기기라도 하듯 가속 페달을 깊게 밟았다. 젠장, 마음은 급한데 신호등마다 걸렸다. 딱 한 번 녹색신호를 받긴 했는데 유조차가 유턴을 하느라 삼차선 도로를 꽉 막아버린 바람에 시간이 더 지체됐다. 그때 내 입에서 평소에 생각지도 않던 말이 툭 튀어나왔다. 아침술은 하루 망신이요, 마누라를 잘못 얻으면 평생 망신이다!

사무실 문을 빠끔히 열고 발소리를 죽이며 들어갔다. 사장이 내 자리에 앉아 신문을 넘기고 있었다. 나는 머리를 긁적이며 죄송하다고, 차가 막혀서 그만 늦었다고 너스레를 떨었다. 사장이 들은 시늉도 하지 않자 얼굴이 화끈 달아올랐다. 앉지도 못하고 엉거주춤 서 있던 나는 커피를 마실 요량으로 커피비치대로 가려다가 돌아섰다.

여전히 건성으로 신문을 넘기고 있는 사장에게 다가갔다.

"커피 한 잔 드릴까요?"

아무런 대꾸도 하지 않은 사장을 노려보는데 속에서 부아가 치밀었다. 눈을 한 번 부라리고 돌아섰다. 성큼성큼 걸어가 종이컵을 꺼내고 커피믹스를 가위로 막 자르려고 할 때였다. 사장이 언짢아하는 목소리로 말했다.

"거 웬만하면 잔에다 타 먹읍시다. 종이컵은 환경오염의 주범이라잖아요."

머그잔에 커피를 타서 한 모금 마셨다. 커피 맛이 쓴 게 영 뒷맛이 개운치가 않았다. 내 자리를 꿰차고 있으면 난 어디에 앉으란 말인가. 나는 사장의 속셈이 의심스러워 혼잣말로 구시렁거렸다. 이제 나이를 먹었으니 알아서 회사를 그만두라는 건가?

"김 부장, 할말 있으면 크게 얘기해요."

"아닙니다. 그냥 혼자 해본 소립니다."

사장은 뻔히 차 막힐 줄 안다면 서두르면 될 것 아니냐고 맞받아쳤다. 어젯밤부터 똘똘 뭉쳐있던 짜증이 순식간에 솟구쳐 올랐다. 사실 아내의 휴대폰 사건만 없었다면 그저 고개를 주억거렸을 나였다.

"매번 늦은 것도 아니잖습니까? 환경을 생각할거면 애초에 종이컵은 왜 비치해놓습니까? 지금 그냥 넘어가도 될 걸 가지고 괜한 트집을 잡고 계시잖습니까?"

생각나는 대로 지껄이면서도 내가 무슨 말을 하고 있는지조차 몰랐다. 사무실 분위기가 싸늘하게 가라앉고 있다는 것을 고개를 숙인 직원들의 모습에서 알 수 있었다. 여태껏 이런 식으로 사장에게 대든 적은 없었다. 정작 대들고 난리를 피워야 했을 IMF 때도 처분만 바랐었다. 애면글면 모은 재산을 다 날려놓고도 책임조차 물을 생각도 못한 채 바들바들 떨고만 있었던 나였다.

아침 식사는 여느 때처럼 계란 프라이였다. 우유 한 잔을 들이키고 힐끔 아내의 얼굴을 살폈다. 고개를 숙이고 있는 아내의 얼굴은 무표정했다. 어제부터 거의 입을 열지 않고 있는 아내는 간밤에도 잠을 설치는 것 같았다. 얼굴은 푸석했고 퉁퉁 부은 눈두덩 때문에 작은 눈은 더 작아보였다. 그날 일 때문에 가슴이 타는 내 마음을 알고 있다는 듯 자진해서 말해주면 좋겠는데, 아내의 굳게 닫힌 입술은 여간해서 열릴 것 같지 않았다. 아내의 입술을 노려보았다. 두툼해서 매력적이라고 생각했던 그 입술이 아니었다. 삶아서 썰어놓으면 한 접시는 될 만큼 두툼한 게 상스럽게 느껴지기까지 했다. 사내 체면에 소인배처럼 대놓고 물을 수도 없고, 그냥 묻어줄 수만은 더더욱 없어서 가슴만 탔다. 나는 두어 번 헛기침을 하고 창밖으로 시선을 던지며 대수롭지 않다는 듯 시니컬하게 물었다.

"엊그제 누구랑 술 마셨어?"

"여고 동창하고요."

담담하게 말하는 아내를 바라봤다. 아내가 조금이라도 미안하다는 표정을 지어주기를 바랐던 나는 당황했다. 아무 일도 아니라고, 내가 생각하고 있는 것만큼 중요하지도 심각하지도 않다는 암시를 주길 바랐다. 그랬다면 나도 가슴을 후벼판 일도 없었다는 듯 태연스럽게 일단락을 지었을 것이다. 그리고 얼른 출근해서 사장에게 커피 한 잔 타주면서 화해의 모양새를 갖추고 싶었다. 벼랑 위를 걷는 듯 위태롭고 불안한 상황을 끝내고 얼른 편안한 일상으로 복귀하고 싶었다. 애써 부드럽게 표현했지만 내 말끝에는 가시가 돋쳐있었다.

"근데 휴대폰은 왜 꺼놨어?"

아내가 만나는 유일한 동창인 희수는 나도 알고 있었다. 희수라면 동창이라는 표현을 쓰지 않을 터였다. 그리고 아내의 휴대폰을 뒤졌을 때 마지막으로 찍힌 전화번호는 내 것이었다.

"방해 받고 싶지 않아서요."

이럴 때만큼은 반말을 써주면 좀 좋아. 나이 차이가 많은 내게 늘 경어를 쓰는 아내지만 오늘만큼은 남 대하듯 하는 것 같아 화가 났다. 곁눈질로 훑은 아내의 메마른 얼굴에는 언짢은 표정이 역력하게 스며있었다.

"출근할 사람 잡아놓고 뭘 꼬치꼬치 캐물어요?"

아내의 서슬에 당황한 나는 주춤 물러서면서 벙찐 눈으로 그녀를 보았다. 거칠게 내려놓은 젓가락에 시선을 고정시키고 있는 아내는 무척 화가 난 듯 보였다. 또다시 완강하게 다문 입술은 내가 어떻게 생각하든 상관하지 않겠다고 시위하는 것만 같았다. 더 이상의 추궁은 소용없다는 것을 깨달은 나는 아내에게 무시당한 느낌으로 이내 의기소침해지고 말았다.

아내가 어깨에 가방을 걸치면서 여고동창이 동문 카페에서 자신의 전화번호를 알고 연락해온 거라고 말하고는 다녀오겠다는 말도 없이 현관문을 나갔다. 나는 아내가 사라진 현관문을 망연히 바라보다가 냅다 고함을 질렀다. 강물 좋아하시네, 이거 순전히 사기꾼 아냐, 엉? 강폭이 넓은 강일수록 소리가 고요한 건 바다가 가깝기 때문이다. 아내는 내가 바다와 섞이기 직전의 폭넓은 강에서 흐르는 강물처럼 마음이 넓다며 칭찬을 했다. 그렇게 나는 스스로를 강물이라 여기며 술 마시는 아내의 시중을 잘도 들어왔다.

"당신은 꼭 강물 같아요. 속살을 안고 유유히 먼 바다로 흐르는 강물이요. 얼마나 가야 하는지, 어느 때 도착할 것인지 알려고 하지 않잖아요. 한없이 낮은 곳으로만 흐를 뿐이지요."

지그시 눈을 감은 아내가 진 토닉 잔을 만지작거리며 말했다. 아내가 고개를 흔들 때마다 어깨까지 치렁치렁 내려온 머리칼이 찰랑거렸다. 거래처 경리 사원이었던 아내는 열 살이라는 나이 차이에도 불구하고 나를 격의 없이 대했다.

"흐르지 않고 정지된 강물은 때로는 호수가 되어 제자리에 고즈넉이 머물지요. 그뿐만이 아니라 산 그림자와 산머리가 이고 있는 흰 구름 두어 자락을 품기도 하잖아요. 그렇게 강물은 말 없이 삼라만상을 묵연히 받아들이는 것 같아요."

스물두 번째 생일날 아내는 이 말을 하면서 눈물을 쏟아냈다. 그리고 잠시 감정을 추스른 뒤에 다시 말을 했다.

"내게 강물이 되어줄 사람, 어딘가에 있겠지요?"

나이 서른두 살이 되었지만 결혼할 생각이 없었던 때였다. 내가 두려웠던 것은 결혼 그 자체가 아니라 세상을 향해 굳게 닫았던 내 마음이었다. 그것은 아주 뿌리가 깊은 것이어서 나로서도 어쩔 수 없는 일이었다. 언제부터 그렇게 되었는지 분명하지 않지만 그 시초는 아주 어릴 적부터였을 것이라고 미루어 짐작을 할 뿐이었다.

초등학교에 들어갈 즈음이었다. 입학통지를 받고 들떠있던 내게 아버지가 돈을 쥐어주면서 대문 밖으로 나를 몰아냈다. 밖에서 돌아와 보면 집안 공기가 먹구름이 낀 것처럼 낮게 가라앉아 있곤 했다. 그날따라 입안에서 굴리던 눈깔사탕이 왜 그리도 빨리 녹는지 다른 날보다 일찍 집으로 돌아왔다. 설핏 어머니의 울음 섞인 목소리가 들린 것 같았다. 곧이어 들려오는 비명소리에 나는 신발도 벗지 않고 방으로 뛰어 들어갔다. 아버지가 혁대를 풀어 어머니를 때리고 있었다. 나는 그런 아버지의 가랑이를 붙들고 늘어졌다. 어머니는 밤새 나를 끌어안고 바들바들 떨며 울었다. 어머니 품에서 깜빡 잠이 들었다가 다음 날 아침 눈을 떴다. 아버지가 윗목에서 막걸리를 마시고 있었다. 어머니는 보이지 않았다.

술에 취해 어머니를 때리는 아버지가 미웠다. 나에게 어머니가 무슨 잘못을 했는지는 중요하지 않았다. 어떤 이유로든 여자에게 매질을 하면 안 된다고 생각했고, 설령 어머니가 잘못을 했더라도 용서하는 것이 당연하다고 생각했다. 어머니가 아버지로부터 그렇게 당하기 시작한 것은 훨씬 그 이전부터였을 거라는 생각에 아버지가 두렵기만 했다. 어린 내 눈에 험악스럽게 비친 아버지는 밤마다 꿈에 나타나 희멀건 눈자위를 굴리며 미친 황소처럼 날뛰었다. 꿈속에서도 어머니는 꼼짝없이 당하고만 있었다. 나는 어머니에게 도망치라고 소리치지만 입술만 달싹거릴 뿐 밖으로 말이 새나오지 않았다.

어머니가 집을 나간 후 아버지의 손찌검은 형에게로 향했다. 형이 아버지를 노골적으로 미워하자 아버지는 버르장머리를 고친다며 폭력을 휘둘렀다. 형은 어머니처럼 맞고만 있지 않고 대들었다. 아버지가 지나치게 의심해서 어머니를 나가게 만들었다며 맞고함을 질렀다. 술을 입에 달고 살던 아버지의 폭력은 갈수록 심해져 나에게까지 이어졌다. 형이 있는 날은 방패가 되어 주었지만 나 혼자 있는 날은 까무러치도록 매를 맞아야 했

다. 형은 어머니를 곧 만나게 될 테니 잘 견디라며 나를 안심시
켰다. 나는 형의 말을 믿고 어머니를 다시 만나리라는 희망을
놓지 않았다. 하지만 아버지가 죽고 난 다음에도 어머니를 만
나지 못했다.

"당신 강물이 되어줄게."

나는 강물을 자처하며 아내를 끌어안았다. 아내의 아픔이 무
언지 알 수 없지만 나는 어떤 경우라도 아내를 끌어안을 것이라
고 다짐하고 또 다짐했다.

"김 부장, 우리 같이 일한 지 얼마나 됐지?"

출근하자마자 사장이 불렀다.

"다 합치면 이십 년쯤 됩니다."

말을 하고보니 정말 오래 다녔다는 생각이 들었다. 내가 사장
을 처음 만난 건 구청 토목과 9급 공무원으로 근무할 때였다.
사장이 넣은 민원을 척척 해결해주면서 가끔 술자리에 초대받
을 정도로 사장과 가까워졌다. 건설업계 사장들이 모인 자리에
서 우리 사장이 나를 친동생이라고 소개하곤 했다. 그때마다 나
는 든든하고 잘난 사장 형을 둔 진짜 동생인 양 어깨를 으쓱대
며 마시지도 못하는 술을 단숨에 넘기며 호기를 부렸다. 그리고
1년 뒤쯤 사장이 두 배가 넘는 급여로 스카우트 제의를 하는 바
람에 나는 미련 없이 공무원 생활을 접었다.

회사를 위해 머슴처럼 일한 보람도 없이 IMF 때 건설경기 침체로 일감이 줄면서 회사는 부도 직전까지 몰리고 말았다. 나는 어떻게든 회사를 살려보려고 백방으로 뛰어다니며 온갖 인맥을 총동원해서 관급공사 두 곳을 따냈다. 그 일로 곧바로 나를 임원으로 승진시킨 사장이 축하한다는 말을 전하며 넌지시 말을 꺼내는 것이었다.

　　"위기를 넘겼으니 이젠, 공격적인 마케팅이 필요해요."

　　곧이어 사장은 내 명의로 작은 건설회사 하나를 설립했다. 아무 영문을 모르고 어리둥절하던 내게 자금에 대한 부담은 자기가 질 테니 걱정 말라고 했다. 더 많은 입찰계약을 따기 위해서라는 사장의 말은 이치에 맞았다. 사장의 예상대로 입찰 기회는 그만큼 많아졌고 공사를 따는 횟수도 점점 늘어났다. 그때마다 사장은 따로 봉투를 건네면서 내 이름값이라며 호방하게 웃었다.

　　사장은 또 다시 그만그만한 건설 회사를 인수했다. 자금 압박으로 부도 직전에 몰렸던 영세한 회사들이 대상이었다. 계약을 성사시키던 날 사장은 자신감 넘치는 목소리로 몇 년 뒤에는 반드시 종합건설의 그룹 회장이 될 것이라며 허허 웃었다.

　　"그렇게 되면 지금과는 달리 당신은 진짜 사장이 될 거요."

　　내 어깨를 치며 호기를 부리던 사장은 당장 그룹 총수가 된 듯이 행동했다. 그러나 새로 인수한 회사는 부실 덩어리였다. 상대편에서 교묘하게 사장을 속인 것이었다. 그룹 회장이 될 꿈을 꾸던 사장은 하루아침에 부도를 내고 종적을 감추었다. 사업 규모를 늘려가는 사장을 지켜보면서도 내게 피해가 닥치리라는 의심은 추호도 하지 않았던 나는 망연자실하였다.

그 소식을 들은 아내가 하얗게 질려 달려왔다.

"사장을 찾아야지. 앉아서 당할 수만은 없잖아요."

"안 받아, 내 전화."

내가 풀죽은 소리로 말하자 아내는 머리를 감싸고 주저앉았다. 내 명의로 된 회사이니만큼 모든 책임을 져야 했지만 나는 사장을 원망하지 않았다. 사장의 달콤한 말을 믿고 분수에 맞지 않는 헛된 꿈을 꾼 자신이 한심스럽고 창피하기만 했다. 그러면서도 자금 사정이 이렇게 나빠질 때까지 내게 귀띔하지 않은 사장이 괘씸했다. 결국 혼자 살겠다고 종적을 감춘 일도 용서할 수 없었다. 하지만 용서란 강자가 약자에게 베푸는 선처이기에 나는 도리어 처분을 바라는 신세가 되었다.

아내가 알뜰하게 모은 재산을 한방에 다 날리고도 죽을 때까지 갚을 수 있을지 모르는 빚만 잔뜩 떠안았다. 세상이 무너져 내린 것만 같았다. 아내 얼굴을 바로 보기도 민망하여 한숨만 푹푹 내쉬었다.

"그 많은 돈을 어느 세월에 다 갚아."

"어떻게든 갚아지겠지요."

아내에게 미안해서 나는 아무 말도 못했다.

"애가 없으니 금방 갚을 거예요."

아내가 자식을 입에 올리기는 처음이었다. 오래된 일인데 아내가 아이를 입양하자고 했을 때 나는 일언지하에 거절했다. 그 뒤로 아이 이야기를 꺼낸 적이 없던 아내였다. 결혼한 지 육년이 지나도록 아이가 생기지 않자 아내는 산부인과에 다녀온 얘기를 꺼냈다. 자신은 불임이니 더는 아이를 바라지 말라고 당부한 다음 날 아침부터 아내는 전자 회사에 나가기 시작했다. 아침잠이 많은 아내가 눈을 비비고 출근할 때마다 안쓰러워야 하는데도 불구하고 전혀 그렇지가 않았다. 아이도 못 갖는 주제다 보니 빈둥거리는 게 미안한 모양이라고 비웃었다. 그까짓 돈 필요 없으니 아이 하나만 낳아주면 좋을 성싶었다. 그런데 막상 큰일을 당하고 보니 아이가 없다는 게 천만다행이란 생각이 드는 것이었다.

내가 막노동을 하여 번 돈과 아내가 전자회사를 다녀서 번 돈을 거의 빚 갚는 데 썼다. 한 달 치 분량의 쌀과 공과금을 제외한 나머지로 빚을 갚아나갔지만 빚은 좀체 줄어들 줄을 몰랐다. 그렇게 우리 부부가 빚을 갚기 위해 일하던 어느 날 사장으로부터 연락이 왔다. 그동안 작은 도시에서 다른 사람의 명의로 사업을 벌였던 모양이었다. 제법 안정을 되찾고 서울로 올라오게 되었다는 사장은 내게 미안하다는 말을 전하면서 같이 일해보자는 제의를 했다. 한 번 당한 만큼 매사가 조심스러웠지만 사장이 빚의 일부를 책임지고 월급도 많이 주겠다고 하는데 막노동판을 전전하던 내가 거절할 이유는 없었다.

다시 한 구성원이 되어 그럭저럭 잘 지냈다. 사장의 냉대가 눈에 띄게 늘어난 것은 몇 년 전부터였다. 나 역시 사장의 입장을 이해할 수 있었기 때문에 불편한 심경을 애써 숨겨왔던 것이다. 건설공사 발주제도가 인터넷 전자입찰로 바뀌면서 내 역할이 급속하게 줄어들었기 때문이었다. 예전처럼 얼굴로 사업을 하던 시절은 이미 흘러간 과거가 되고 말았다. 누구에게 부탁할 일도, 술자리도 필요하지 않으니 점점 사장의 뇌리에서 잊히고 있었던 것이다.

"이제 편하게 일할 때도 됐구만. 어때, 영덕 현장으로 내려가는 게. 바닷바람도 쐬고 좋지 않은가?"

씁쓸한 표정으로 사장실을 나왔다. 만사가 귀찮고 짜증스럽게 느껴져 커피 한 잔 타주겠다는 미스 김의 호의도 거절했다.

'현장 경험도 없는 나를 영덕으로 가라는 게 말이 돼?'

그제 끓여놓았던 생태찌개를 데워 저녁을 해결하면서 설마 오늘은 늦지 않겠지, 오늘은 무슨 일이 있더라도 그 날 일을 마무리 짓자고 나는 생각했다. 그러나 퇴근 시간이 지났어도 아내는 들어오지 않았다. 신경질적으로 휴대폰을 눌렀지만 컬러링만 반복적으로 들려올 뿐이었다. 막 폴더를 닫으려는데 아내의 목소리가 들려왔다.

"금방 갈게요."

"또 술 마셔?"

어지간히 술을 좋아하는 아내는 생선찌개나 고기반찬일 때는 여지없이 안주 삼아 반주를 했다. 그때마다 혼자 마시는 술은 맛이 안 난다며 투덜댔다. 아내는 내가 술친구가 돼주기를 바랐지만 나도 어쩔 수 없는 게 한 잔만 들어가면 배꼽 주변부터 시작해서 온몸이 가려웠다. 피가 나도록 긁어도 가려움증은 가시지 않았다. 알코올이 분해될 때까지 만사를 제쳐두고 박박 긁어야 했다. 거절하지 못하고 한 잔이라도 마시는 날이면 그 후유증이 너무도 컸다. 살성마저 나빠 면도칼로 긁은 것 같은 자국이 벌겋게 부풀어 올라 진물이 줄줄 흘렀다. 몇 번을 시도한 끝에 더 나아질 기미가 보이지 않자 결국 포기하고 말았다.

아내는 주로 집에서 술을 마셨는데, 특별히 선호하는 술은 없었다. 워낙이 술을 좋아하다 보니 종류를 가리지 않았다. 어떤 날은 힘들어서 마신다고 했고, 어떤 날은 술시중을 잘 들어주는 나를 만난 게 행복해서 마신다고 했다. 그렇게 술을 즐겨했던 아내는 회사 동료들과 술을 마시고 들어온 적도 많았지만 아주 늦거나 휴대폰을 꺼놓은 일은 여태껏 없었다.

"아니요, 그제 그 친구랑 커피 마셔요."

"늦을 것 같으면 전화라도 좀 주지."

커피를 마신다는 말에 화가 조금 누그러진 나는 어디냐고 물어보려다 말고 너무 늦지 말라며 전화를 끊었다. 식사 후 커피 타임이겠지, 그렇다면 아내는 금방 올 것이다. 그런데 그것만도 아니라는 생각이 얼핏 스친 게 여자들의 차 마시는 자리가 술좌석보다 길어질 수 있다는 생각이 들었다. 하지만 이 나이가 되도록 아내에게 바깥일을 하게 한 나의 미욱함을 생각하자 도리어 미안한 생각이 들었다. 나는 아내를 위해 북어국을 끓이기로 마음을 고쳐먹었다. 그러면서도 평소와는 다른 말투로 보아 아내가 어쩌면 또 술을 마시고 있을지도 모른다는 생각에 장소를 물어보지 않고 전화를 끊은 걸 후회했다. 장소를 알았다면 아내 몰래 먼발치에서 여고동창인 것만 확인하면 그날일은 없었던 걸로 마무리 될 터였다. 꼴에 사내랍시고 못난 짓 드러내 보이긴 싫으면 온전히 아내를 믿든가, 이도저도 아닌 자신에게 짜증이 솟았다.

'째깍째깍……. 저 염병할 놈의 소리!'

애면글면하다가 간신히 일 년 전에 끊었던 담배 생각이 났다. 집 앞 편의점에서 산 담배를 물고 근처 공원으로 갔다. 넝쿨장미가 우거진 어둠 속에서 남녀 한 쌍이 나란히 앉아 있었다. 걸음을 멈추고 몸을 숨긴 뒤 담배를 발뒤꿈치로 비벼 껐다. 사내가 우는 여자의 등을 토닥거리는 폼이 꼭 흑백영화를 보는 것 같아 나도 모르게 식은 소리가 흘러 나왔다.

'미친 것들, 영화를 찍고 있구면.'

사내가 여자의 등을 토닥거렸다. 어깨가 들썩이는 걸로 보아 여자가 우는 것 같았다.

'아주 애걸복걸 하는구면!'

저 여편네가 누군지, 그 남편을 이 잡듯 뒤져서라도 이 사실을 확 일러바칠까 보다. 저런 여편네일수록 집에서는 현모양처인 양 유난을 떨지 모른다는 생각에 빈정이 확 상했다. 등을 돌려 담배에 불을 붙여 깊게 빨아들인 담배 연기를 허공에 날렸다. 왠지 남의 일 같지 않다는 생각에 반쯤 피운 담뱃불을 손으로 꺼서 꽁초를 호주머니에 넣고 다시 그들을 보았다.

어둠에 눈이 익자 어슴푸레한 불빛에 그들 모습이 드러났다. 순간 감전된 듯 온몸이 굳어지면서 다리가 후들거리고 이가 딱딱 부딪쳤다. 실눈을 뜨고 남자 얼굴을 유심히 보았는데 늙은이였다. 너무 우스워 하마터면 박장대소할 뻔했다. 이 지경을 목격하고도 늙은이라는 이유로 안도하는 꼴이란, 나는 스스로를 자책하며 좀 더 지켜보기로 했다. 늙은이 앞에 서 있는 아내는 어린 아이처럼 수줍게 웃었다.

나는 절로 튕겨지듯 나가려는 발에 잔뜩 힘을 실었다. 현장을 덮쳐야 할지 말아야할지 망설이면서 섣불리 덮쳐서는 안 된다고 다짐했다. 진도가 더 나가기를 기다렸다가 덮쳐야 발뺌을 할 수 없을 것이었다. 입이 바싹바싹 타들어가는 중에도 나보다 훨씬 늙은 놈과 바람을 피우는 아내가 이해가 되지 않아 실소가 새나왔다. 나이 차이가 많다는 것을 강조하기 위해서 나를 영감님이라고 놀린 적이 많았던 아내였다. 더 이상 참을 수가 없어 당장 이것들을 요절을 내겠다며 한발을 떼려는 찰나였다.

아내가 늙은이에게 허리를 깊이 꺾어 공손하게 인사를 했다. 늙은이는 꼿꼿하게 서서 고개를 끄떡여 인사를 받고는 성큼성큼 걸음을 뗐다. 마치 아버지가 여식을 대하듯 자연스럽게 인사를 받은 늙은이가 사라질 때까지 아내는 그대로 서서 지켜보았다. 늙은이가 완전히 사라지고 보이지 않자 아내는 무너지듯 벤치에 앉아 검은 허공을 올려다보았다.

후들거리는 다리로 어떻게 집에 들어왔는지 기억나지 않았다. 당최 머릿속이 엉켜서 서 있어야 할지 앉아 있어야 할지 몰랐다. 어디서부터 잘못되었는지 정리가 되지 않았다. 평소 아내가 조금이라도 이상한 낌새를 보였다면 벌써 눈치를 챘을 것이다. 그런데 전혀 그렇지가 않았다. 두 사람이 어떤 관계인지 알수 없지만 다정한 모습으로 보아 하루이틀 만난 사이가 아닌 것이 분명했다. 머리를 감싸고 정신을 수습하려고 애써 방안을 왔다 갔다 했지만 도무지 진정이 되지 않았다.

"여보, 저 왔어요."

건성으로 침대 모서리에 걸터앉은 나는 명랑하게 말하는 아내에게 응수할 타이밍을 놓쳐버렸다. 인기척이 없자 아내가 안방 문을 열었다.

"불도 안 켜고 뭐해요? 아휴, 배고파!"

어쩌면 저토록 가증스러울 수 있을까, 나는 짐짓 속내를 누르고 눙치듯 말했다.

"저녁인데 밥 안 먹고 뭐 했어?"

"그러게요, 그 친구가 극구 사양하지 뭐에요."

그 늙다리가 친구라고? 천연덕스럽게 거짓말을 하는 아내의 목을 닭 모가지처럼 비틀고 싶은 충동이 일었다. 가슴에서 둥둥 울어대는 큰북 소리가 밖으로까지 들리는 것만 같았다. 나는 버럭 고함을 질렀다.

"누구야? 그 새끼!"

방바닥에 붙들린 듯 꼼짝을 못하던 아내가 창문 쪽에 시선을 고정시켰다. 아내의 눈 밑이 파르르 떨고 있었다. 나는 아직 상기되어 있는 아내의 뺨을 힘껏 갈겼다.

"오해하지 마요!"

"집 근처에서 그 짓거리를 하고도 오해라고?"

"짓이라니요! 선생님은 그런 분이 아니세요."

"선생, 좋아하네. 개나 소나 다 선생이냐?"

"고등학교 담임선생님이세요."

아내가 단호하게 말했다.

"그 새끼 전화번호 대."

"별 일 아니니, 날 믿어요."

이런 사태를 벌려놓고 선생이란 작자를 생각하는 아내가 괘씸했다. 나는 실토를 할 때까지 윽박지르고 또 윽박을 질렀다. 내가 물러설 기미를 보이지 않고 집요하게 물고 늘어지자 아내는 급기야 맘대로 하라는 식으로 식탁 위 메모지를 신경질적으로 뜯었다. 아내가 선생이란 작자의 휴대전화 번호를 적으며 말했다.

"선생님, 찾아가기만 해봐요."

"이혼이라도 하겠다는 거야 뭐야?"

"네."

아내가 눈물을 흘렸다. 불륜 현장을 들킨 게 분해서인지, 나를 배신한 게 미안해서인지 알 수 없지만 끝까지 암팡지기만 한 아내의 행동에 나는 순간적으로 실수하는건 아닐까 하는 생각이 잠깐 들었다.

부릅뜬 눈으로 눈물을 쏟아내는 아내에게서 어머니가 겹쳐 보였다. 나는 내 강물의 유년을 보고 있었다. 산협을 타고 내려오는 한줄기 한줄기가 골을 내어 실개천을 이루며 강물은 시작된다. 흐르는 동안 여기저기의 실개천 물들이 합쳐지지만 그것은 보태어지는 것일 뿐 결코 새롭게 물갈이를 하지 않는다. 더러는 정지된 듯 보이지만 강물은 한시도 멈추지 않고 흐른다. 여느 사람들처럼 내 인생의 강물도 이렇게 시작되었을 터다. 아버지의 분노, 어머니의 가출, 희망을 보듬고 살았던 형과의 맹세……. 선생이란 작자가 던진 돌멩이가 내 강물에 구멍을 내면서 낡은 필름처럼 불편한 기억들이 되살아났다. 일종의 방아쇠 효과였다. 강물이 돌을 맞는 순간, 찰나의 시간일지라도 강물의 흐름은 정지되고 만다. 어머니에 대한 근거 없는 아버지의 광기가 나와 형의 삶에 깊은 상처를 남겼듯이.

나는 아내의 말대로 별일 아니기를 바랐다. 아버지가 어머니를 내쳤듯이 아내를 내몰아서는 안 된다고 생각했다. 그러나 극구 선생을 못 만나게 하는 아내가 수상쩍어 멈출 수가 없었다. 혹시 아내가 선생과의 불륜 사실을 덮으려고 수작을 부리는 건 아닐까 하는 의심이 들었다.

아내가 출근한 뒤 잠깐 눈을 붙인다는 게 점심때가 다 되어 일어났다. 곧장 선생에게 전화를 걸어 내가 누구인지를 밝혔을 때 잠시 침묵을 지키던 선생이 굵고 탁한 음성으로 말했다.

"학교로 오시죠."

점잖을 떨면서 말하는 선생을 당장 요절을 내고 싶었다. 부랴부랴 차를 몰아 교무실에 들어섰다. 대여섯 명의 선생들이 앉아 있는 가운데 나는 쉽게 선생을 찾아냈다. 출입문을 등지고 앉은 선생은 막상 내가 들어오는 것을 눈치채지 못했다. 아내에게 선생에 대한 인상착의를 들은 것도 아닌데 그를 단박에 알아봤다. 나는 뚜벅뚜벅 걸어가 선생 앞에 우뚝 섰다. 나를 본 선생이 손을 내밀며 일어섰다. 잘난 것도 아니고 못난 것도 아닌 선생에게서 범접할 수 없는 위엄이 느껴졌다. 나는 순간적으로 허리를 꺾어 넙죽 절을 드리고 말았다. 이런, 쪼다새끼! 조용한 곳으로 가자며 앞장서는 선생을 뒤따르던 나는 맥없는 손가락을 차례로 분지르며 벨도 없는 놈이라고 스스로를 자책했다. 고개를 숙이고 걷던 선생이 돌연 뒤돌아서서 무슨 말을 하려는 성 싶더니 다시 걸어갔다. 선생의 태도가 생각 외로 대담하다는 생각에 당황한 나는 애써 어처구니없다는 표정으로 서서 선생을 노려봤다. 선생이 말했다.

"인옥이가…… 죄송합니다. 제자라서 불쑥 이름이 튀어 나왔네요. 찾아온 용건이 뭔가요?"

"알잖습니까?"

"뭘 말이오."

아내의 불륜을 의심해 확인한다는 것은 참으로 쪽팔리는 일이었다. 벤치에 앉아 담배를 물은 선생이 담배 한 모금을 깊이 빨더니 허공에다 연기를 내뿜었다. 허리를 꼿꼿이 세우고 앉은 선생을 내려다보았다. 하필 이때 선생에게서 형님의 모습이 겹쳐 보일 게 뭐람, 뭔가 꼬이는 느낌이었다.

중학교 선생인 형님은 오 년 전에 이혼을 했다. 친구에게 보증을 서준 일이 잘못되는 바람에 사채를 끌어 썼다가 감당을 못하게 되자 사채업자들이 형수를 협박했다. 그 사실을 안 형수가 형님이 근무하던 학교로 찾아가 수업 중에 형님을 끌어내어 팔을 걷어붙이고 망신을 주었다. 형님은 그날 사표를 냈다. 형님이 선생을 그만둔 것은 학생들 앞에서 선생은 끝까지 선생이어야 한다는 형님의 투철한 직업의식 때문이었다.

요즘 형님처럼 선생이라는 투철한 직업의식을 갖고 있는 교사가 몇이나 될까만, 왠지 아내의 담임선생은 그런 선생일 것 같은 생각이 들었다. 하지만 잘못 봤을지도 모르니 빨리 담판을 짓고 가부간의 결론을 내리자며 스스로를 채근했다. 본격적으로 선생을 추궁하려 하자 호주머니에 담배꽁초를 넣으며 선생이 일어섰다.

"이십오 년 만에 만난 인옥이, 착하고 여린 마음 그대롭디다."

"엊그저께도 만나서 술 마셨잖아요."

"아, 그러니까 인옥이와 나를 의심해서 온 거요?"

"그냥 다 말하세요. 질문하지 말고."

"왜 인옥이, 혼자 술을 마시게 하는 거요?"

나를 혼내는 것처럼 말하는 선생에게 핑계를 대듯 지껄였다.

"원래부터 술 좋아했어요, 인옥이."

"그게 다요?"

나를 한심하게 바라보다가 그만 수업에 들어가겠다는 선생을 붙잡았다.

"어제요, 왜 집 근처까지 왔었습니까?"

"행복하게 해줘요. 인옥이, 당신을 많이 사랑합디다."

나는 내 어깨를 토닥토닥 하는 선생에게 고개를 주억거리다가 도망치듯 학교를 빠져나왔다.

마포대교를 달리다가 다리 아래로 펼쳐진 한강을 바라보았다. 유유히 강물이 흐르고 있었다. 나는 명치끝이 아려와 한 손으로 가슴팍을 움켜쥐었다. 아직 아내에게 강물이 되어주지 못한 건 제 자리에 속을 깊게 내리고 있는 강심처럼 내가 단단하지 못한 탓이었다.

회사로 가려던 방향을 틀어 한강 둔치로 들어갔다. 저기 운동하는 사람들처럼 당장 내일부터 아내와 같이 저녁 산보를 하리라. 나는 풀섶에 앉아 담배를 피워 물고 하늘을 올려다보았다. 하늘은 금방이라도 비가 쏟아질 것처럼 먹구름이 낮게 내려앉아 있었다.

여고생 때 아내가 어떤 일을 겪었는지 나는 모른다. 다만 그 일로 아내가 가출했다는 것과 그때 담임선생이 아내를 수소문해 졸업할 수 있게 도와주었다는 사실만 알 뿐이다. 거기까지 말하고 입을 다문 선생에게 나는 아내가 가출한 이유를 물었다. 아내의 과거를 캐내려고 그런 건 아니었다. 순간적으로 아내가 친정과 연락을 끊고 사는 이유와 관련 있을지 모른다는 생각에서 물었던 것이다. 그런데 선생은 불명예스럽게 퇴직해도 좋으니 차라리 자기 옷을 벗기라며 화를 냈다. 거칠게 담배에 불을 붙인 선생은 그제는 선약이 있어 아내를 못 만났다면서 어제 만난 얘기를 들려주었다.

"아이가 몇이냐고 물었더니 인옥이가 눈물을 흘립디다."

선생은 아내가 울음을 그치지 않아 집 근처 공원까지 바래다주었다고 했다. 그리고 초임 발령을 받자마자 아내 반 담임을 맡아서인지 유독 그때 제자들에게 애정이 많다면서 내게 명령하듯 말했다.

"여자 애 하나 데려다 키우시오."

느닷없는 선생의 제안에 나는 당황하였다.

"네?"

"내일이라도 데려다 줄 테니 키울 거요, 말 거요."

"아이가 무슨 공장에서 찍어내는 인형이랍니까? 그렇게 빨리 구해오게."

그냥 툭 던졌는데 말소리가 떨렸다.

무심코 길을 가다가도 아이들 소리가 나면 '어쩜 꼭 병아리들 같을까.'라며 넋을 잃고 바라보던 아내였다. 아내는 신혼여행 첫날밤도 아이를 네다섯쯤 낳겠다며 얼굴을 붉혔다. 그런 아내가 아이를 입양하자고 했을 때 나는 트럭 한 대 분량은 낳을 수 있는 내가 뭐가 부족해서 종자도 모르는 놈의 새끼를 키우느냐고 면박을 주었다.

아내가 친정과 연락을 끊고 사는 이유가 새어머니가 데리고 온 아들과 관련한 일로 불임이 되었다고 해도 나는 괜찮다. 다만 그때의 상처를 잊기 위해 지금껏 술의 힘을 빌려야 하는 아내가 안타깝기만 했다. 나는 제 자리에 속을 깊게 내리고 있는 강심처럼 흔들리지 않는 아내의 강물이 되리라 결심했다. 아내에게 전화를 걸었다.

"이 시간에 웬일이에요?"

"당신한테 할 얘기가 있어서."

"엊그제 얘기라면 그만 둬요."

"내일 우리에게 아기가 생겨."

"뭔 그런 농담을 다 해요."

"진짠데."

아내가 전화를 뚝 끊었다.

가뭇하게 강물을 바라본다. 모난 조약돌, 흐름을 방해하는 바람이며 다닥다닥 붙어있는 물풀들을 유유히 감싸고 강물은 흐른다. 덧난 상처들이 많을수록 강물은 더욱 실팍해져 흐른다. 무수한 실개천을 받아들여 풍요로운 몸집으로 소리 없이 흐르는 강물을 닮고 싶어 사장에게 현장으로 가겠다는 전화를 했다.

스스로 알아서 그만 두라는 무언의 압력쯤이야 모른 척할 수도 있지만 이제 그럴 수가 없다. 아이를 입양하면 나는 아비가 된다. 낼모레면 오십이 다 되어가지만 아내는 나보다 열 살이나 어리기 때문에 아이가 결혼할 때까지 돌봐줄 수 있을 것이다. 나는 아이를 위해서, 아내를 위해서 낯선 영덕에서 신혼을 다시 시작해 볼 것이다.

부끄러운 눈물이 종잡을 수 없이 흘렀다. 주위를 둘러보며 손바닥으로 얼굴을 훔치는 사이 사람들의 뜀박질 소리가 요란하게 울렸다. 운동하던 사람들이 앞서거니 뒤서거니 한강둔치를 빠져 나갔다. 손을 머리에 얹고 달리는 여자를 마지막으로 한강둔치 마당은 텅 비었다. 민둥산처럼 피부가 드러난 내 정수리에 굵은 빗방울이 후드득 후드득 떨어졌다. 나는 벌건 흙탕물을 일으키며 넘실넘실 흘러가는 강물을 지켜보며 비를 맞았다. 올 여름 장마가 우렁차게 시작되고 있었다.

개와 원숭이

개와 원숭이

낮부터 몰려든 손님들로 아래층 가게는 시끌벅적하다. 카랑카랑한 둘째 목소리가 설핏 들린 것도 같다. 음식 내가는 소리, 홀 아주머니를 부르는 소리, 간간이 터져 나오는 여자들의 웃음소리가 들린다. 계모임 단체 손님이 두어 팀 가량 든 것 같다. 지금까지 식당에 다녀간 손님들은 백이십 명쯤 되지 않을까 싶다. 테이블에 손님이 꽉 차면 대략 오십 명 정도가 된다. 11시쯤부터 귀가 따가웠으니 4인 식탁에 두 명씩 앉은 경우를 가정해도 얼추 맞는 계산이다. 손님들이 일제히 들이닥치는 건 아니지만 스무 평 남짓한 아내 가게에서는 수용하기 버거운 인원이다. 손님들 입소문 덕분에 아내의 가게는 늘 북적댄다. 아내는 저녁 밑반찬을 새로 준비해야 할 것이다. 여지없이 여자 손님이 많은 오늘 같은 날이면 반찬은 금세 동이 나고 만다. 그럴 때면 아내는 여자들이 아귀찜보다는 자신이 만든 밑반찬을 더 좋아하는 것 같다며 푸념 아닌 푸념을 하곤 했다.

나는 휴대폰에 저장된 단축번호 5번을 눌렀다가 얼른 끊는다. 내 병수발을 가장 많이 들다가 시집을 간 막내딸 전화번호다. 출산한 지 얼마 되지 않은 딸은 밤낮이 바뀐 아기 때문에 잠 한 번 푹 자보는 게 소원이라고 했다. 혹시라도 자고 있을지 모르는 막내의 단잠을 깨우고 싶지는 않다. 지금 아내는 손님들을 시중드느라 이층에 올라올 엄두를 못 내고 있을 터다.

온힘을 다해 몸을 비틀어 보지만 뻣뻣하게 굳어버린 하반신은 꿈쩍도 하지 않는다. 모르핀 때문에 고통을 못 느끼는 건지, 마비되어서 감각이 없는 건지 알 수 없다. 다시 휴대폰에서 도움을 청할 만한 자식을 고르다가 조금만 더 참기로 한다. 장루주머니에서 흘러넘친 똥물이 허리를 타고 아랫도리를 적신 지 오래다. 늦은 아침으로 먹은 삼겹살 몇 점이 설사를 일으킨 모양이다. 젊은 날 빌어먹을 삼겹살을 끼니때마다 먹어종내는 위로 먹고 옆으로 기어 내놓는 맷돌 신세가 되어버렸다. 이런 몰골을 하고도 아침부터 삼겹살을 또 먹다니, 미련스럽기 짝이 없는 놈이다. 밥 먹는 시간이 불규칙한 탓에 시장기가 돌면 속없이 삼겹살 생각이 나곤 한다. 아내가 아침마다 시장을 봐 손님상에 나갈 반찬을 다 만든 연후에야 아침을 얻어먹는 나는 늘 배가 고프다. 오늘따라 유독 아침이 늦어지자 아내에게 전화를 걸어 삼겹살 몇 점만 구워오라고 청했다. 아내가 구워온 삼겹살은 딱 다섯 점이었다. 아내가 순순히 내 청을 들어준 것은 아침이 늦어졌다는 미안함 때문이었을 것이다. 나는 쓰린 듯 뒤틀리는 아랫배를 쓸어내리며 귀를 세우고 아래층에서 들려오는 소리에 집중한다. 두엄자리에 누워있는 듯한 불쾌감을 시나브로 잊어가던 나는 까무룩 잠이 든다.

"이러고도 잠이 와?"

아내의 거친 손길에 무거운 눈꺼풀을 들어올린다. 열어놓은 창으로 뛰어든 겨울바람이 칙칙한 병자의 냄새를 지워간다. 아내 손에 발가벗겨진 아랫도리가 눈에 들어찬다. 꾸덕꾸덕 말라붙은 똥 찌꺼기보다 볼품없이 쪼그라든 성기가 더 수치스럽다. 아내의 투박한 손놀림에 맥없이 드러눕는 그것을 본다. 여섯 자식을 잉태시킬 만큼 혈기왕성했던 물건이었다는 게 믿기지 않는다. 구 년째 병수발을 들어온 아내의 손놀림은 능수능란하다. 구석진 곳을 말끔하게 씻어내는 데는 도가 튼 손놀림이다. 하루에 오십 킬로그램이나 되는 아귀를 십여 년 넘게 다뤄온 이력이 더해진 솜씨다. 내 왼쪽 옆구리에 배변주머니를 부착시킨 아내가 사납게 일어나 창문을 닫는다. 아내의 짜증이 고스란히 전해진다. 헛구역질을 올리며 대야를 들고 방을 나서는 아내에게 빈정이 상한다.

욕실에서 한참을 꾸물대다가 들어온 아내에게서 다이알 비누 냄새가 났다. 아내가 다이알 비누를 고집하는 이유는 향과 세척력이 강해서다. 썩어가는 병자를 만진 손을 씻어내기에는 그만한 것은 없을 터다. 내가 먹다 남긴 점심상을 비닐봉지에 쓸어 담던 아내가 접시를 흔들며 훈계를 했다.

"당신 밑구멍을 막아버린 게 이거라고, 알아?"

접시 바닥에는 굳은 삼겹살 기름이 촛농처럼 하얗게 엉겨 붙어 있었다. 휴지로 접시를 닦아내던 아내가 또 잔소리를 늘어놓았다.

"이런 게 혈관을 꽉 막고 있을 텐데, 피가 어디 돌겠냐고."

"그러니 더 먹어줘야 빨리 죽지."

나를 쨰려보면서 빈 접시를 포개던 아내가 말했다.

"나도 말릴 생각 없네."

음식물쓰레기 봉지와 쟁반을 들고 나가던 아내를 불러 세웠다.

"아래층에 둘째 와 있어?"

그때 아래층과 연결된 벨이 두 번 울렸다 끊겼다. 식당이 바쁘니 얼른 내려오라는 신호다. 아내가 서둘러 내려갔다.

발코니의 모래를 집어삼키는 청소기 소리가 앙칼지다. 청소기의 소음이 멎고 내 방으로 걸어오는 발자국 소리가 들린다.

투박하고 억센 소리만으로도 둘째란 걸 알 수 있다. 둘째의 걸음걸이는 제 성깔만큼이나 사납고 앙칼지다. 나는 얼른 눈을 감고 잠든 척한다.

둘째가 내 머리맡에 있던 티슈를 교체하고 나가자 나는 슬그머니 눈을 뜬다. 현관문 쪽에서 비닐봉지에 뭔가를 쓸어 담는 소리가 들린다. 둘째가 신발장을 정리하는 모양이다. 보름 전쯤 내 옷가지를 버렸으니 이번엔 신발일 것이다. 그때처럼 허락도 구하지 않고 내 흔적을 지우고 있다. 신발장에 진열된 내 신발들은 거의 새것이나 다름없다. 그 중 구두 세 켤레는 결혼식 때 잠깐 신은 것으로 흙도 묻지 않았다.

두 달 간격을 두고 세 딸을 결혼시켰다. 둘째까지 출가시킨 뒤 대장암 수술을 받은 탓에 남아있는 세 딸의 결혼을 서두른 것이다. 아비 없다는 소리를 듣게 할 수 없다며 아내가 밀어붙인 일이었다. 극성스런 아내 때문에 수술한 몸을 추스르기도 전에 세 딸을 데리고 입장을 해야 했다. 세 딸을 출가시키자마자 재수술을 받고 자리보전을 한 탓에 구두를 신을 짬이 없었다. 세 딸의 팔짱을 끼고 카펫 위를 휘청휘청 걸을 때만 해도 이런 날이 올 줄은 상상도 못했다. 신발을 신는 느낌이 어떤 건지 까맣게 잊었다. 그런데도 구두에 미련이 남는다. 당시는 분명 새것이라서 발이 불편했을 텐데 새것이라서 아깝기만 하다.

쓰레기봉투가 계단을 구르다가 담벼락에 툭 부딪치는 소리가 들린다. 둘째가 신발을 담은 쓰레기봉투를 이층에서 굴린 소리다. 내 몸이 내팽개쳐진 양 온몸이 쑤시고 결린다.

'아직 아비 살아있다. 그러는 거 아니다.'

둘째가 저러는 건 순전히 아내 탓이다. 아내는 무조건 둘째를 감싸고만 돈다. 사위가 속 썩일 때마다 뭘 먹고 저런 놈을 낳았냐며 시어머니에게 분풀이한다는 소리를 듣고도 오죽하면 그랬겠냐고 둘째 편을 들었다. 아내는 둘째가 겉으로만 뚝뚝하지 속이 깊은 아이니까 그냥 두라고 했다. 내가 혼이라도 내려는 성싶으면 띠를 들먹이며 손사래를 쳤다.

"아서요, 둘이 견원지간이란 거 잊었수? 당최 참견할 생각일랑 마시오."

견원지간이라는 말은 서유기에서 유래된 이야기거나 원숭이라는 동물의 특성에서 따온 말일 것이다. 그런데도 희한하게 나와 둘째는 맞지 않았다. 아비로서 할 말은 아니지만 사실이다. 오래도록 자리보전을 하고 누워있는 내 탓이 크겠지만 둘째는 다른 자식들과는 달랐다. 자식들이 본가에 오면 아래층의 제 어미를 보고 이층으로 올라온다. 늘 대문을 잠가놓기 때문에 아래층 식당을 통해야만 이층으로 올라올 수 있는 구조라서 그렇다. 이층에 올라온 자식들은 누워있는 내게 시늉으로라도 먼저 인사부터 한 뒤에 할 일들을 한다. 하지만 둘째는 내게 눈길도 주지 않고 처녀 때 쓰던 제 방으로 들어가서는 도통 나올 생각을 안 한다. 둘째가 내게 얼굴을 내비칠 때는 가족들이 전부 모이는 행사 때문이다. 그런 둘째와 어쩌다 눈이라도 마주치면 나는 전기에라도 감전된 양 굳어버린다. 부녀지간에 이래도 되는 건지 모르겠다. 나는 깍지 낀 손을 배꼽 위에 얹고 방안을 훑다가 열두 자짜리 자개농에 눈을 고정시킨다. 햇빛에 투영된 장롱은 봉황이 그려진 검은 화폭 같다는 착시를 일으킨다. 화폭을 가득 메운 봉황이 은빛 날개를 퍼덕이며 금방이라도 날아갈 것만 같다.

모르핀을 교체하러 온 간호사가 현관문을 열고 들어온 것과 뒷집에 세 들어 사는 여자의 카랑카랑한 목소리가 들려온 건 동시였다. 뒷집 여자가 딸과 다투는 소리였다. 또 돈 때문일 것이다. 방금 전까지 파전을 붙여먹으며 노래를 흥얼거리던 모녀였다. 뒷집으로 이사 오던 날 여자는 교양이 철철 넘치는 목소리로 말했다. 저요, 이런 데서 세 들어 살 사람 아닙니다. 추진하는 일, 잘되면 곧장 나갈 겁니다. 그렇게 곧 나갈 것 같던 여자는 4년째 살고 있다. 나는 여자의 얼굴을 모르지만 그녀가 어떻게 사는지, 어떤 사람들과 어울리는지 대충 알고 있다. 여자의 걸음걸이로 짐작할 수 있는 구두 높이, 가끔 그녀를 찾아오는 쉰 목소리의 남자, 연하남과 동거하고 있는 그녀의 딸, 보험회사를 다니는 그녀의 친구, 그녀가 기르는 누런 고양이 등 그녀에 대해 웬만한 것은 다 안다. 딸의 목소리가 높아지는 걸 보니 제법 골이 깊어진 것 같다. 한 달 전쯤에도 그들은 돈 문제로 다투었다. 자고로 돈 문제로 시비가 붙으면 부모자식 간이라도 이전 관계를 회복하기가 쉽지 않다.

"개도 안 물어갈 그놈의 돈!"

두어 달 전 내가 뒷집 모녀를 흉봤을 때 아내가 머뭇머뭇 말을 내놓았다. 둘째에게 건넨 돈이 제법 된다는 것이다. 아직 장가를 가지 않은 아들이 있으니 무작정 줄 수만은 없어서 상의한다고 했다. 상의는 무슨, 늘 그런 식으로 치고 빠지는 아내의 수법이었다. 그러니까 악역을 내게 맡기는 아내 식의 방법론인 셈이다. 한 마디 상의도 없이 덜컥 일을 저질러놓고 감당하기 힘들면 혼잣말로 흘리듯 내게 알리는 것이다. 둘째가 아내에게 수시로 돈을 요구한 모양이었다. 내가 추궁하듯 꼬치꼬치 캐묻자 아내는 예약손님이 올 시간이라며 서둘러 아래층으로 내려갔다. 곧바로 둘째를 불러 앉혔다.

"엄마한테 가져간 돈 다 내놔!"

"누가 떼먹는데요?"

"이혼하기 전에 가져갔던 돈도 안 갚았잖니."

"갚아요, 갚는다고요."

그렇게 서운한 기색을 감추지 않고 나간 둘째는 이층에 발길을 끊었다. 이층뿐 아니라 아래층 제 어미에게도 한동안 안 온

걸로 나는 안다. 내게 돈 가져간 걸 알렸다는 불만이었을 것이다. 둘째가 이층에 올라온 건 지난달 아내의 생일날이었다. 제 형제들하고 이야기하면서 곧잘 웃었지만 의식적으로 내 눈길을 피했다.

요사이 손님들에게 인사하는 둘째 목소리가 자주 들려왔다. 연말이라서 바쁜 제 어미를 도와주는 것 같다. 아내가 둘째의 서운한 마음을 풀어준 건 확실해 보인다. 어떤 방법을 썼는지 잘은 모르지만 아내의 사람 다루는 능력은 알아줄 만하다. 식당에서 풍기는 아귀 비린내 때문에 못 살겠다던 뒷집 여자의 불평을 아귀찜 한 접시로 잠재운 실력이다.

"왼쪽 다리가 저린데, 모르핀 양을 늘려야 하는 거 아니오?"

모르핀을 처치하고 가려는 간호사에게 물었다. 간호사는 의사가 아니라서 그런 것까지는 모른다고 퉁명스럽게 말했다.

언젠가 다리 통증 때문에 구급차에 실려 입원한 적이 있다. 온갖 검사를 했지만 신경 계통에 문제가 있다는 소견만 들었다. 검사를 받을 때마다 돈을 치렀던 영수증을 들고 따라다닌 아내에게 미안했다. 의사들은 하루 종일 배를 곯린 채 이리저리 짐짝처럼 던져넣다 빼기를 수차례 반복해 놓고는 모른다는 말을 쉽게도 내뱉었다. 나는 검사를 핑계로 환자 돈을 착취하는 거 아니냐고 목소리를 높였다. 나를 힐끗 바라본 의사가 고개를 돌려 아내에게 말했다. 신경계통 쪽 병명을 정확하게 짚어내는 의

료기기는 앞으로도 존재하지 않을 겁니다. 물어본 건 난데 아내에게 답하는 의사가 괘씸했다. 나는 다리를 붙들고 오만상을 찌푸리며 엄살을 부렸다. 의사가 또다시 나를 무시하며 아내에게 말했다. 통증을 잠재울 수 있는 건 모르핀밖에 없습니다. 그런데 모르핀은 보험 적용이 안 돼서 아주 비쌉니다. 괜찮으시겠어요? 내 흉 잡는 데만 일등일 뿐 병원의 횡포를 알 리 없는 아내는 한 치의 망설임도 없었다. 이 양반 엄살을 받느니, 그냥 꾹 맞혀주세요. 그깟 돈 벌면 되지요. 거짓말처럼 모르핀을 꽂자마자 통증이 뚝 멎었다. 그렇게 모르핀을 맞은 날부터 지금까지 담당 간호사를 집으로 불러 처치를 받고 있다.

"점심은 들고 다니는 거요?"

"그만 좀 물어보세요. 할아버지랑 얘기하러 오는 거 아니에요"

간호사가 교체한 모르핀 통을 자신의 가방에 넣고 일어섰다. 때마침 늦은 점심상을 들고 온 아내가 그녀를 배웅했다. 다시 들어와 현관문을 닫는 아내의 손길이 투박스러웠다. 간이 식탁을 펴고 차려온 쟁반 상을 올리는 아내는 무척 화가 난 듯 보였다.

"그 간호사 셋째하고 동갑이야, 부끄럽지도 않아?"

나는 영문을 몰라 아내가 건네는 숟가락을 받아들며 눈치를 살폈다. 막 첫술을 뜨려고 할 때 아내가 혀를 차며 비아냥거렸다. 꼴에 아직도! 차라리 바람피웠다고 오해받는 게 나을 성싶었다. 기가 턱 막혀와 순간적으로 밀어버린 밥상이 나뒹굴면서 접시에 담긴 음식들이 방바닥으로 쏟아졌다. 나를 도로 누이고 씩씩대며 나가는 아내의 뒤통수에 대고 소리쳤다.

"밥, 다시 가져와!"

여자들은 착각 속에 산다는 말이 맞는가 보았다. 내게 모르핀을 처치해주는 간호사가 여자였던가. 며칠만 지나면 내 나이 예순 셋이다. 남자 나이 육십셋은 적을 수도 있고 많을 수도 있지만 아랫도리가 마비된 사내가 남자이던가. 그런데도 나를 할아버지라고 부르는 간호사의 말을 곧이듣고 질투하는 아내가 한심하기 짝이 없다.

나는 여섯 자식 중에 하나는 오겠지, 하는 마음으로 누군가를 기다린다. 밖에 어둠이 내린 지 오래, 허기진 뱃속에서 연신 꼬르륵 소리가 난다. 머리맡에 있는 스탠드를 켰다. 방바닥에 널브러져 있는 시금치나물, 김, 소고기 무국, 계란말이가 고유한 자기 냄새를 지우며 꾸덕꾸덕 말라가고 있다. 아래층 식당에선 끊이지 않고 바쁜 소리를 올려 보낸다. 유난히 설거지통에 그릇 들어가는 소리가 험악스럽게 들린다. 아내가 박박 이를 갈며 일하는 소린지도 몰랐다. 홧김에 상을 엎은 게 후회된다. 탈 없이 넘어갔으면 좋겠다. 아니다, 쓸데없는 걱정일지도 모른다. 연말이라 송년모임이 많아서 바쁜 일손을 놀리느라 그럴 수도 있다. 아들은 아들대로 바쁘고 딸들은 딸들대로 바쁠 연말연시다. 나는 방바닥으로 손을 뻗어 소고기 한 점을 집어 입안에 넣고 오물거린다. 고소하게 입안 가득 퍼지는 고기 향이 시장기를 더 재촉한다. 다시 손을 뻗어보지만 닿지 않는다.

베개 밑에다 숨겨둔 노트를 꺼낸다. 노트에는 꼼꼼하게 그린 그림, 시랍시고 운율을 맞춰 쓴 산문시, 예전에 불렀던 노래가 사들이 빼곡히 적혀 있다. 자식들과 아내에게 쓴 편지, 문병 온 사람들이 주고 간 돈 액수도 적혀 있다. 금방 몸을 추스를 생각에 아내의 식당을 개조해주려고 그린 설계도도 보인다. 처음 대장암 수술을 받은 날짜, 재수술한 날짜, 수술을 집도한 의사 이름도 적혀 있다.

나는 들었던 펜을 도로 놓는다. 오늘 일은 쓰지 않을 것이다. 나중에 자식들이 보고 속상할 얘기는 남기고 싶지 않다. 나는 독거노인들처럼 쓸쓸하지도 않고, 돈 걱정도 하지 않는다. 몹쓸 암에 걸렸어도 모르핀을 맞고 있어 고통도 받지 않는다. 모두 생활력이 강한 아내를 둔 덕분이다. 내가 불평불만을 늘어놓아서는 안 되는 이유다. 갓 쉰 살을 넘기면서 병을 얻은 바람에 자식들과 아내에게 해준 게 없는 나는 입이 없다. 그래서 묵묵히 적을 뿐이다. 아내에게 많은 말을 남겼지만 아직도 못 다한 말이 더 있다. 아내가 믿든 안 믿든 알아줬으면 하는 것들을 적었다. 페이지를 넘길수록 글씨도 비뚤거리고 줄도 제대로 맞지 않는다. 점점 펜을 쥐는 악력이 약해지고 있다.

시장기가 도는 뱃속에서 요란한 소리가 난다. 아내가 꼬들꼬들하게 지은 밥에 갖은 나물을 넣고 비빈 비빔밥이 먹고 싶다. 매콤한 낙지볶음과 야들야들하게 묻힌 잡채도 생각난다. 아내가 몹시 보고 싶다. 왜 아내는 배고플 때 더 그리운지 모를 일이다.

길고양이들이 떼로 야옹댄다. 나만큼이나 배가 고픈 모양이다. 배고픈 고양이와 구애하는 고양이는 소리부터 다르다. 높낮이를 조절하면서 목청껏 내지르는 소리는 구애를 할 때다. 배고픈 고양이는 서글픈 소리를 낸다. 지금 고양이들의 울음소리는 아내의 주방 환풍기가 품어내는 비린 아귀를 나눠달라고 떼쓰는 소리다. 생명이 있는 것들은 다 똑같다. 배고픔은 추위와 서글픔을 동반한다. 이럴 줄 알았다면 셋째가 사온 양갱과 마들렌을 주지 말걸 그랬다. 하루 종일 보일러가 돌아가는 방안에 오래둘 수 없어 아줌마들 간식하라고 식당으로 내려 보냈다. 겨우 두 끼니를 굶었을 뿐인데 정신이 아득해진다.

"대체, 왜 그러세요?"

앙칼진 둘째 목소리에 번쩍 눈을 떴다. 깜빡 잠이든 모양이다. 나는 표정 없이 바라보는 둘째의 눈을 피한다. 벽시계가 12시를 가리키고 있다. 이 시간에 왜 둘째가 나를 깨우는지 알 수 없다. 제 집에 있을 시간이 아닌가. 방바닥에 흐트러져 있는 반찬을 쓸어 담고 있는 둘째를 곁눈질로 살핀다. 내 시선을 느꼈는지 둘째가 동작을 멈추고 일어선다. 말없이 바람벽에 시선을 두고 서 있는 둘째가 어려워 눈길을 어디다 둘지 모르겠다. 둘째는 늘 그런 식으로 나를 쩔쩔매게 한다. 내가 먼저 말을 걸지 않으면 밤새 서 있을지도 몰랐다.

"이 시간에 웬일이냐."

"엄마한테 이러시면 안 되지요."

자식들 모두 제 어미를 끔찍이 생각한다. 당연하다. 아내는 나를 대신해 가장 노릇을 완벽하게 해냈다. 딸들을 서운하지 않게 출가시켰고, 재수술 이후 구 년째 자리보전을 하고 있는 내 뒷바라지를 했다. 뿐만 아니라 내가 노래를 부르던 아들도 낳아 잘 키워냈다. 아내 말마따나 나는 씨만 뿌렸을 뿐 무엇 하나 한 게 없다. 젊은 날엔 철새처럼 현장을 옮겨 다니느라 아내 곁을 지켜주지 못했고, 같이 있게 된 지 얼마되지 않아 몹쓸 병에 걸려 아내에게 모든 것을 일임했다. 내가 아내에게 이래서는 안 되는 것이다. 명치끝이 싸해온다.

토목 업계에 처음 발을 디디면서부터 제법 이름이 알려진 나는 바쁜 현장 일로 집을 잊고 살았다. 아무진 아내를 믿었기 때문이었다. 토목 기술보다는 설계도 그리는 실력을 인정받아 세 개 현장을 동시에 맡은 적도 있다. 아내에게 돈 부치는 재미로 힘든 줄을 몰랐다. 아내는 내가 번 돈으로 논밭을 사들이며 살림을 키웠다. 그런 줄 알았는데 돈을 불리려고 내놓은 아내의 곗돈을 계주가 들고 잠적하는 사고가 터졌다. 아내는 자기가 끌어들인 친정 동생의 곗돈은 갚아주는 게 도리라며 논 몇 마지기를 팔겠다고 했다. 그런 아내를 주저앉히고 나는 아랍에미리트로 떠났다. 먹성이 짧고 술 한 모금을 못 마시는 나는 늘 혼자였다. 근로자들이 더위를 이기지 못하고 풍덩풍덩 바다로 뛰어드는 시간에도, 네댓 명씩 무리를 지어 여자를 찾아가는 시간에도 나는 숙소에 틀어박혀 편지를 썼다. 그때 아내에게 보낸 편지가 장롱 안 서랍장에 한 가득이다. 그렇게 많은 편지를 보내고도 아내에게 받은 편지는 채 열 통이 안 된다. 그것도 큰딸이 대필해서 보낸 것들이다. 귀국하는 날 피골이 상접해 돌아온 나를 보고 아내는 제 가슴팍을 쥐어뜯으며 울었다. 가족들은 그런 날들을 까맣게 잊은 모양이었다.

"늦었다. 그만 가봐라."

물걸레질을 하는 둘째에게 말했지만 들은 시늉도 하지 않고 제 할일만 한다. 쿵쿵 계단을 올라오는 아내의 발자국 소리가 들린다. 종일 손님들에게 시달린 무거운 소리다. 나는 현관문을 열고 들어오는 아내를 살핀다. 아내가 들고 있는 쟁반에 눈길이 갔을 때 울컥 눈물이 솟구쳤다. 아내가 간이 식탁을 펴고 쟁반을 내려놓는다. 둘째가 곁눈질로 나를 힐끗 보고는 걸레를 들고 나간다. 나를 앉히고 숟가락을 쥐어준 아내를 보며 북엇국에 밥을 만다. 한 술 떠서 후루룩 삼키려는데 목이 멘다. 나는 입안으로 밥을 밀어넣으며 북받쳐오는 감정을 삭인다. 말없이 나를 지켜 보다가 속옷을 챙겨들고 나가려는 아내를 불러 세웠다.

"얘기 좀 하다가 아예 상 갖고 나가."

아내가 풀썩 앉으며 쏘아댔다.

"미친년 널뛰듯 종종대다가 이제 들어온 나더러 당신 먹는 거 보고 있으라고?"

낮에 있었던 일 사과하려다 된서리를 맞았다. 나는 가만히 숟 가락을 내려놓았다.

"또 상 엎게요?"

아내가 화내는 소리를 듣고 달려온 둘째가 거들었다. 나는 얼 른 창 쪽으로 눈길을 돌렸다. 뒷집에까지 들릴 만큼 소리가 컸 다. 세 들어 사는 여자와 얼굴을 마주할 리는 없지만 창피했다. 새벽 시간에 집안 흉을 담 너머로 던지는 둘째는 부끄러운 줄 도, 배려할 줄도 모르는 아이다. 아내에게 이러면 안 된다는 걸 또 깜빡한 내 탓이다. 주는 대로 먹고, 못 볼 걸 봐도 못 본 척하 는 게 어려운 일은 아닐 것이다. 나를 구경하듯 내려다보는 모 녀의 표정을 읽기가 어렵다. 나는 성가셔 상을 치우라는 표시로 손을 내젓는다. 아내가 아무렇게나 나를 뉘이고는 상을 들고 나 갔다. 뒤따라가던 둘째가 물어보지 않고 불을 탁 끄고 나가더니 몇 걸음 떼다가 다시 돌아와 문을 쾅 닫았다.

　둘째가 거실에다 이불을 펴는 것이 제 어미랑 자려는 모양이
다. 화장실 옆에 붙어있는 방을 들락거리는 둘째의 발자국 소리
가 어지럽게 들려온다. 아내가 창고처럼 쓰는 방이다. 그곳에는
썩어가는 나로부터 격리시킨 이불을 비롯해서 온갖 쓸 만한 물
건들이 보관되어 있다. 내가 누워 있는 이 방에는 내가 사라지
는 동시에 버려질 물건들만 있다. 어둠에 익숙해진 눈으로 방안
의 사물들이 들어온다. 정면으로 보이는 동그란 벽시계가 큼지
막한 숫자로 1시를 가리키고 있다. 그 아래쪽 문갑 위에 놓인 철
재 바구니에는 수북하게 쌓인 약봉지가 밖으로 흘러넘치고 있
다. 문갑 안에는 집문서, 신림동 아파트 문서, 보험증서 등 중요
한 서류가 들어 있다. 재산을 증식하는 데 일조한 게 없는데도
모두 내 명의다. 아내는 참 바보 같은 여자다.

　막 이불 속으로 들어간 둘째 목소리가 들린다.

　"감자조림을 세 접시나 먹고 또 달라잖아. 그래서 떨어졌다
고 했다니까."

　아내가 나무란다.

　"그렇다고 손님한테 음식 떨어졌다는 말을 해?"

　둘째는 그 할머니가 맵기만 하고 맛없다는 핑계로 아귀찜을
새로 해 달랬다면서 억울하다고 한다. 거실에서 나누는 모녀의

이야기에 신경이 곤두선다.

아내는 둘째를 타이르는 듯 손님에게 그래서는 안 된다는 이유를 조근조근 설명했다. 내 음식 솜씨가 특별나서 단골손님이 많은 건 아니다. 음식은 정을 나누는 것, 배가 고파서 찾아온 손님들에게 집 밥을 먹인다는 마음으로 음식을 만든다고 말한다.

"어떤 경우라도 미안합니다, 그 음식이 떨어졌습니다, 이런 말은 안 되는 거야."

아내가 둘째에게 못을 박는다. 그리고 그 할머니가 유난을 떤 게 아니라 자신이 실수한 거라는 말을 덧붙였다.

"할머니가 맵지 않게 해달라고 부탁하신 걸 깜빡했지 뭐냐."

둘째가 키득거리더니 다리를 주물러 주겠다며 혀 짧은 소리를 낸다. 아내의 입에서 아프면서도 시원하다는 소리가 터져 나온다. 둘째가 아내의 발밑에 베개를 받쳐주고 팔을 주무른다. 도란도란 살갑게 주고받는 모녀의 목소리에서 정이 뚝뚝 묻어난다.

"조리대, 새로 갈아야겠더라. 선반도 그렇고."

둘째가 불쑥 주방 이야기를 꺼낸다.

"앞으로 백년은 더 써도 끄떡없다. 쓸데없는 데다 왜 돈을 써."

"언제까지 이 일 할 건데?"

"니가, 그걸 왜 물어?"

"그러게 갑자기 궁금하네, 그게."

잠깐의 침묵을 깨고 아내가 일어서는 소리가 들렸다. 이어 냉장고 여는 소리가 들리더니 아고 앓는 소리를 내면서 아내가 안방 문을 열고 들어왔다. 내 머리맡에 무언가를 내려놓은 아내가 허리를 숙이고 나를 살폈다. 눈을 감고 있는 나를 확인한 아내가 다리를 절뚝거리며 나갔다. 나는 머리맡을 더듬어 손의 촉감으로 느껴지는 귤을 집어 들어 두 손으로 감싼다. 냉장고에서 방금 꺼내온 귤이란 게 믿기지 않을 정도로 따뜻하다.

조금 전보다는 말수가 적어진 모녀의 소리가 간간이 들려왔다. 둘째가 열흘 전부터 식당일을 돕고 있다는 걸 알았다. 홀에서 일하는 아줌마가 상을 당하는 바람에 일손이 딸려서 아내가 둘째를 부른 것이었다. 지방에서 대학을 다니는 아들이 방학인데도 오지 않은 것은 하숙집에 남아 공무원 시험공부를 하라는 아내의 명령 때문이었다. 그런 줄도 모르고 나는 애타게 아들이 오기만을 기다리고 있었다.

한꺼번에 너무 많은 정보를 받아들여서인가, 뇌가 멈춘 듯 멍했다. 들은 것은 많은데 기억나는 게 없다. 나는 찬찬히 기억을 더듬어본다. 조선족여자가 주방에서 설거지를 한다는 것, 첫째네 아들이 대입시험을 봤다는 것, 셋째 사위가 승진했다는 것, 넷째가 십 년 넘게 다닌 직장을 곧 그만둘 거라는 것, 빙판에 미끄러져 입원했던 장모가 내일 퇴원한다는 것을 간신히 기억

해냈다.

둘째와 이야기를 주고받던 아내가 코를 곤다. 둘째가 자그마한 소리로 묻는다. 엄마, 자? 대답이 없는 걸 보니 잠든 모양이다. 육덕이 좋은 아내지만 매일 힘든 주방 일을 해내기에는 적지 않은 나이다. 아내는 오른쪽 팔에 손목 보호대를 두 개나 차고 있다. 아귀찜을 만들려면 충분히 익힌 아귀에 콩나물과 야채를 넣은 다음 전분을 풀고 접시에 담아낼 때까지 눌러 붙지 않게 저어줘야 한다. 아귀찜을 하려면 아귀힘이 세야 한다. 한 손으로 주물 솥을 잡고 나머지 손으로 쉬지 않고 저어야 한다. 팔꿈치 관절이 성할 리가 없다.

아내는 보름에 한 번씩 정형외과에서 뼈 주사를 맞고 통증 치료를 받는다. 화력이 센 불 앞에서 아귀찜을 만드는 아내의 얼굴은 언제나 벌겋게 익어있다. 겨울은 그나마 나은 편인데 여름에는 더위를 먹기 일쑤다. 하지만 오늘처럼 손님이 많은 날은 한여름 더위와 맞먹을 만큼 주방 온도가 높을 것이다. 땀으로 목욕을 했을 아내를 얘기나 하자고 잡았으니 짜증날 법도 하다. 아내의 코고는 소리가 고단해 죽겠다고 나를 원망하는 소리로 들린다. 조금 전까지 뒤척이던 둘째도 잠이 들었는지 기척이 없다.

명치끝이 답답하다. 조리대를 새로 갈자는 둘째의 말에 신경이 쓰인다. 친정집 일을 제멋대로 하려는 둘째가 수상쩍기만 하다. 예전에도 친정에서 자고간 적이 있었던가. 인터넷 뱅킹으로 세금, 공과금, 카드 매출 정산 등 아내의 입출금 일체를 둘째가 도맡아서 한다. 식당 일이 무서워서 친정에 안 온다던 둘째였다. 아내의 말대로 조리대는 쉽게 망가질 만큼 허술하게 짜지 않았다.

주로 교량 공사를 해왔던 나는 튼튼한 것을 제일로 쳤다. 나름대로의 직업의식이었다고 자부할 수 있다. 멋보다는 튼실함을 강조하는 나에게 아내는 진정한 목수는 아니라고 했다. 아내는 내가 만든 책장, 책상, 의자, 책꽂이, 서랍장을 버리지 못해 안달을 했다. 시중에서 파는 가구를 사는 게 소원이라던 아내는 자개농을 안방에 들인 날 세상을 다 가진 것 같다고 말했다. 다시는 만들지 말라던 아내가 주방 조리대를 부탁했을 때, 아내의 키와 개수대, 그리고 반찬 냉장고의 위치를 고려하느라 설계도를 그리는 데만 사흘이 걸렸다. 물을 쓰는 주방이라는 걸 감안해 스테인리스로 감싸고 물 샐 틈 없이 못을 쳤다. 조리대가 완성되었을 때 아내는 매우 흡족해했다.

"당신, 정말 목수 맞네."

아내가 원하는 위치에 선반도 질러주었다. 아내는 선반에다 양념 통을 올려놓고 요긴하게 썼다. 내가 만든 것 중 유일하게 아내를 만족시킨 조리대였다. 아내는 입버릇처럼 말하곤 했다. 우리집 양반이 다른 건 몰라도 조리대 하나는 잘 만들어요. 아

내의 자랑이던 조리대가 아내에게 해준 내 마지막 선물이 되고
말았다. 그런 개수대를 둘째가 없애려 하고 있다.

안전제일을 추구하며 튼튼한 다리를 건설했던 나는 정작
내 다리는 돌보지 않아 불수가 되었다. 이불을 걷고 다리를 움
직여보지만 꿈쩍도 하지 않는다. 허벅지를 만져도 감각이 없다.
온 신경을 집중시켜 성기를 주물러보지만 반응하지 않는다. 멍
하니 나는 어둠을 응시한다. 무너진 다리 재시공을 맡았을 때
가 떠오른다. 한 번 무너진 다리를 보수하는 데는 상당한 시간
이 걸린다. 교량 보수는 다리를 무너트린 원인을 알아내는 과
정이 전부라고 할 수 있다. 무너진 다리를 보고 또 보느라 숱
한 밤을 지새웠다. 시멘트와 철근이 너덜너덜하게 찢긴 무너진
다리가 눈앞에 펼쳐진다. 내가 의식하지 못하는 나의 무의식이
모르핀통으로 내 손을 인도한다. 나는 이를 악물고 모르핀통을
잡아 뽑는다.

변을 밀어내는 옆구리의 인공항문에서 고약한 냄새가 난다.
변을 받아내고 있는 장루주머니를 손으로 받친다. 변이 무거우
면 장루주머니가 빠질 수 있다. 괄약근이 없는 인공항문이지
만 몸에서 빠져나오는 느낌으로 변 상태를 헤아릴 수 있다. 아
침나절에 먹은 지사제 때문에 변이 굵디굵다. 치우기가 간편해
다행이지만 처리할 일이 걱정이다. 단잠에 빠진 아내를 깨워서
는 안 된다.

손을 뻗어 스탠드를 켠다. 머리맡에 놓여있던 물휴지, 장루주머니, 휴지, 비닐봉지를 쓰기 좋은 위치에 갖다 놓는다. 방석을 접어 베개 위에 포개어 머리를 높인다. 조심스럽게 옆구리에 부착된 장루주머니를 떼어 내자 구린내가 확 달려든다. 나는 잽싸게 고개를 돌리며 비닐봉지 속으로 장루주머니를 넣는다. 냄새가 새어나오지 않게 동여매고는 한 번 더 비닐봉지에 싸서 야물게 묶는다.

장루주머니를 벗은 인공항문이 연분홍 색깔의 속살을 드러내고 있다. 물렁물렁한 아귀 살 같다. 오물이 묻은 인공항문을 물휴지로 쓱쓱 닦지만 아픔이 느껴지지 않는다. 몸 밖으로 꺼낸 내장의 속살인데도 남의 살 같다. 여러 겹의 물휴지로 배꼽주변과 인공항문을 닦아낸다. 마지막으로 새 장루주머니를 인공항문에 부착시킨 다음 주변에 널려있는 휴지와 변을 담은 봉지를 검정 비닐봉투에 넣고 동여맨다. 막상 해보니까 그다지 어렵지 않다. 이제 설사만 아니라면 아내에게 맡길 이유가 없다.

모르핀을 뺀 하반신에 통증이 전해온다. 왼쪽 허벅지부터 시작된 통증이 신경을 타고 전신으로 퍼진다. 이를 악물고 스탠드 스위치를 눌러 불을 끈다. 어둠이 방안의 사물들을 시나브로 집어삼키자 고요처럼 어둠이 내려앉는다. 가만히 눈을 감고 있으니 어둠을 깨고 소리들이 살아난다. 통증의 흐름을 쫓는 의식이 분산된다. 냉장고 모터 돌아가는 소리가 들리고 아내의 코고는 소리와 둘째의 가는 숨소리도 들린다. 또각또각 걸음을 놓듯 초침소리가 합세한다. 어둠을 장악한 소리들이 신경을 돋운다. 손으로 귀를 막고는 귀에서 손을 뗐다 붙였다 한다. 아내의 드르렁거리는 콧소리와 둘째의 새근거리는 숨소리가 박자를 맞춘다. 이마에 손을 얹자 생각의 각질을 뚫고 꿈틀 돋아나는 또 하나의 생각, 그래 그 방법이 있었다.

나는 아내의 코고는 소리를 들으며 통증으로 아득해지려는 의식을 붙들며 몸을 뒤집는다. 손힘을 이용해 몸을 전진시키자 아랫도리가 질질 끌려온다. 온힘을 다해 문갑으로 손을 뻗어보지만 닿지 않는다. 다시 안간힘을 쓰며 다리를 구부려 기어갈 자세를 취한다. 바닥을 짚고 있는 팔이 부들부들 떨리고, 왼쪽 허벅지를 송곳으로 찌르는 것 같은 통증이 엄습한다. 사력을 다해 조금씩조금씩 전진한다. 나는 늙고 병든 한 마리 개가 되어 마지막 보루인 문갑을 향해 혼신의 힘을 다해 비틀비틀 기어간다.

어미

어미

둘째가 그렇게 다녀가고 나서 이 낮살 먹도록 헛살았다는 생각에 낯이 뜨거웠다. 온힘을 다해 살아왔다는 자긍심이 와르르 무너져 내렸다. 잠자리에 누워 엎치락뒤치락 하다가 창문을 열었다. 밤공기가 찬바람을 안고 훅 달려들어 얼굴을 할퀴었다. 가슴 한 귀퉁이가 뚝 떨어져 나간 것처럼 아려왔다.

엊그제가 칠순이었다. 딸만 낳아서 하객이 없을 줄 알았는데, 사위들 손님이 많아 식장은 발 디딜 틈 없이 꽉 찼다. 객지에서 만나 노인대학에 같이 다니는 친구들이 다복한 모습이 보기 좋다며 부러워들 했다. 하지만 딸들이 한복을 맞춰 입고 절을 할 때 내 마음 한구석은 휑했다. 둘째의 빈자리가 컸기 때문이었다. 이런 날 핑계 삼아 길을 트고 화풀이를 하든지, 원망을 하든지 뭐라고 말 좀 하면 좋겠는데 끝내 나타나지 않았다. 이 어미가 애간장을 태울 걸 뻔히 알면서 오지 않는 둘째가 야속하기만 했다.

그날 저녁 고단해서 일찍 잠자리에 누웠을 때 전화벨이 울렸다. 둘째였다.

저에요.

어찌 지냈어. 이게 니 번호여?

대부분 꺼 놓아요. 입력하지 마세요.

그려.

잔치는 잘 치렀지요?

니가 빠졌는데, 잘 치렀겠냐?

외삼촌들도 다 왔겠네요?

형제들인데, 그럼.

외할머닌요?

치매 걸린 양반, 구경시킬 일 있냐?

엄마도 참. 내일 들릴게요.

둘째야…….

전화가 뚝 끊겼다. 꼬박꼬박 존댓말 하는 것은 여전했다. 다른 딸들과 달리 둘째는 말끝마다 경어를 썼다. 부모에게 말을 높이는 건 나쁜 일이 아닐 텐데, 영 거리를 두는 것 같아 거북스럽다. 3년 만에 걸어온 전화를 취조하듯 네댓 마디 묻고는 끊어버린 둘째가 괘씸했다. 언니나 동생들은 잘 있는지, 어미 건강은 어떤지 하는 가족들의 안부가 전혀 궁금하지 않은 모양이었다. 말짱하던 애가 갑자기 뭔 바람이 들어서 저리 떠도는지 알 수 없다.

그나저나 치매 걸린 그 양반을 왜 들먹여? 이 에미 속 뒤집어 놓으려고 작정을 한 게야.

둘째 때문에 그 양반을 떠올린 머릿속이 들쑤셨다. 그 양반은 곧 죽을 것이다. 살 날이 얼마 남지 않았다는 걸 알면서도 와락 마음이 가질 않는다. 생각할수록 도리어 미운 생각만 더 차오른다. 오죽이나 미우면 어머니를 그 양반이라고 부를까.

아득한 지난 얘기지만, 내가 도망치듯 시집온 건 숫제 그 양반 때문이었다. 술 먹고 담배 피우고 화투장이나 끼고 살아온 한량이었다. 친정은 몹시 가난했지만 바닷가에 나가 물고기를 잡아오는 아버지가 있어 하루 세 끼니는 그럭저럭 먹고 살았다. 그러니까 갈수록 친정이 가난해진 건 순전히 그 양반 탓이었다. 그날도 집안 건사할 생각은 안 하고 한복을 곱게 차려입고 대문을 나섰다. 그 양반을 불러 세웠다.

나, 곧 시집간다니까. 그만 싸돌아다니고 살림에 취미 좀 붙이란 말이여.

그 양반이 길길이 날뛰었다.

독한 년, 너 혼자 잘 살겠다고 시집을 가? 이 육시랄 년아, 이 살림은 누가 해. 니 동생들은 또 누가 키우고? 생각머리가 좁쌀에 붙은 티만도 못한 년. 으이, 천하의 몹쓸 년!

되로 주고 말로 받았다. 기가 막혀 마구잡이로 대들었다.

엄니 자식을 내가 왜 키워. 그렇게 싸돌아다닐 거면서 뭐 하러 생기는 족족 새끼들을 낳아 재끼냐고.

한바탕 쏴붙이고 나니 속이 조금 후련한 것 같았다. 부모한테 자식이 그러는 건 아니지 싶어 어지간하면 참으려고 했는데, 잘 안 됐다. 그 덕분에 혼수는 고사하고 딸랑 몸뚱어리 하나로 시집을 왔다. 고샅까지 따라온 동생들이 눈에 밟혀 시큰한 눈에서 눈물이 뚝뚝 떨어졌지만 그 양반 꼴을 더는 안 봐도 된다 싶으니까 발걸음이 가벼웠다. 내 친정살이가 이랬으니 그 양반한테 정이 갈 리가 만무하다.

잔치가 끝난 다음 날 오겠다는 둘째의 속내를 알 수 없었다. 심보가 고약스럽다는 생각만 들어 덮고 있던 이불을 박차고 앉았다. 잔칫날 둘째가 안 보인다고 묻는 통에 둘러대느라 속이 다 문드러졌는데, 내일 온다니!

유독 내 속을 썩인 딸이었다. 태어날 때부터 가시를 달고 나왔는지도 모를 일이다. 둘째가 태어나던 날, 산파가 이런 말을 했다.

어미 속께나 썩이겠어.

아줌니도, 참. 막 태어난 것에게 무슨.

나이 먹은 사람이 하는 말에는 연륜이 배겨 있는 법이다. 산파에게서 둘째를 빼앗아 품속에 감추면서 툭 쏘아붙였다.

왜, 그런 말을 한 거요?

정색을 하기는, 그냥 뽀얗다는 말이구먼.

대추나무에 걸린 열매들이 제각각 토실토실 자라주었는데, 유독 둘째만 엇가지로 뻗어나갔다. 어릴 적부터 한 살 터울인 언니랑 차별한다고 툭하면 대들었다. 만날 전교 일등 하는 언니를 어지간히 샘내했다. 어릴 적부터 제멋대로더니 느닷없이 상고를 졸업하자마자 시집을 가겠다는데 말릴 재간이 없었다. 지 아버지가 인연을 끊자고 으름장을 놓아도 막무가내였다. 말을 들어먹지 않아 머리를 박박 밀어 가둬놓았는데, 어느 날 집을 뛰쳐나가고 말았다. 그렇게 뛰쳐나가 한 방에 딸 쌍둥이를 낳고 그냥저냥 살아서 팔자소간이려니 했다. 그런데 그게 아닌 모양이었다. 아예 작심을 한 것 같았다.

절에서 심부름이나 하고 살래요.

중놈하고 눈이라도 맞았냐?

속상해서 되는 대로 쏘아붙였다. 둘째가 대꾸할 가치도 없다는 듯 고개를 홱 돌렸다.

그저 새끼들 보고 사는 거지, 사개가 딱 맞게 사는 부부가 어딨어. 허락하지 않으면 손가락 꺽 깨물고 죽겠다고 집 나갈 땐 언제고 이제 와서 뭐라고? 내가 그놈을 오독오독 뜯어주마. 이 혼서류에 도장 찍은 거 내…….

사위가 바람을 피워서 그런 줄 알고 일장훈계를 늘어놓는 내 말을 둘째가 막았다. 그동안 저랑 사느라고 애쓴 사람이니 욕하지 말라며 첫 단추를 잘못 끼운 제 탓이니 그만 좀 하라는 것이다. 조용하게 살려고 절에 들어간다는 말 같지도 않은 말을 주절거리는 둘째에게 냅다 소리를 질렀다.

곧 시집가야할 쌍둥이들은 어쩌고?

애들이 지들 걱정 말고 내 인생 살라네요.

사십 중반에 자식을 내팽개치고 절에 들어간다니, 재혼이라면 모를까 도무지 이해가 가지 않았다. 아홉 딸을 키워내면서 겪지 않은 일이 없건만 이런 난감한 상황은 처음이었다. 가지 많은 나무에 바람 잘날 없다더니 딱 그랬다. 유일하게 내 속으로 낳은 아들을 잃었을 때만큼이나 넋이 빠져버렸다.

가을마다 실한 대추 서너 섬씩을 걷는 대추나무처럼 내 샅에서 열이 나왔다. 스물네 살에 첫딸을 본 뒤 마흔세 살까지 근 이십 년 동안 줄줄이 자식을 낳았다. 내리 딸 셋을 낳고 아들을 밀어냈을 때 세상을 다 얻은 것 같았다. 그런 아들이 첫 걸음을 떼고 얼마 지나지 않아 동네에 홍역이 번졌다. 홍역이 어린 아들과 세 딸을 한꺼번에 덮쳤다. 나는 구대 독자요. 아들 낳을 때까지 자식을 낳겠다고 약조해줄 수 있소? 선 본 자리에서 대뜸

아들을 낳아달라고 채근하던 남편을 떠올리면서 딸들은 내박쳐 놓고 아들만 병원에 데리고 갔다. 불덩이 같은 열로 숨을 못쉬고 깔딱거리던 아들이 고비를 넘기는가 싶게 방긋방긋 웃었다. 아이를 안고 간만에 깊은잠에 들었는데, 잠결에 이상한 소리가 들렸다. 일어나서 보니 아이가 눈을 하얗게 까뒤집고 몸을 부들부들 떨었다. 부랴부랴 택시를 대절해 병원으로 달려갔는데, 그 놈이 그냥 세상을 떠버리고 말았다. 아들을 멍석에 돌돌 말아 선산 기슭에다 묻고 돌아와서 보니 죽어도 괜찮다고 윗목에다 밀어놓았던 세 딸이 푸드덕대며 깨어나고 있었다. 피가 거꾸로 솟아 머리를 쥐어뜯으며 벽에 걸린 거울을 머리로 와장창 깨버렸다. 질펀하게 널린 유리조각 위를 데굴데굴 굴렀다. 그러고도 아들 하나 건사하지 못하고 죽음으로 내몬 죄인이 되어 시퍼렇게 멍든 가슴으로 자식을 낳고 또 낳다보니 아홉 딸을 두게 된 것이다.

그때의 상처는 세월에 닳고 무뎌져 희미해진 반면 까닭을 모르는 둘째 일은 허망하기만 했다. 그렇게 선언을 한 둘째는 나뿐만 아니라 제 자매들과도 연락을 끊었다. 둘째를 따라서 쌍둥이들마저 외가와는 일체 연락을 하지 않았다. 둘째가 꿈에 보이거나 문득문득 떠오를 때마다 손녀딸에게 전화를 걸어 안부를 물었지만 잘 있다는 말만 짧게 전할 뿐이었다. 내 고희 날짜를 쌍둥이에게 알린 것은 이런 날이라도 얼굴을 보이면서 끈을 놓지 않았으면 하는 바람에서였다. 하지만 쌍둥이들은 내 잔치에 오지 않았다. 못 오면 핑계라도 댈 법한데 전화 한 통 없었다.

잔치를 치르느라 고단한데 잠이 오지 않았다. 괜스레 지난 일들만 떠올랐다. 나이를 먹으면 흘러온 세월 속에 산다는 말이 맞는가 보았다. 이런저런 생각을 키우다 보니까 눈이 끈적거리고 몸은 천근인데도 정신은 대꼬챙이처럼 뻗어나갔다. 침대 밑에 있는 전화기를 들었다. 큰 동생이 볼멘소리로 말했다.

피곤하실 텐데, 이 시간에 웬일이래요?

내가 모실 그 양반을 대신 모시기라도 하는 듯 생색내는 말투였다. 그냥 계좌로 돈을 부치겠다고 말하고는 전화를 끊었다. 그 양반 때문에 동생 부부가 자주 싸우는 모양이지만 달리 방도가 없다. 형제들은 아파트에서 신간 편히 사는 내가 그 양반을 모셨으면 하는데, 나는 그럴 마음이 전혀 없다. 기름 바른 머리를 곱게 빗어 쪽을 지고 양산을 받쳐 들고 사뿐사뿐 걷던 젊었을 때 그 양반 모습이 스쳐 지나갔다. 술에 작취해서 뒷간에다 토하고, 마당에다 토하는 그 양반의 등을 토닥여주던 친정아버지마저 미웠다. 아버지가 호되게 면박을 주든가 머리끄덩이를 확 휘어잡고 정신머리 돌아올 때까지 조리돌림을 했어야 하는데, 버르장머리를 잘못 들였다. 어서 죽었으면 좋겠다는 생각밖에 안 들었다.

동생 부부가 그 양반한테 못해도 나무랄 수도 없다. 지들끼리 만나서 가정을 일구고 사는 것만도 고마운 일이었다. 하지만 말을 참아서 그렇지 나도 사는 게 버거워서 친정을 신경쓸 틈이 없었다. 양말만 빨아도 하루에 스무 켤레 이상을 빨아야 하는 일상에서 잠 한번 죽은 듯이 자보는 게 소원이었던 나였다. 지금도 연장선에 있는 거나 다름없는 것이 딸들이 출가해서 각각 배우자와 자식 둘을 추가한 지금 내가 퍼트린 식구가 스물일곱 명이나 되고 보니 다른 데 눈 돌릴 겨를이 없다.

뜬 눈으로 밤을 지새워서 그런지 입이 껄끄러웠다. 둘째가 언제 올지 모르지만 아침 겸 점심을 같이 먹을 요량이었다. 둘째가 좋아하는 떡갈비를 만들고 있을 때, 초인종이 울렸다. 도어락 비디오폰에 둘째가 보였다. 문을 열어주며 말했다.

에미 집인데 비밀번호 누르고 들어오지 않고서. 잊어버린 게여?

딸들이나 사위 그리고 손자들 모두 비밀번호를 누르고 제 집 드나들 듯하는데 둘째는 그러지 않았다. 제 살림살이를 하듯 청소기를 돌리고 냉장고를 정리하는 다른 딸들과 달리 어쩌다 집에 와서도 손님처럼 굴다 갔다. 음식을 차려주면 먹고 그렇지 않으면 물도 안 마셨다. 워낙이 무뚝뚝해서 그런가보다 넘겼는데, 갈수록 더 남같이 굴었다.

둘째가 집안을 둘러보며 말했다.

화초가 예쁘게 자라네요.

반가운 김에 말을 잃고 둘째를 보았다. 살이 오른 얼굴이 뽀
얬다. 통통해진 얼굴에 조금 마음이 놓였지만 둘째가 입고 있는
보살복과 머리에 쓴 털모자를 보자 빈정이 확 상했다.

중이라도 된 거여, 뭐여.

둘째가 피식 웃었다.

거긴 조용하디?

사람 사는 곳, 다 같지요 뭐.

대체 왜 그러고 살어?

외할머니, 아직도 엄말 못 알아봐요?

둘째가 그 양반 이야기로 말머리를 돌리고는 화초에 고개를
박고 냄새를 맡았다. 사실 그 양반은 나를 알아보지 못한다. 치
매에 걸려 정신이 왔다갔다하면서부터 부쩍 내 이름을 들먹인
다기에 찾아간 적이 있었다. 홱 꼬부라져서 체머리를 흔들며 누
구요? 라고 물었다. 그 양반은 한시도 가만있지 않고 머리를 흔
들어댔다. 막산 죄다 싫어 상대도 않고 동생 댁을 바라봤다. 동
생 댁이 눈을 흘기며 대놓고 그 양반을 꼬나보고 있었다. 그런
줄도 모르고 그 양반은 내가 사들고 간 사과를 숟가락으로 박박
긁어 입안에다 쑤셔넣었다. 맛나 죽겠다는 듯 쩝쩝대는 그 양반
을 콱 쥐어박고 싶은 걸 간신히 참았다. 사과 한 개를 후딱 먹어
치운 그 양반이 바싹 쪼그려 앉더니 머리가닥을 배배 꼬며 고개

를 갸웃거리다가 나를 올려다봤다. 고향에 정신이 오락가락하는 미친년이 있는데, 하는 짓거리가 똑같았다. 불현듯 그 양반서슬 퍼랬던 옛일이 떠올랐다.

그러니까 그 양반한테 실컷 퍼붓고 시집을 와서 첫아이를 가졌을 때였다. 그 양반도 아이를 가졌다고 했다. 쉰 밑자리였던 그 양반이 노산으로 어렵사리 아들을 낳았다. 딸과 동갑내기 동생을 둔 셈이었다. 그런데 노산이다 보니 젖이 밭을 수밖에. 어느 날 그 양반이 강보에 아들을 싸가지고 와서 내 앞에 쓱 들이밀었다. 젖동냥을 온 것인데, 그 시절은 먹을 게 귀해서 나도 새끼에게 줄 젖이 부족해 동생에게는 눈길도 안 갔다. 나는 그 양반이 싸가지고 온 동생을 저만치에 밀쳐두고 딸부터 젖을 물렸다. 그 양반이 냉큼 일어나더니 벽력 같은 소리를 내질렀다.

허이구, 지독한 년. 네깟 것이 그래 많이여?

그 양반이 모눈을 뜨고 핑 돌아서서 가더니 그 뒤로 발길을 뚝 끊어버렸다. 그렇게 인연이 끊긴 뒤 친정에 큰일이 생기면 돈푼만 얼마씩 보내곤 했다. 간간이 동생들한테 그 양반 소식을 듣곤 했지만 건성으로 듣고 흘려버렸다. 그러다 치매 걸렸다는 소리를 듣고 찾아갔더니만 그렇게 변해 있었다. 어쩌다 한참씩 정신이 들 때도 있다는데, 내가 갈 적마다 온정신일 때는 없었다.

나물 한 가닥씩을 집어 깨지락거리며 밥을 먹고 있는 둘째를 물끄러미 보았다. 가운데 차려놓은 떡갈비는 손도 대지 않았다.

보란 듯이 떡갈비를 손으로 집어 입으로 가져갔다. 둘째가 떡갈비 접시를 내 앞으로 밀었다. 고개를 숙인 채 밥알을 세고 있는 둘째에게 쏴붙였다.

너 먹으라고 만든 거여.

저, 안 좋아해요. 떡갈비.

말문이 턱 막혔다. 왜 둘째가 떡갈비를 좋아한다고 생각했던 걸까. 여상을 졸업하고 곧바로 시집을 가서 쭉 떨어져 살았던 둘째였다. 시집가기 전 둘째를 떠올려보았다.

우렁이를 구워 먹는다고 집에 불을 내서 초주검이 되도록 때렸던 일, 지질이도 공부를 못해서 여상이라도 가라고 쥐어박았던 일, 여상을 다니는 주제에 연애질이나 한다고 비웃었던 일, 쌍둥이를 낳은 지 삼 년 만에 면사포를 씌워준 일만 생각나고 다른 기억은 없었다. 워낙 어릴 적부터 집에 취미를 못 붙이고 밖으로만 나돌아서 그런지도 몰랐다. 모자를 쓰고 제 앞에 놓인 콩나물만 집어먹는 둘째에게 말했다.

집안에서는 모자 좀 벗어라.

머리가 눌려서 벗으면 이상해요.

쌍둥인 잘 살고 있다든?

떡갈비 식겠어요. 어서 드시고 풍무리 산소에나 같이 가요.

나는 부랴부랴 음식을 준비하기 시작했다. 소파에 등을 기대고 앉았던 둘째가 고단한지 얕은 코를 골며 잠이 들었다. 수시로 드나드는 사위들 주려고 얼려놓았던 삼겹살을 꺼냈다. 생전에 영감이 가장 좋아하던 음식이라서 몇 점 구워서 상에 올리고 나머진 소풍 나온 것처럼 구워먹으려고 가져가는 삼겹살이다. 청하 한 병과 부탄가스를 신문지에 돌돌 말아서 그 사이에 삼겹살 뭉치를 놓았다. 잠든 둘째가 깰까봐 조심스럽게 준비하고 있는데, 어느새 깨서 나를 지켜보고 있었다. 챙기고 보니 짐 보따리가 네 개나 됐다.

가벼운 보따리 두 개를 둘째에게 맡기고 도로로 나가니 찬바람이 콧속을 파고들었다. 영감을 묻던 날도 추위가 대단했다. 그때 산일하던 사람들이 그랬다. 아따, 살아 생전에 망자가 독했나 보다고. 바람은 불어대는데 기다리는 택시는 쉽게 오지 않았다.

금세 영감이 누워있는 공원묘지에 도착했다. 시끄러운 걸 끔찍이 싫어한 영감을 하필 군부대 사격장 옆에 모시고 말았다. 자식들이 발복하는 명당자리라 해서 그깟 죽은 몸뚱어리 시끄러우면 좀 어떠랴 싶어 결정했다. 영감은 살아생전에 몽니를 많이도 부렸다. 귀한 아들을 내가 죽인 양 대놓고 바람을 피웠다. 대를 잇지 못하는 딸들에게 필요 없는 물건이라며 족보를 갈기갈기 찢어 아궁이 불쏘시게로 썼다. 남의 집 좋은 일만 시킬 딸들을 가르쳐서 무얼 하냐고 공장이나 보내라고 했다. 그러더니 나이가 들자 포기를 했는지 그냥 지켜보기만 할 뿐 숫제 입을 봉해 버렸다. 무던히도 내 가슴에 원한만 심어주고 떠나간 영감이었다.

이런저런 생각으로 영감 산소를 보고 있었다. 둘째가 자리를 깔고 상석에다 장만한 음식을 차렸다. 술잔을 올리고 절을 하려던 둘째가 갑자기 핸드백에서 담배를 꺼내 불을 붙였다. 절에서도 담배를 피울 수 있나, 어째 불붙이는 폼이 설지가 않았다. 나를 의식하지 않은 채 둘째가 제 아비에게 큰절을 올렸다.

아빠, 저 왔어요.

낼모레면 쉰 살이 되는 둘째가 아빠라고 부르는 걸 보면 제 아비한테 서운한 감정이 없는 모양이다. 사실 고추를 달고 나오지 않았다고 구박을 받았던 아홉 딸 모두 영감을 아빠라고 부른다. 그럴 사연이 있었다. 도망치듯 결혼한 둘째가 집에 다니러 왔을 때 일이다. 딸 쌍둥이를 낳은 둘째에게 결혼식을 올려줄 요량으로 불렀던 길이었다. 그때 처음으로 친정을 찾은 둘째가 아비한테 큰절을 올리면서 기어들어가는 목소리로 말했다. 아버지 죄송합니다. 제 깜냥엔 시집가서 애까지 낳았으니 어른스럽게 행동하자는 취지였을 것이다. 그런데 영감이 느닷없이 자리를 박차고 일어나면서 말했다. 그냥 아빠라고 불러라, 내가 죽더라도! 그렇게 화를 내고 나가버린 뒤 얼마 지나지 않아 들어온 영감의 눈이 붉게 충혈되어 있었다. 그런 걸 보면 아들이 아니라서 구박한 것처럼 보였지만 영감 속마음은 딸들을 많이 사랑했나 보았다.

제 아비 묘지 위의 잔설을 털어낸 둘째가 빈 잔에 술을 따라 옆 묘지에다 흩뿌렸다. 주변의 이름 모를 산소에다 술과 음식을 고수레로 뿌린 둘째가 자리에 털썩 주저앉았다. 둘째가 빈 잔에 술을 따라 입안에 털어 넣었다. 바닥에 있는 빈 잔을 집어 들고 내가 말했다.

나도 한 잔 마시자.

둘째가 두 손으로 술을 따랐다. 술을 한입에 탁 털어 넣고는 멍하니 허공을 바라봤다. 울컥 감춰놨던 설움이 솟아났다.

대체 왜 그래, 너만 유달리.

대꾸를 하지 않고 술을 마시는 둘째 눈이 젖어들었다. 저도 쌍둥이를 키워봤으니 어미 마음을 알 것이다. 둘째 손을 잡았다. 손이 얼음장처럼 차가웠다.

저기 좀 봐요.

먼산바라기를 하고 있던 둘째가 가리키는 곳을 바라봤다. 참새들이 우르르 튀어 오르고 있었다.

어떤 놈이 어미 같아요?

몸집이 다 같은데, 어찌 알어.

저기 젤 나중에 날아오른 놈이 어미 참새에요.

그걸 어찌 알어.

어미니까요.

나는 고개를 끄덕였다. 실제로 맨 나중에 날아간 참새가 어미가 아닐지라도 맞는 유추였다. 언젠가 텔레비전에서 누라는 들소를 본 적이 있었다. 누 떼가 강물을 건너고 있었는데, 어미 누가 맨 뒤에 처져서 새끼들이 건너는 걸 지켜보기만 했다. 새끼들이 무사히 강을 다 건너고 나서 어미 누가 강을 건너다 악어에게 잡아먹히는 장면이었다. 그때 나는 그 양반을 떠올리며 짐승도 저러는데 싶어 혀를 찼던 기억이 있다.

둘째가 피식 웃으며 말을 내놓았다.

언닌, 잘 있대요?

아침마다 문안 인사한다, 좀 닮아봐.

언니와 전 다르지요.

뭔 말이여?

떡갈비, 언니가 좋아하는 음식이에요. 엄마한테 도망치려고 결혼을 선택할 리가 없지요.

뭐여?

둘째가 더는 말하지 않겠다는 듯 입을 다물고는 고개를 돌렸다. 자꾸 눈 쪽으로 손을 가져가는 걸 보니 우는 것 같았다. 둘째의 말이 머릿속을 헤집었다. 나한테서 도망치기 위해 결혼을 했다고? 어이가 없어 말문이 턱 막혔다. 윙윙대던 바람이 더 거세지고 별의별 생각이 다 자라났다. 마른세수를 하듯 손으로 얼굴을 쓸어내렸다. 주섬주섬 짐을 싸는 둘째에게 할 말을 잃고 하늘을 올려다보았다. 하늘이 속절없이 푸르러 그냥 공원묘지 언덕 위만 멀거니 바라봤다.

산소에 올 때보다 가벼워진 보따리를 들고 앞장 서는 둘째를 따라 나섰다. 몇 걸음을 떼던 둘째가 돌아서더니 내 손에서 보따리를 빼앗아갔다. 이왕 어미 생각을 해서 짐을 들어줄 요량이면 이리 주세요, 라고 다정하게 말하면 좀 좋아? 어찌 그리 밉상인지, 나는 꼬일 대로 꼬인 둘째의 뒤통수를 쥐어박는 시늉을 했다. 그래도 미운 건 순간이고 몸피가 넉넉한 나와 달리 아비 몸매를 닮은 둘째의 가녀린 뒤태가 측은하기만 했다. 얼었던 땅이 녹아 질척거리는 산길을 조심조심 내려가는 둘째의 어깨가 쳐져보였다. 내가 뭘 잘못한 걸까, 아무리 기억을 더듬어 봐도 둘째를 서운하게 했던 일은 떠오르지 않았다.

혹시 그때 일이 서운한 것인가. 둘째가 결혼하겠다는 그놈을 만나지 못하게 하느라 머리를 박박 밀어 가둬놓은 적이 있었다. 감시하는 제 언니가 잠든 틈을 타 도망친 둘째를 버스 정류장에서 붙잡았다. 집으로 돌아가기를 완강하게 거부하는 둘째에게 고함을 꽥 질렀다.

똑 너 같은 딸 낳아서 속 썩어봐. 그때야 이 어미 심정을 알 것이구먼.

그런 말은 큰 뜻을 두고 하는 말이 아니다. 그냥 속상해서 쏴붙이는 말이다. 나도 들었고, 세상의 어미들이 말 안 듣는 딸들에게 별 뜻 없이 내뱉는 말이다. 둘째 저도 쌍둥이를 키우다 무심결에 했을지도 모르는 말이다. 그 말 때문에 서운하다면 둘째는 아직 어미가 되지 못한 것이리라.

둘째도 말이 없고 나도 말이 없이 큰길가로 나갔다. 편도 3차선 도로에는 차들이 속력을 내서 달리고 있었다. 빈 택시가 뜸한 동네였다. 둘째가 무조건 손을 들어 택시를 잡고 있었다. 한참 뒤에 저쪽에서 주황색 택시 하나가 깜빡이를 켜고 우리 쪽으로 달려왔다. 택시가 미끄러지듯 멈추자 둘째와 나는 뒷좌석에 나란히 앉았다. 둘째가 건넨 메모지를 보고 택시기사가 곧장 출발했다. 계속 창밖을 응시하고 있는 둘째를 힐끗힐끗 돌아다봤지만 매정한 둘째는 눈길 한 번 안 줬다.

택시가 멈추자 둘째가 택시비를 내고 먼저 내렸다. 멍한 채로 둘째 뒤를 따라갔다. 가슴이 답답해서 앞자락을 풀어헤치고 걸었다. 쌩쌩 부는 바람에도 춥기는커녕 속에서 불이 났다. 생각 없이 걷다보니 동네가 낯익어 나는 버럭 화를 내고야 말았다.

여긴 왜 온 거여.

할머니 좀 뵙고 가려고요.

알아보지도 못하는 노인네 봐서 뭐해.

엄마만 못 알아봐요, 할머니.

둘째가 초인종을 누르면서 말했다.

동생 댁이 문을 열며 둘째 손을 덥석 잡았다.

추우니까 어서 들어가.

숙모, 갑자기 오느라 빈손으로 왔어요.

저번에 보내준 과일도 아직 많아.

동생 댁이 둘째 손을 잡고 집안으로 들어갔다. 뚝뚝하기만 하던 동생 댁이나 둘째나 딴 사람 같았다. 나는 얼른 들어갈 생각을 못하고 현관 앞에 어정쩡하게 서 있었다. 동생 댁이 쟁반에 주스를 받쳐 들고 둘째가 있는 방으로 들어가는 걸 보고 소파에 궁둥이를 걸치고 앉았다. 그 양반 목소리가 들려왔다.

이게 누여, 우리 강아지 몸은 괜찮은 거여?

응, 괜찮아.

둘째와 그 양반이 나누는 얘기 소리가 참으로 다정했다. 그 양반에게 저리 살가운 구석이 있었나? 그 양반 말소리가 또 들려왔다.

먹을 거 그만 보내. 택배비도 만만찮을 텐데. 그년 좁은 속에서 어찌 이래 속 넓은 것이 나왔을꼬. 육시랄 년.

할머니!

그려, 그려, 니 어민 어릴 적부터 지 뜻에 안 맞으면 숫제 입을 봉해버리니 어려워서 말을 못 걸었구먼. 인정머리라곤 티끌만치도 없는 년.

참아, 할머닌 엄마잖아.

내게도 안 하는 둘째의 반말이 정겹게만 들렸다. 그 양반한 테 하는 둘째의 반말이 너무나도 친근해서 정이 뚝뚝 묻어났다. 그 양반이 말했다.

범이 물어갈 소리, 그년한테 엄니란 소리 한 번만이라도 들어 봤으면 지금 죽어도 여한이 없겠구먼.

그 양반 코 푸는 소리가 들렸다.

뭐 땜에 동네 여편네들 모아 놓고 내 흉을 그렇게 봤는지 들 어나 보고 싶다니께.

절로 주먹이 불끈 쥐어졌다. 더는 못 듣겠어서 그 양반 방으 로 냉큼 들어갔다. 그 양반이 놀란 눈으로 나를 멀뚱히 쳐다보 았다.

뭣 땜에 그렇게 미워했는지 몰라? 오라비 죽고 날마다 술에 작취해서 싸돌아다녔지? 그 살림을 내가 7살 때부터 도맡아서 했어. 조막만한 손이 부르터서 남생이 등짝마냥 쩍쩍 갈라져 핏 물이 나도 그냥 참았다고. 팔자가 참 더럽구나, 그리 생각할 때 마다 눈물이 뚝뚝 떨어져 내렸구먼. 오죽하면 동생들이 지들 어 미인 양 나를 졸졸 따라다녔을까. 아직 배냇짓을 하는 어린 동 생을 안고 엄니를 찾아다니다가 이웃집 아주머니한테 젖을 물 린 적이 수두룩하다고. 그런데 왜 미워했는지 들어나보고 싶다 고, 더 말해줄까?

그 양반이 복받친 목소리로 쏘아붙였다.

그래, 힘들어서 어밀 팔아먹은 거여? 고개를 못 들고 다녔단 말이여. 딸년한티 엄니란 소리도 못 듣는 여편네라고 손가락질 받았다 이 말이여. 쪽팔려서 고향을 떠나온 거구먼.

그 양반이 기어이 울음을 터트렸다. 둘째가 그 양반 대거리를 자청하고 나섰다.

쪽팔리게 하는 건, 낙인을 찍는 일이에요. 아세요?

뭔 낙인?

부족한 사람들은 그렇지 않아도 부족해 죽겠는데, 주위의 따가운 시선 때문에 더 부족해질 수밖에 없는 거라고요.

알아듣기 쉽게 말해봐.

3년 전, 가족들이 다 모였을 때 옷장에다 숨겨놓은 돈 잃어버렸다고 난리친 적 있지요?

그게 뭐 어쨌다고?

그날 언니하고 동생들이 일제히 나를 바라봤어요. 엄마가 제 가슴에 새겨놓은 주홍글씨 확인하려고요.

주홍글씨가 뭐여?

자매들이 돌아가면서 도둑년을 감시하는 그 집에서 제가 어떻게 살아요.

그래서 나한테 도망치려고 결혼을 했다는 거여?

네.

둘째와 나를 번갈아 쳐다보던 그 양반이 벌떡 일어섰다.

자식이 왜 절에 들어갔는지도 모르는 불쌍한 년.

나를 쏘아 보며 말하는 그 양반의 입을 둘째가 틀어막았다.

뭔 말이요?

입에서 둘째의 손을 떼려고 그 양반이 몸을 버둥거렸다. 동생 댁이 들어오면서 말했다.

쌍둥이 엄마, 절에서 요양 중이에요.

뭐?

재작년 가을에 자궁암 수술 받았어요.

둘째를 돌려세우며 모자를 벗겼다. 머리가 민둥산이었다.

주세요, 제 모자.

둘째가 한 자 한 자 뚝뚝 끊어지게 말을 했다. 내가 모자를 씌 워주려고 하자 둘째가 모자를 낚아채어 제 민둥산 머리를 감췄 다. 나는 냅다 소리를 질렀다.

이 꼴이 된 걸 왜 나만 몰라, 왜?

둘째가 손등으로 눈물을 훔치며 말했다.

걱정 마요, 저, 쌍둥이들 놓고 못 죽으니까.

꼬박꼬박 존대를 하는 푸석하고 창백한 둘째를 바라봤다. 나 는 꺾이려는 무릎에 힘을 주고 간신히 버티고 서 있었다.

그 양반이 방바닥에 풀썩 주저앉아 아이처럼 발을 버둥대며 울었다. 둘째가 눈물을 닦아주며 그 양반을 안았다. 그 양반이 둘째 품에 안겨 서럽게 울었다. 나는 그 양반이 흘린 눈물을 말없이 닦아주는 둘째를 내려다보고 있었다. 시나브로 그 양반 울음소리가 잦아드는가 싶더니 이내 코고는 소리가 들려왔다. 아이를 토닥이듯 그 양반 등을 쓸어내리는 둘째의 어깨에 조심스럽게 손을 얹었다. 몸을 움찔하던 둘째가 제 어깨에 올려진 내 손을 가만히 떼어냈다. 나는 그 양반의 침으로 얼룩져 가는 둘째 옷자락에서 눈을 뗄 수가 없었다.

물마루

물마루

페리호가 선착장에 접안을 시작하자 마을 사람들 몇이 잔뜩 웅크린 채로 이를 지켜보고 있었다. 뒤쪽에서 불어오는 바닷바람을 맞으며 마을 고샅길로 접어들었다. 야트막한 돌담장을 따라 마을 끄트머리에 있는 집을 향해 부지런히 걸음을 재촉했다. 대문에 들어섰을 때 바쁘게 일손을 부리던 아낙들이 나를 힐끗거리며 두런거렸다.

"상주가 왔구면."

할아버지가 장지문을 열어젖히며 소리쳤다.

"달랑 너만 온 거여?"

목례를 하고 토방에 오르자 어머니의 흐느끼는 소리가 깊고 낮게 들려왔다. 윗목 상청 위에 올려 있는 아버지의 영정사진은 웃는 것도 우는 것도 아닌 묘한 표정이었다. 어머니가 눈물을 훔치며 아버지께 절을 올리라고 내 등을 떠밀었다.

"얄팍한 눈물일랑 보이지들 말어!"

할아버지가 쏘아붙였다.

"엄동설한에 왜 거기까정 가서 동사를 혔는지 모르겠구먼."

어머니가 할아버지의 눈치를 살피며 울먹였다.

"며칠 전부터 부쩍 니 얘길 입에 올리더라만."

어머니의 한숨 소리에서 체념이 떨어져 나왔다. 할아버지가 혀를 끌끌 차며 어머니의 말을 막았다.

"애비, 초분으로 할 턴게 그리 알어."

할아버지 쪽으로 몸을 돌려 앉으며 말했다.

"지금이 어느 땐데 그러세요."

"그란 때라서 시부가 죽었는디도 며느리가 안 온다든?"

나는 고개를 숙이고 입을 다물었다.

초분은 본디 호상일 경우에만 치르는 비금도의 장례풍습이다. 그러나 섬지역이라는 특수성 때문에 바다에서 익사한 경우는 예외로 한다. 그럴 경우 초분을 하는 것은 시신을 온전하게 모시기 위해서다. 시신의 몸에 흡수된 염분을 빼기 위해 일차를 초분으로 하는 것이다. 그러니까 어느 쪽에도 속하지 않는 아버지를 할아버지가 초분장으로 치르려는 건 그냥 방치하겠다는 뜻이다. 나는 아버지가 돌아가셨는데 혼자 내려왔냐는 할아버지의 질책에 아무런 대꾸도 하지 못하고 조용히 방을 나오고 말았다. 꼿꼿한 자세로 앉아 있는 할아버지는 여전히 범접하기가 어려운 거인이었다.

북적대는 집을 나와 바닷가로 나왔다. 서녘 하늘을 휘감고 있는 황금빛 구름 띠가 비금도를 높다랗게 두르고 있었다. 바다 위에 부표처럼 떠 있는 암태도, 안좌도, 팔금도, 비금도……, 비금도는 큰 새가 날아가는 형상을 닮았다고 해서 붙여진 이름이었다. 한때는 날짐승 '금'자 대신 쇠 '금'자를 갖다 붙일 정도로 돈이 흔전만전했던 곳이다. 모두 소금 덕이었다. 맛이 일품인 소금이 비금도 사람들을 먹여 살렸고, 할아버지도 소금으로 재산을 불렸다.

목포항에서 출발한 페리호가 그르렁그르렁 물살을 가르며 달려오고 있었다. 포말이 만들어내는 희뿌연 물보라 위를 갈매기 떼들이 넘나들며 연신 끼룩거렸다. 서녘 바다 가까이에 내려앉은 햇빛이 한층 엷어지고 있었다. 나는 뱃전에 부서지는 물거품 너머로 보이는 올망졸망한 섬들을 바라봤다. 푸른 물결과 흰 갈매기, 짭조름한 바다 냄새로 뒤엉킨 바닷바람은 변함이 없었다.

'돌도 세월을 따라 비바람에 닳아지고 깎이며 무뎌지는 법인데…….'

마을 사람들은 할아버지를 대쪽노인이라 불렀다. 할아버지는 팔순이라고는 믿기지 않을 만큼 잇바디가 정갈하고 카랑카랑한 목소리에도 쇳소리가 남아 있었다. 비금도와 할아버지는 예나 지금이나 변한 게 없었다.

돌담길에 땅거미가 스멀스멀 내려앉았다. 뒷산 고개를 넘자 후포 자갈마당이 구불구불 이어져 있었다. 별이 바다로 내려앉기 시작했다. 바다에 내려앉은 별은 파도가 일렁거릴 때마다 생겨났다가 사라기를 반복했다. 둥글고 얄팍한 돌 몇 개를 골라 물 위로 던졌다. 어릴 때 아버지를 구박하는 할아버지를 피해 이곳으로 나와 팔이 저릴 때까지 물수제비를 뜨곤 했다. 돌이 떨어진 자리마다 동심원이 생겨났다. 밤바다가 만들어내는 파도가 자갈마당을 훑고 빠져나갈 때마다 스르륵스르륵 자갈 쓸리는 소리가 났다. 연약한 물이 단단한 돌멩이를 이기는 소리처럼 들렸다. 물과 자갈이 맞부딪쳐 나는 그 소리는 물소리라기보다는 자갈소리에 가까웠다. 그래서 어쩌면 물과 싸워서 진 자갈이 구슬프게 우는 소리인지도 몰랐다. 자갈을 자처했던 아버지, 아버지는 겉만 장손이지 종종 울음을 터뜨리는 자갈이었다.

아버지가 동사했다는 사실이 믿기지 않았다. 무엇이 살을 에는 바닷바람과 함께 죽음의 문턱을 넘게 했을까. 아버지를 짓눌렀던 고통은 무엇이었을까. 할아버지의 냉대 때문이었을까. 끝내 장손이라는 무게감을 떨치지 못한 탓일까. 실수로 잠이 들고 말았다는 말이 사실일까.

산길을 넘어오는데 작은 돌무지가 눈에 띄었다. 키가 작은 소나무 가장자리에 지푸라기와 돌멩이들이 오종종하게 쌓여 있었다. 지푸라기 지붕은 삭은 새가 되어 없어지고 돌만 덩그렇게 남아있다. 초라한 모습의 초분은 무덤이랄 것도 없는 돌무지에 불과했다. 주인이 누구인지, 언제부터 이곳에 있었는지 알 수 없었다.

초분은 육탈이 되고 나면 뼈를 수습해 매장하는 이중 장이다. 하지만 비금도에서는 그렇지가 않았다. 돌을 쌓아 돌무지를 만들고 그 위에 시신을 올려두고 이엉을 덮는 고임초분이다. 바람으로 시신을 없애는 풍장인 것이다. 바다가 삶의 터전인 섬사람들은 바람을 오장육부의 하나쯤으로 여기며 온몸으로 보듬고 살아간다. 그들은 그렇게 바람으로 흩어지기를 원하는지도 몰랐다. 하지만 아버지는 풍장으로 모실 수 있는 바닷사람들과는 거리가 멀었다. 언젠가 추석 성묘를 다녀오다가 아버지가 발을 헛디뎌 십여 미터 아래로 미끄러진 적이 있었다. 내가 다가갔을 때, 발치에 하얗게 바랜 뼈를 보고 있던 아버지가 무연한 눈길로 해송을 훑으며 중얼거렸다.

"죽어서까정 욕보이는구먼."

아버지에게 초분장은 섬마을 풍속 그 이상의 아무것도 아니었다. 할아버지가 초분을 고집하는 것은 섬지역의 장례풍습을 따르기 위해서가 아니라 아버지에 대한 미움 때문이란 걸 나는 알고 있었다. 목포에서 유학을 하고 있던 내가 겨울방학을 맞아 집으로 돌아온 날이었다.

"그려 헐 일들이 읎어 남의 돈을 후려? 몹쓸 것들."

저녁 밥상을 받자마자 할아버지가 난데없이 쩌렁쩌렁한 목소리를 냈다. 아버지는 고개를 숙이고 숟가락도 들지 못하고 있었다.

"인자 배 한 척으로 살아가야 허니 니가 공부 열심히 허지 않으면 이 집안은 가망이 읎다."

할아버지가 거칠게 숟가락을 내려놓으면서 내게 말했다. 죄인처럼 방을 나가는 아버지를 따라 밖으로 나왔을 때, 아버지가 도리질을 치며 혼잣말처럼 중얼거렸다.

"해거름 판에 마실을 나갔다가 노름판을 구경허게 되었는디 판섭이가 잠시 댕겨오것다고 나를 밀어 넣었구먼. 재미로 치자고 혀서 낀 거인디 내가 서너 판을 이기니께 돈을 걸자 더랑게. 그냥 여럿이 어울리는 것이 좋았구먼."

판이 점점 커져 가는데도 아버지는 그 자리에서 일어설 수가 없었다고 했다. 새벽이 되어 모두 고기 잡으러 나가버렸고, 그 이튿날에 사람들이 찾아왔다고 했다. 아버지는 재미로 한 노름빚을 갚으라고 찾아올 줄은 몰랐다며 고개를 절레절레 흔들었다.

할아버지는 고깃배를 팔아 아버지의 노름빚을 갚았다. 그 뒤로 밤낮을 가리지 않고 아버지를 야단하며 짐승만도 못한 놈이라고 구박을 해댔다. 그럴 때마다 아버지는 할아버지를 피해 소나무 밑에 숨어 자라는 독버섯처럼 몸을 감추곤 했다. 어쩌다 마주치는 일이 있으면 할아버지는 강퍅한 목소리로 쏘아댔다.

"그려 노름질혀서 이 애비헌티 보답허려 혔냐? 그렇게 일렀건만 우리 집안이 으떤 집안이여, 이눔아."

할아버지는 의병을 일으켜 일제에 항거하다가 돌아가신 선친에 대한 자긍심이 대단했다. 할아버지는 어린 나에게 세뇌시키듯 고조부가 되는 어른에 관한 이야기를 해주셨다. 대쪽 같은 성품을 지닌 조선의 마지막 선비라며 말끝마다 꾹꾹 눌러 의미를 강조했다. 고조부에 관한 이야기를 할 때면 할아버지의 눈은 알 수 없는 빛으로 형형했다. 그건 서슬도, 희열도 아닌 조상에 대한 경외 그리고 조상의 강개와 의지를 제대로 잇지 못한 자괴감 등이 버무려져 나오는 이상야릇한 눈빛이었다.

그런 할아버지의 눈에는 아버지가 목에 걸린 가시처럼 따끔거렸을 것이다. 할아버지는 아버지에게 덜 떨어진 무녀리라고 입버릇처럼 말하며 아예 내놓은 자식처럼 대했다.

"니눔이 살아있다는 자체가 조상을 욕보이는 거여. 당장 나가 뒈져버려."

아버지는 마을 사람들과 왕래를 끊고 스스로 움츠러들었다. 바닷바람을 묵묵히 맞고 서 있는 선왕산 해송처럼 그렇게 늘 혼자였다.

발길을 돌리려다 말고 다시 초분을 보았다. 바람에 흩어져 내린 작은 돌무지가 해송이 낳은 알처럼 보였다.

어머니가 흰 무명 치맛자락을 앞으로 돌려 질끈 동여매면서 나를 불렀다. 나는 통화를 잠깐 멈추고 어머니를 돌아다봤다.

"할아버지만 챙겨드리세요."

"으디 그럴 분이여? 후딱 와서 먹는 시늉이라도 보여."

나는 네다섯 걸음을 옮겨 마저 통화를 끝냈다.

"할아버지 불호령 떨어지기 전에 얼른 오랑게."

할아버지는 밥상머리에 꼿꼿하게 앉아 있었다. 나는 할아버지가 먼저 숟가락을 들 때까지 기다렸다가 말했다.

"아버지, 수목장으로 모시겠습니다."

"내동 말허지만 조손겸상을 혀야 혀."

할아버지가 딴청을 부렸다. 어릴 때부터 할아버지와 겸상을 했고 식사를 끝낼 때까지는 말을 삼갔다. 할아버지는 그것을 상기시키며 내 입을 막는 것이었다.

"이번만은 제 뜻대로 하겠습니다."

내가 명토를 박듯 말하자 할아버지가 목에 핏대를 올리며 언성을 높였다.

"해장부터 어깃장을 놓을 티여? 그니께 아녀자 하나 못 다스리는 거여. 교수면 뭐해 써."

나는 숟가락을 내려놓았다.

할아버지는 나와 충돌을 빚을 때마다 아내가 오지 않은 것을 문제 삼고 나섰다. 할아버지 말마따나 제아무리 미국보다 더 먼 곳에 있다가도 시아버지가 죽었다면 며느리가 만사 제쳐두고 달려오는 것이 맞다. 하지만 우리 부부에게는 말 못할 사정이 있었다. 그런 내 사정을 알기라도 하듯 어머니는 아내가 오지 않은 것에 대해 한마디도 묻지 않았다. 나는 죄인의 심정으로 토방 마루에 앉아 있는 어머니 곁에 앉았다. 섣달 밤바람이 너무도 매서워 가시에 찔린 것처럼 온몸이 들쑤셨다. 어머니가 입을 열었다.

"종주 보러 미국 간다고 돈 한 푼 안 쓰고 모으더니 결국 그렇게 가셨구먼."

"죄송합니다 어머니. 아까 아버님이 제 얘기를 부쩍 하셨다니, 무슨 말씀이세요?"

"글씨, 자세헌 야그를 안 허니께. 지난 주말에 송정리 댁 아들 여운다고 서울 댕겨온 뒤로 해송 밑에서 살다시피 허더니만."

"지난 주말이면……."

나는 가는 숨을 내쉬었다.

전화로 아버지의 부음을 알렸을 때 장모는 충격을 받은 듯 한동안 말을 잇지 못했다. 믿을 수 없다는 말만 되풀이하던 장모가 일주일 전에 아버지가 다녀가셨다는 말을 전했다. 염치를 무릅쓰고 찾아왔으니 종주가 사는 미국 주소를 알려달라고 했다는 것이다. 장모는 어쩔 수 없이 종주의 장애 사실을 알렸다고 했다. 나는 종주의 장애 사실 때문에 아버지가 죽었다고는 생각하지 않았다. 아버지는 잘 견디는 분이셨다. 할아버지에게 갖은 수모를 당하고도 단 한 번도 대들지 않았던 아버지였다. 한번쯤은 발명할 법도 한데 내 기억 속에 아버지는 할아버지의 뜻을 절대로 거스르지 않았다. 어릴 적 선왕산 중턱 바위에서 연을 날리고 있을 때도 그랬다. 연이 제멋대로 날다가 갑자기 곤두박질쳐 소나무에 걸렸다. 아버지가 소나무 위로 올라가 나뭇가지에 엉킨 연실을 풀어 주었지만 살이 부러져 더 이상 날릴 수 없었다. 내가 울먹이자 어디론가 뛰어간 아버지가 새 연을 가지고 돌아왔다. 가오리연이었다. 어디서 났느냐고 물었지만 대답대신 웃기만 했다. 아버지는 내가 연을 날리는 모습을 지켜보면서 마냥 웃었다. 웃음소리가 갑자기 멈춘 성싶어 아버지를 돌아다봤을 때, 아버지는 하얗게 질린 얼굴을 하고 아래쪽을 내려다보고 있었다. 할아버지가 올라오고 있었던 것이다. 그날 아버지를 꾸짖는 할아버지의 노기충천한 소리를 들으며 나는 까무룩 잠이 들었다. 아버지의 말소리는 한마디도 들리지 않았다. 다음날 아침 눈을 뜨자마자 아버지 방으로 달려갔다.

"아들하고 놀아준 게 혼날 일이야? 바보같이 왜 가만있냐고."

"할아버지 말씀은 무작정 다 옳구먼."

아버지는 입을 굳게 다물고는 고개를 떨어뜨렸다.

마당 한 귀퉁이에서 장작이 타닥타닥 소리를 내며 불길로 타올랐다. 모닥불 옆에서 경수 할아버지가 장고 끈을 조절하면서 담배를 피우고 있었다. 담배를 발뒤꿈치로 비벼 끈 경수 할아버지가 마당 가운데로 성큼성큼 걸어가더니 구슬픈 가락을 뿜어내기 시작했다. 망자굿 허두소리였다. 경수 할아버지가 목청을 좁혔다 넓혔다, 늘였다 줄였다 하면서 애원성 가락을 뽑아냈다. 마을 사람들은 죽은 자의 길을 침묵으로 쓸어주기라도 하듯 소리를 삼켰다. 서쪽 벼룻길의 가파른 해벽을 때리는 파도가 경수 할아버지의 소리에 장단을 맞추듯 철썩거렸다.

어머니가 치맛자락을 뒤집어 눈물을 닦아 냈다.

"이런 말 안 헐려고 혔는디 서울 댕겨온 뒤로 갑재기 널 볼 면목이 읎다는 거여. 왜그냐고 물어도 고개만 흔들더랑게."

어머니의 말꼬리가 바람결에 묻혔다.

"종주 뭔 일 있는 거 아니제?"

"그날 전활 주셨어요. 세미나 중이었거든요."

"겁 많은 양반이 밤새 을마나 무섭고 추웠을꺼나. 술 자신 것도 아닌디, 뭣이 씌지 않고서야⋯⋯."

허두소리 가락이 내리꽂듯 낮아지자 마을 사람들이 하나 둘 자리에서 일어나 마당을 빙글빙글 돌기 시작했다. 망자의 넋을 달래고 상주를 위로하는 밤달애였다. 노는것 같기도 하고 의식 같기도 한 밤달애를 경수 할아버지가 선편을 잡고 이끌었다.

언제 나왔는지 할아버지가 팔짱을 끼고 밤달애를 지켜보고 있었다. 눈을 부릅뜨고 입을 다문 채로 서 있는 할아버지는 참척을 당했다고는 믿기지 않을 만큼 꼿꼿했다. 굳이 스러져가는 전통 장례를 치르겠다며 초상집을 잔칫집 분위기로 만든 할아버지의 의중을 헤아릴 길이 없었다. 사람들이 한 무더기가 되어 마당을 돌고 돌았다. 선왕산 중턱 소나무에 달빛이 내려앉았다. 죽음으로도 용서가 안 될 만큼 자식이 미울 수가 있는지 이해가 되지 않았다. 어머니 말로는 할아버지가 처음부터 아버지를 미워한 건 아니라고 했다.

아버지를 낳고 산욕열로 고생하시던 할머니가 일주일 만에 세상을 뜨자 할아버지는 아버지를 강보에 싸안고 동네 아낙들을 찾아다니며 젖을 물렸다고 했다. 늘 배를 곯아 비실비실하게 자란 아버지에 대한 할아버지의 사랑은 각별했다. 장손에 대한 애착 때문에 유약한 아버지의 어리광을 모두 받아주었다. 할아버지가 달라진 깃은 아버지가 건강을 되찾으면서부터였다고 했다. 할아버지는 아버지의 버릇을 고치기 위해 엄하게 다스리기 시작했는데, 영 나아지는 기색이 없자 호되게 매질을 했다는 것이다. 그때부터 할아버지는 아버지의 삶에 짙게 드리워진 그림자가 되었을 거라고 어머니는 말했다.

경수 할아버지의 구슬픈 만가가 상여를 이끌었다. 아버지의 영혼을 불러내는 마지막 너울인 양 만가가 흐느적거렸다. 말도 아니요, 노래도 아닌 묘한 소리였다. 바다에서 불어오는 바람소리인 듯도 하고, 초저녁 물파랑에 실려 오는 가느다란 바다 기운 같기도 했다. 경수 할아버지의 소리는 그대로 아버지의 한과 슬픔처럼 들렸다.

마을을 물고 있는 아침 바다는 호수처럼 잔잔했다. 햇살을 빚어 바다에 뿌려놓은 듯 물비늘이 반짝거렸다. 햇빛은 바다에 가득 내려앉아 광활한 은빛 비단을 펼쳐놓았다.

나는 눈을 찡그리고 수평선을 바라보았다. 할아버지의 엄한 훈계를 들을 때마다 포구 선창으로 나와 하염없이 바다를 바라보았을 아버지, 아버지는 바다처럼 침묵으로 자신의 목소리를 지웠을 것이다. 아버지에게 바다는 질풍노도가 아니라 스스로를 가라앉히는 침묵의 바다였을 것이다. 모든 강물을 아우르는 바다를 닮아가며 소란스런 세상일을 아버지는 소리 없이 견뎠을 것이다.

마을 앞길을 지나 포구 앞에서 상여가 멈췄다. 유소보장이랄 것까지는 아니지만 상여는 꽃모양의 종이수술로 치장을 해서 알록달록했다. 경수 할아버지가 노제를 진행했다. 내 술잔을 받은 상여가 마을을 빠져나와 산길로 향했다. 어머니는 연신 눈물을 훔치며 아이고, 아이고 소리를 냈다. 좁다란 산길을 오르던 상여가 뒤뚱거렸다. 평생을 침묵으로 지냈던 아버지였지만 마지막 길만큼은 떠나고 싶지 않은 걸까, 나는 목이 멨다.

선왕산 중턱, 할아버지가 보아둔 초분지에 이르자 경수 할아버지의 만가가 멈추었다. 초분을 준비하는 동안 상여꾼들은 불가에 모여앉아 술잔을 돌렸다. 가슴이 먹먹해져왔다. 아버지를 보내는 마음이 슬퍼서만은 아니었다. 봉분도 없이 돌을 얹어놓은 이엉은 한두 번의 바닷바람으로도 지붕이 날아갈 것이다. 아버지를 생각할수록 마음이 시렸다.

할아버지는 아버지가 약하다고 했지만 결코 그렇지가 않았다. 내가 기억하는 아버지는 바다처럼 깊고 굳건했다. 할아버지는 아버지를 당신 눈높이로만 바라봤다. 할아버지가 무리하게 요구하지 않고 조금만이라도 따뜻한 시선을 주었다면 아버지는 마음의 문을 닫지 않았을 것이다. 아버지는 마음이 참 따뜻한 분이셨다. 초등학교에 들어가기 전 일이었다. 아버지 손을 잡고 산을 오르다가 목이 말라서 투정을 부렸다. 주위를 두리번거리던 아버지가 느닷없이 감나무에 오르기 시작했다. 우듬지 가까이까지 올라간 아버지가 위태로워 보였다. 낭창낭창한 가지가 휘청거리더니 쩍 소리를 내며 자끈동 부러졌다. 어어, 하면서 아버지가 감나무에서 떨어져 바닥으로 나뒹굴었다. 쓰러진 채로 주먹을 펼쳐보인 아버지의 손에는 형편없이 문드러진 감이 쥐어져 있었다. 감에 붙은 검불 몇 올을 떼어내며 아버지가 헤헤 웃었다. 나는 버럭 화를 냈다.

"손만 뻗으면 딸 수 있는 감이 많은데 뭐 하러 꼭대기까지 올라가?"

"안 되아 그건 짐승들 몫이여."

아버지가 손사래를 치며 말했다.

언젠가 해송 아래서 낚시를 할 때도 그런 적이 있다. 아버지가 번번이 허탕을 치는 바람에 지루해지려던 참이었다. 아버지가 낚싯줄을 감아올리자 손바닥만 한 우럭이 대롱대롱 매달려 올라왔다. 낚시 미늘을 조심스럽게 떼던 아버지가 입을 뻐끔거리는 우럭을 이리저리 훑어보다가 도로 놓아주는 것이었다. 나는 잽싸게 꼬리를 흔들며 바다 속 깊이 사라지는 우럭이 아까워 불평을 쏟아냈다.

"그러니까 맨날 할아버지한테……."

"새끼를 뱄잖여."

"이거저거 다 빼면 뭘 잡아?"

"긍게 말여."

아버지가 머리를 긁적이며 바보처럼 웃었다.

비록 할아버지 눈 밖에 난 아버지였지만 어린 내게는 세상에서 가장 따뜻한 분이셨다. 그런 아버지가 왜 초분을 거부하신 걸까. 초분을 장례문화로 받아들이지 못하고 왜 욕보이는 거라고 여기신 걸까.

짙푸른 바다에 햇살가루를 뿌려놓은 양 반짝거리는 물비늘이 눈이 부셨다. 무수히 봐왔던 바다지만 오늘따라 유독 눈이 시리게 푸르렀다. 올망졸망한 섬 사이로 푸른 바다가 넘실댔다. 바다는 연신 은빛 파랑을 만들어 육지 쪽으로 들여보내고 있었다. 파랑은 햇살을 빚어 푸른 바다에 심어놓은 것 같기도 했고, 바다의 살점들이 일어나는 것 같기도 했다. 은빛 물고기가 몸을 뒤집는 것처럼 보이는 물비늘을 바라보았다. 눈가에 경련이 일었다. 나는 병째로 술을 들이키며 아버지가 늘 앉아 있던 자리에 시선을 두었다.

'아버지는 평생 무슨 생각을 하며 바다를 바라보셨을까. 아버지가 가슴에 담아두었던 마음을 바다는 알고 있을까?'

눈앞으로 새파란 빛을 띤 바다가 다가왔다. 멀리서 보면 고요하게만 보이지만 바다는 살아 움직이는 생명이었다. 날개를 펼치며 끊임없이 질주하는, 무수한 날개를 지닌 거대한 생명체였다. 한 날개가 다른 날개에 의해 부서지고 또 그 날개는 뒤따라오는 날개에 의해 부서지면서도 바다는 끊임없이 살아서 질주했다. 나는 두 팔을 벌려 바다를 받아들였다. 할아버지의 바다, 아버지의 바다, 그리고……. 바다가 내 가슴으로 들어왔다. 나는 노도처럼 밀려드는 바다를 노려봤다.

'물마루!'

멀리서 하늘과 바다를 금 그으며 물마루가 서서히 뻗어나가고 있었다.

어릴 적엔 아스라이 먼 곳에 걸려있는 물마루를 볼 때면 아득함 외엔 달리 느낌이 없었다. 햇수가 지날수록 그 아득함은 비밀스런 거대한 창고 같기도 하고, 무언가를 가뭇없이 감추고 있는 요술 상자라는 생각이 들었다. 세찬 바람과 맞서 밀리고 곤두박질치면서 파도를 넘지만 다가가면 다가갈수록 물마루는 더욱 멀어져 갔다. 물마루까지 가기 위해서는 얼마나 많은 파도와 암초와 바람을 이겨내야 하는가. 향할수록 멀어져만 가는 물마루가 저마다의 가슴에 간직한 삶의 목표라고 여긴 것은 아이를 낳고서부터였다. 세상살이가 마치 아득한 물마루를 향해 가는 과정 같았다.

결혼식을 올릴 때 아내는 임신 중이었다. 여섯 달 뒤 아들이 태어났고, 아이는 기어 다닐 무렵까지 건강하게 잘 자라주는 것처럼 보였다. 당시 시간강사였던 우리부부는 서울에서 지방으로 강의를 다니느라 아이를 돌볼 겨를이 없었다. 비금도 어머니께 아이를 맡기자는 내 뜻과 달리 아내는 지척에 사는 장모에게 아이를 부탁했다. 여름 방학을 맞이하여 모처럼 아이와 함께할 때였다. 아이가 눈을 마주치지 못했다. 자주 못 봐 낯설음을 타는 것으로 여겼지만 같이 있는 날을 늘려가도 아이는 눈을 마주치지 못했다. 병원으로 데려간 일주일 뒤 자폐라는 진단을 받았다. 식음을 전폐하고 나를 원망하던 아내가 어느 날 미국으로 이민을 가겠다고 고집을 부렸다. 평등하게 자랄 수 있는 환경에서 아이를 키우겠다는 것이다. 그렇게 십 년이 흘렀고 비금도 식구들은 아내가 미국 교단에 자리가 생겨서 간 것으로 알고 있다.

나를 볼 때마다 종주의 나이를 손으로 꼽아보면서 얼마나 컸느냐고 묻던 아버지였다. 종주 사진이라도 보여 달라고 채근하던 아버지에게 나는 네네, 대답만 했다. 감쪽같이 숨겨왔던 종주의 장애 사실을 알아버린 순간 아버지는 어떤 생각을 하셨을까. 뼛속까지 파고드는 바닷바람을 맞을 만큼 아버지를 괴롭힌 건 무엇이었을까. 그런 아버지의 장례를 초분장으로 하겠다고 고집하는 할아버지의 진의는 무엇일까. 아버지를 미워만 했던 할아버지, 할아버지를 무서워만 했던 아버지. 할아버지와 아버지 그리고 나와 종주……

너, 가! 제 엄마 뒤에 숨은 종주가 나를 맞이하는 방식이었다. 비명을 지르고 손가락 장난질에만 빠져있는 종주는 컴컴한 욕실에 웅크리고 있거나, 닥치는 대로 물건을 집어 던지면서 나를 밀어냈다. 그런 종주가 보고 싶어 학기가 끝나기가 무섭게 미국으로 달려가곤 했다. 내 뇌리에서 단 한 번도 떠나본 적 없는 사랑스런 내 아들이었다.

눈꺼풀이 파르르 떨렸다. 종주의 장애를 비밀로 한 것은 아내의 당부 때문만은 아니었다. 절대 발설하고 싶지 않은 아비로서의 금기였다. 아버지가 손자를 얼마나 그리워하는지 알면서도 나는 말하지 않았다. 사람들을 피해 좁고 어두운 공간으로 숨어든 종주를 제 엄마가 환한 곳으로 끌어내면 아이는 이상한 행동을 보였다. 제 손을 물어뜯거나 꼬집어 피를 내거나 하는 아이는 낯선 세상을 받아들일 준비가 되어 있지 않았다. 종주가 그럴 때마다 속상했던 아내는 아버지를 들먹이며 내게 책임을 전가시켰다. 제 할아버지의 몹쓸 유전자를 받아서 그렇다고 우겼다. 그러면서도 아내는 포기하지 않고 종주를 환한 곳으로 끌어내려고 안달을 낸다. 나는 그런 아내에게서 할아버지를 보곤 했지만 단호하게 잘못이라고 말할 수 없었다. 아버지가 갇혀있는 세계를 같이 바라보기까지 나조차 오랜 세월이 걸렸으니까. 종주가 아니었다면 나는 지금껏 아버지를 부끄러워하는 아들일지도 몰랐다.

종주에 대한 내 마음이 그렇듯 할아버지도 아버지도 그랬을 것이다. 종주의 장애 사실을 안 순간 아버지는 가장 먼저 나를 떠올렸을 것이다. 종주 때문에 아파했을 내 고통을 온몸으로 느끼며 아버지는 스스로를 자책했을 것이다. 아버지가 자책으로 자살을 했다고 하더라도 나는 자식에 대한 아버지의 빗나간 사랑을 비난할 자격이 없었다.

나는 외마디 비명을 터트렸다. 물마루, 저 멀리 물마루가 오뚝이 서 있다. 좀처럼 모습을 보여주지 않던 물마루였다. 물마루가 세찬 바람과 맞서 밀리고 곤두박질치면서 더욱 뚜렷하고 선명하게 다가오고 있었다. 나는 깊이 숨을 들이마셨다. 어느덧 바다는 언제 그랬냐는 듯이 평온한 모습을 되찾아가고 있었다.

산일을 하던 경수 할아버지에게 일을 멈추게 하고 나는 집으로 달려갔다. 마루에 우두커니 앉아 있던 할아버지가 꼿꼿하게 자세를 고치며 나무라듯 말했다.

"상주가 자릴 지키지 않고 뭐허는 거여, 시방."

"아버지 사랑하신 거 다 압니다."

"쓸데없는 소리."

"할아버지, 자식으로서 제 도리도 있지 않습니까?"

나는 안주머니에서 사진을 꺼내 할아버지 앞으로 밀어놓았다.

"뭐여?"

"종주 사진입니다."

"그림 따위 보아서 뭐해 써."

건성으로 사진을 보던 할아버지의 눈가에 미세한 떨림이 일었다.

"애기가 왜 이 모냥이여?"

"코끼리를 아주 잘 그리는 아입니다."

"뭔 말이여?"

"자폐 아이들의 특징이랍니다, 할아버지."

할아버지가 고개를 들어 천장을 올려다보았다.

나는 아버지 방으로 들어가 벽장문을 열었다. 벽장 안에는 앨범과 각양각색의 연들이 종류별로 상자에 담겨있었다. 그 옆으로는 내가 초등학교 때 받은 상장과 일기장 그리고 미술시간에 그린 그림이 켜켜이 쌓여있었다. 어릴 적에 쓰던 가방, 실내화, 운동화 등이 보관되어 있는 아버지의 벽장은 나의 유년이 그대로 살아서 숨을 쉬고 있었다.

산으로 올라와 경수 할아버지에게 수목장으로 하겠다고 말했다. 경수 할아버지는 직접 할아버지 확답을 들어야겠다며 고집을 부렸다. 초상은 마을 일이기 때문에 섬에서 제일 어른인 할아버지 말씀이 있어야 한다는 것이다. 나는 아버지를 모시는 건 상주인 내가 결정할 일이라며 말 매듭을 지었다. 이미 목포 화장장에 시간도 잡아놨다고 거짓말을 했더니 그제야 경수 할아버지가 한 발 뒤로 물러섰다.

"최 교수 뜻대로 허시게."

아버지의 유골 분진을 선왕산 해송 아래에 묻은 시각은 거의 자정이 다 되어서였다. 경수 할아버지가 팔을 걷어붙이고 나서지 않았다면 불가능했을 일이었다. 경수 할아버지가 서둘러 배편을 마련하고, 이미 예약이 끝난 화장장에 아는 사람의 손을 넣어 화장할 수 있도록 도와주었다.

　사람들이 모두 돌아가고 난 뒤, 나는 가오리연을 꺼냈다. 나를 위해 아버지가 연을 만들어 놓았다는 사실을 안 건 한참 지나고 나서였다. 내가 중학생이 되어 목포로 유학을 가던 날이었다. 아버지가 장롱 서랍에 가득히 들어있는 연을 종이 상자에 차근차근 담고 있었다.

　"방학 때 내려오믄 여그 있은 게……."

　날씬한 가오리 한 마리가 하늘을 유영하기 시작했다. 처음 공중으로 날아 올린 연이 주춤 물러서는 듯 머리를 들이밀며 곤두박질치려고 할 때 나는 아버지에게 배운 연날리기 기술을 이용해 하늘 높이 연을 띄워 올렸다. 얼레를 풀었다 감았다 반복하면서 연의 머리가 향한 쪽으로 연실을 풀어주어 가오리가 자유롭게 바람을 타도록 했다. 가오리 한 마리가 좌로 우로 거꾸로 마음대로 방향을 바꾸며 하늘을 날았다. 맘껏 하늘을 날던 가오리가 갑자기 거꾸로 물구나무를 서더니 곤두박질치면서 지상으로 떨어져 내렸다. 나는 잽싸게 감았던 연줄을 사르르 풀어주면서 뒤뚱거리는 가오리에게 고개를 숙였다. 응답이라도 하듯 꾸벅거리던 가오리가 긴 꼬리를 흔들며 서서히 솟구쳐 올랐다.

　'아버지!'

　연줄을 끊었을 때 주춤 멈추는 성싶던 가오리가 좌로 우로 자유자재로 바람을 타며 하늘 높이 떠오르다가 가뭇하게 사라졌다.

나는 포구 선착장에 앉아 마른 박대 한 마리를 놓고 술을 마시고 있다. 술기가 불콰하게 목 언저리까지 올라왔지만 이상하게 취기가 오를수록 정신은 또렷해졌다. 할아버지는 자식이 부모를 닮는 건 가까이서 보고 자라기 때문이라며 아버지에게서 나를 멀찍감치 떼어놓았다. 그런 이유로 자식인 나를 맘껏 바라보지도 못했던 아버지였다.

바닷바람이 거세졌다. 밤바다가 만들어내는 파도소리가 먼 곳의 물살처럼 어슴푸레 들려왔다. 싸라기 같은 눈발이 바람에 쓸려 불어왔다. 등 뒤에서 서늘한 기운이 느껴져 뒷덜미가 곤두섰다.

"할애비도 한 잔 주거라."

"죄송합니다."

할아버지가 술잔을 입안에 털어 넣었다. 연거푸 두 잔을 비운 할아버지가 일어서면서 눈짓을 했다. 할아버지는 선왕산으로 방향을 잡았다. 나는 뒷짐을 지고 걷는 할아버지를 묵묵히 따랐다. 산중턱에 다다르자 할아버지가 구부정하게 쭈그려 앉아 담배에 불을 붙였다. 할아버지는 연기를 품어내며 바다를 바라봤다. 새벽 기운이 내려앉고 있었다. 한동안 말이 없던 할아버지가 엉덩이를 털며 일어났다.

"애비, 어딨냐?"

나는 해송 쪽을 가리켰다. 할아버지가 해송이 있는 중턱 아래로 성큼성큼 걸음을 옮겼다. 할아버지를 뒤따르면서 해송 아래로 출렁이는 바다를 내려다봤다. 눈을 찌르듯 반짝이던 물비늘은 회색구름이 지웠는지 온데간데없었다. 바다는 짙푸른 물살을 일으키며 굼실대고 있었다.

해송 앞에 멈춰 선 할아버지가 해송을 올려다보았다.

"종주 일 애비도 안 거여?"

"돌아가시기 일주일 전에 아셨답니다."

"자슥은 아비의 생인손인 거여."

바람이 점점 거세졌다. 바람이 새벽을 몰고 오는 기운처럼 느껴졌다. 강한 바람을 타고 바다는 더욱 살아 움직였다. 파랑이 일렁이고 방파제까지 파도가 덮쳤다. 할아버지는 해송에 손을 얹은 채 시간을 잊어버린 듯 그 자리에 서 있었다. 무겁게 내려앉은 하늘을 잇대고 있는 바다는 엷고 자잘한 물이랑을 연거푸 만들어내고 있었다. 할아버지가 내 어깨를 툭 건드렸다.

"어미헌티만 맽기지 말고 건너가 같이 돌보아."

"괜찮습니다."

"고단헌 니 짐 다 떠 매고 간 거여, 그 못난 놈이."

"여쭐 말씀이 있습니다, 할아버지."

할아버지가 나를 쳐다보았다.

"아버지를 초분장으로 하시려는 이유가 있으셨습니까?"

"매장이나 화장은 그것으로 산자와는 끝이지만 초분은 그렇지가 않어."

"죽음은 이미 단절이지 않습니까?"

"시신이 썩어 유골로 남는 디만 3년이 걸린다, 이 말이여."

말을 멈추고 한참동안 해송을 바라보던 할아버지가 힘겹게 말을 이었다.

"지켜보아야 헌다는 말이여, 고통스럽게."

끝까지 평정심을 잃지 않고 서 있던 할아버지가 꼬꾸라지듯 주저앉았다.

눈이 내리기 시작했다. 함박눈이었다. 올망졸망한 섬 사이로 검푸른 바다가 잠잠히 내리는 눈을 받아들이고 있었다. 바다 살점 같은 은빛 파랑이 연신 육지 쪽으로 밀려들어왔다. 나는 흰 눈에 아스라이 숨는 물마루를 바라봤다. 눈발이 점점 굵어졌다. 생전의 아버지처럼 말없이 바다를 보았다. 할아버지도 아버지 자리에 앉아 바다를 응시하고 있었다. 세월을 훌쩍 뛰어넘은 아버지가 앉아 있는 것처럼 보였다. 할아버지 머리에 하얗게 눈이 쌓여갔다. 선왕산 중턱의 해송 가지가지마다 하얗게 핀 눈꽃송이가 윙윙 바람소리를 내면서 눈가루로 흩어져 내렸다.

퍼즐 맞추기

퍼즐 맞추기

　십여 분 넘게 걸었는데도 지하철역은 보이지 않았다. 걸음을 멈추고 사방을 둘러봤지만 이곳이 어디쯤인지 가늠이 되질 않았다. 음식점을 나와 곧장 큰길을 따라 걸어온 것 같은데 거리가 영 낯설었다. 불과 세 시간 전에 별 어려움 없이 찾아왔던 곳이라고는 믿기지 않았다. 계속 같은 곳을 맴돌고 있다는 착각이 일었다. 오 년 전에 끊었던 담배를 거푸 피워서인가. 나는 현기증을 느끼며 바닥에 주저앉았다. 조금 전에 일어났던 웃기지도 않은 그 사건이 원인인 듯싶었다. 졸지에 쪼다가 된 기분이었다. 나를 천치로 만든 건 누구인가. 나인가, 상기인가, 연지인가, 현태인가. 누구인지 알기 전엔 한 발짝도 뗄 수 없을 것 같았다. 성가시고 골치 아픈 일이지만 퍼즐을 한번 맞춰봐야겠다.

생삼겹살집에 들어서자마자 윤회를 찾는 내게 상기가 인상을 찌푸렸다. 인상을 구기고 있는 상기의 왼쪽 이맛살의 붉은 반점은 사십 년 세월이 흘렀지만 그대로였다.

그 자식 보러왔냐?

상기의 예상치 못했던 반격에 나는 얼른 대답을 못하고 머뭇거렸다.

준모 너 삼일상사 부장됐다며?

현태가 손을 내밀며 제 이름을 댔기 망정이지 하마터면 못 알아볼 뻔했다. 키가 작고 왜소했던 현태는 몸이 불고 볼살도 두둑한 게 사람 좋아 보이는 이웃집 아저씨 같았다. 상기 똘마니였던 중학교 시절의 현태는 존재감이라고는 눈을 씻고 찾아볼 수가 없었는데 제법 잘 늙은 것 같았다. 내 기억이 맞는다면 상기에게는 현태 말고도 똘마니가 서넛이 더 있었다. 상기 똘마니들은 상기의 세를 등에 업고 동창들을 괴롭히는 일을 낙으로 삼던 양아치들이었다. 마구잡이로 돈을 갈취하고 기분 내키는 대로 동창들을 때렸다. 동창 중 몇몇은 만신창이가 되도록 얻어터지고도 양아치들의 보복이 두려워 부모에게조차 말하지 않았다. 나 역시 상기에게 얻어맞고 말더듬이란 이유로 패거리들에게 정강이를 걷어차이면서 놀림을 당했던 기억이 아직도 생생했다.

부, 부장은 무, 무슨? 말년에 쫓겨날 날짜만 세, 세고 있는걸.

거짓말처럼 옛날 습관이 튀어나왔다. 불덩이를 삼킨 듯 화끈거리는 목구멍을 타고 올라온 소리가 입천장으로 말려드는 혀에 엉켜 분절되어 새나왔다.

너 아직도 말을 더듬냐? 그래서야 어디 부하직원들한테 위엄이나 서겠냐?

상기가 말을 가로채며 빈정거렸다.

단순히 어릴 적 기억 하나를 되살린 것뿐인데 급격하게 기분이 가라앉았다.

유, 윤회는 언제 오, 온대?

또 묻네. 근데, 너 윤회하고 친하긴 했냐?

상기의 다그침에 나는 어떻게 말해야 할지 몰랐다. 사실 나는 윤회와 단 한 번도 이야기를 나눈 적이 없었다.

그 자식 소식 끊긴 지 이십 년이나 됐어. 어떻게 변했는지 나도 궁금하다.

윤회가 참석하지 않는다는 것이 확실해졌다. 나는 벌떡 일어서서 나오고 싶었지만 이대로 나가버리면 웃음거리가 될 게 뻔했다. 다른 사람도 아닌 상기가 주도한 번개 모임에 알아서 나왔으니 스스로 무덤을 판 것이나 다름없었다. 그렇다고 지금 섣불리 행동한다면 생각지도 않은 봉변을 당할지도 모르고, 최악의 경우 싸움에 휘말릴지도 모를 일이었다. 상기와 함께한다면 그런 것쯤은 각오를 해야 했다.

이제 더 머물 이유가 없는데도 이 자리를 벗어나야 한다는 내 의식이 무엇인가에 짓눌리고 있었다. 그 힘의 실체를 알 수 없지만 어떤 공식을 대입해도 풀리지 않을 난해한 인수분해를 대하고 있는 듯 느껴졌다. 나는 인수분해로도 풀리지 않는 고차방정식을 풀 열쇠가 무엇인지 끝까지 찾고 싶은 오기가 생겼다.

상기는 윤회가 참석한다는 거짓말을 왜 했을까. 전체 동창들이 대상은 아닐 터였다. 윤회가 온다는 상기의 글에 답을 한 친구는 나를 포함해서 다섯 명이었다. 현태, 오만이, 형수 그리고 한 사람이 생각나지 않았다. 나는 한 명의 이름을 떠올리려 애쓰다가 불현듯 연지라는 이름을 생각해냈다. 연지를 쉽게 떠올리지 못한 건 연수라는 이름으로 밴드활동을 하고 있었기 때문이었다. 왜 연수로 개명했는지 몰라도 연지라는 이름이 그 애의 하얀 얼굴과 더 잘 어울린다고 나는 생각했다. 얼굴이 참 예뻤던 연지는 남자 동창들 모두의 연인이었다. 나도 예외는 아니었는데 예쁘면서도 공부를 잘했던 연지에게 크게 실망한 뒤로도, 그러니까 중학교를 졸업할 때까지 학교에서 마주쳐야만 했던 연지 때문에 가슴앓이를 해야 했다. 그러다가 인근 도시에 있는 고등학교에 입학하면서부터 학교 앞에서 하숙을 했기 때문에 자연스레 연지를 잊었다. 당시 고등학교를 시험 봐서 들어가야 했던 우리 동창들은 그야말로 뿔뿔이 흩어져버려 어쩌다 마주칠 때면 서로가 서로를 서먹해했다. 조그만 시골에서 구

년 동안이나 초등학교와 중학교를 같이 다녔는데도 그랬다. 정말 기억마저 가물거리는 까마득한 옛날이야기였다. 윤회가 온다고 거짓말한 상기, 상기가 주선하는 모임에 온다는 연지, 연지와 윤회, 연지와 상기, 이들은 대체 어떤 관계일까. 까맸던 머릿속이 조금씩 투명해지기 시작하면서 나는 절레절레 고개를 흔들었다. 연지가 상기 같은 놈을 왜? 절대 그럴 리가 없다고 나는 확신했다.

윤회는 왜 지금껏 소식 한 자 없는 걸까. 윤회도 나 같은 마음에서 고향사람들과 거리를 두는 걸까. 유년에 대한 기억이 유쾌하지 않은 나는 어릴 적 내 모습을 기억하고 있는 동창들과 고향 사람들을 될 수 있으면 멀리하려 애썼다.

세상에, 그때 그 말더듬이가 이렇게 성공할 줄 누가 알았냐고.

아버지 칠순 날 피로연에서 고향 어르신들이 했던 말이었다. 잊고 싶은 과거를 묻어둔 고향은 불편한 기억을 길어 올리게 하는 두레박 같은 것이었다. 하지만 나와 달리 동창들의 영웅이었던 윤회가 고향과 연락을 끊을 이유는 없었다. 윤회가 소식을 끊은 지 이십 년이라면 내가 대학에 다닐 때라는 얘기가 된다. 윤회는 내게 옛이야기를 주고받으며 술잔을 기울이고 싶은 유일한 동창이었다.

윤회를 마지막 본 건 중학교 3학년 겨울방학을 열흘 가량 앞둔 종례 시간이었다. 담임이 느닷없이 용의검사를 하겠다며 양말을 벗으라고 했다. 선생의 명령을 거부하며 버티고 서 있던 윤회의 한쪽 양말을 담임이 벗겨낸 건 순식간이었다.

당신이 선생이야?

뭐? 다시 말해봐, 이 새끼야.

담임이 윤회의 등짝을 후려쳤다. 다시 내려치려는 담임의 손목을 움켜잡은 윤회가 소리를 질렀다.

시발, 학생을 개무시하는 게 선생이야!

담임이 교단 아래로 고꾸라진 것은 눈 깜짝할 사이에 일어난 일이었다. 내동댕이쳐진 담임 몰골이 볼썽사나웠다. 교실 문을 박차고 나가던 윤회가 뒤를 돌아보며 씩씩거렸다. 며칠 뒤 윤회는 담임을 폭행한 벌로 퇴학을 당했다. 일주일이 채 안 되어 내려진 윤회의 퇴학처분은 담임의 보복성 조치였다. 그때 우리 동창들은 교사의 폭력이 학교라는 위장막 안에서 얼마나 쉽게 교육이란 이름으로 둔갑될 수 있는지를 똑똑히 목도했다.

상기가 술병을 들고 비어있는 내 잔을 눈으로 가리켰다. 나는 얼른 잔을 내밀었다. 얼결에 두 손으로 잔을 받쳐들었던 나는 평소 습관이었지만 기분이 더러웠다. 사회생활에서의 술자리 예절과는 다른 비굴함이 배어있다는 느낌을 지울 수가 없었다. 후배들에게도 두 손으로 술을 따랐고, 두 손으로 술을 받았다. 나이가 어린 직원이라 할지라도 반드시 이 원칙을 지켰다. 그것은 나 스스로가 가치 있다고 여기는 신념 중 하나였는데, 오늘은 경우가 달랐다. 시간이 지나도 치유되지 않는 명백한 내상의 증거였다. 세월이 한참 흘렀지만 나와 상기의 불편한 관계는 시공을 넘어서 불변의 법칙으로 고착화되는 것만 같았다.

나는 허리를 곧추세우며 현태에게 물었다. 상기가 주선한 모임에 진짜로 연지가 오는지 궁금했다.

유, 윤회 말고 또, 누, 누가 와?

연지, 기억하지?

연, 연지와 유, 윤회 사건, 모, 모르면 우리 동, 동창 아니지.

휴대폰을 만지작거리던 상기가 불쑥 나섰다.

헛소문이었어, 자식아!

학교를 떠들썩하게 했던 문신사건의 주인공은 윤회와 연지였다. 그 사건으로 잘 알려지지 않은 윤회가 동창들의 우상으로 떠올랐다. 소문난 퀸카였던 연지가 전학을 온 지 얼마 되지 않은 윤회와 서로의 팔에다 문신을 새겼다는 사실은 놀라운 일이었다. 연지와 사귄다고 공공연히 떠벌리고 다니던 상기의 위상이 하루아침에 떨어지고 말았다. 그날 수치심으로 붉어진 연지 얼굴을 보던 나는 맥이 풀려 창밖으로 고개를 돌렸다. 새파란 하늘에서 내리쬐는 봄빛이 얼마나 샛노란지 현기증이 날 지경이었다.

담임이 매로 윤회를 툭툭 건드렸다.

벌써부터 이놈들과 어울려 그딴 짓을 해?

담임의 호명으로 엮인 굴비처럼 줄줄이 교단 앞으로 불려나간 학생은 모두 여덟 명으로 남녀 각각 넷이었다.

사랑이 죄는 아니잖습니까?

윤회가 굵고 탁한 목소리로 대꾸했다. 나뿐만 아니라 동창들 모두 충격을 받았는지 교실은 개미 기어가는 소리도 안 들렸다. '사랑'이라는 단어가 중학교 2학년생의 입에서 나올 말은 아니었다. 자기네들끼리 서로의 이름을 팔뚝에 새긴 것과 입으로 사랑을 운운하는 것은 차원부터가 달랐다. 담임이 겉옷을 벗어 교실바닥에 패대기를 쳤다.

뭐, 사랑? 암만, 사랑은 엎드려서 해야 제 맛이지, 엎드려뻗쳐 새꺄.

입을 악물고 엎드려 있는 윤회는 얼마든지 때릴 테면 때려 보라는 표정이었다. 가소롭다는 듯 웃어 보인 담임이 무차별적인 매질을 시작했다. 묵묵히 매를 맞던 윤회가 벌떡 일어나면서 담임의 팔을 꺾었다.

중학생은 사랑하면 안 됩니까?

윤회에게 팔목을 잡힌 담임의 얼굴이 시뻘겋게 변해갔다. 때마침 종이 울렸고, 바닥에서 겉옷을 집어 든 담임이 교실을 나갔다. 그렇게 한 번의 행동으로 동창들의 주목을 받았던 윤회와 달리 상기와 그 패거리들은 자존심에 큰 상처를 입고 말았다. 연지가 문신 사건에 연루된 것만큼이나 놀라운 일이었다.

누군 선생이 무서워서 안 대든 줄 아냐? 튀려고 별짓을 다해요, 병신이.

상기가 필요 이상으로 열을 내며 윤회를 비아냥거렸다. 윤회의 존재감이 부각되고 있는 상황에서 자신의 구겨진 체면을 일으켜 세우려고 과도하게 반응을 보이는 거라고 동창들은 생각했다. 내 눈에도 상기의 과도한 반응이 어쩌면 제 자격지심이 부른 질투의 일면이거나 학생들의 관심을 되돌리기 위한 것으로 비쳤다. 상기는 나름의 방식으로 실추된 이미지를 만회하기 위해 애송이의 치기어린 행동이라며 윤회를 깎아내렸다. 윤회에 대한 상기의 열등의식이 싹튼 그 사건은 동복에서 춘추복으로 갈아입은 첫날, 그러니까 지금으로부터 정확히 40년 전에 터진 일이었다.

문신 말야, 연지가 먼저 제 팔목에 윤회 이름을 새기라고 손을 내밀었대.

짝꿍인 현태가 내 옆구리를 찌르며 속삭였다.

나는 시큰둥했다. 연지가 제 팔에 상기 이름을 새겼든, 윤회 이름을 새겼든 상대가 누구인지는 중요하지 않았다. 몰래 훔쳐보며 마음속으로 품어왔던 연지가 나 아닌 다른 사람에게 마음을 빼앗겼다는 것 자체가 나를 절망에 빠트렸다.

상기 호주머니에서 휴대폰 벨이 울렸다. 상기가 전화를 받으며 밖으로 나갔을 때 나는 현태에게 술을 권했다.

혀, 현탠 사, 상기랑은 계, 계속 만났던 거야?

상기 건설회사 전무로 있어.

사, 상기 출세했네.

현태가 손을 입술에 갖다 댔다. 밖에서 인기척이 들리더니 상기가 들어섰다. 상기 뒤를 따라 연지가 들어왔다.

어서 와.

현태가 반갑게 연지를 맞았다. 나는 상기가 터준 자리에 앉는 연지를 뚫어져라 보았다. 빨간 립스틱을 번지르르하게 바른 연지의 얼굴은 예전의 복숭아빛과는 거리가 멀었다. 화장 탓인지 무겁고 칙칙해 보이는 얼굴은 볼살이 두둑하게 붙은 게 영락없이 펑퍼짐한 이웃집 아줌마였다.

현태가 연지 잔에 술을 따랐다. 잔이 흘러넘치자 상기가 나무랐다.

연지 옷 다 젖겠다.

상기가 쌈을 싸서 먹여주는 고기를 어린애처럼 받아먹은 연지가 내게 고개를 까닥해 보였다.

나, 누, 누군지 모, 몰라?

글쎄, 우리 동창이야? 근데 원래 말을 더듬었던가?

연지는 나를 기억하지 못했다.

같은 반이었다고 해도 서로 대화할 기회가 없었으니 그럴 수도 있었다. 하지만 윤회 일로 직접 연지를 찾아가서 만났던 적이 있는데, 그 일조차 연지는 기억을 못하고 있었다.

문신 사건이 있은 뒤, 나는 윤회나 상기 패거리나 같은 부류라고 생각했다. 그랬던 윤회에 대한 생각이 바뀐 건 용의검사한 날부터였다. 처음 양말을 벗지 않겠다고 담임과 신경전을 부린 건 나였다. 구멍이 난 양말을 친구들에게 보여주기 싫어서였다. 그때 뒷자리에서 내 행동을 살피던 윤회가 교단 앞으로 나갔던 것이다.

윤회의 퇴학이 나 때문인 거 같아 용기를 냈던 것이었다. 겨울방학을 하던 날 나는 학교 정문에서 연지를 기다렸다. 연지라면 윤회의 연락처를 알 수 있을 것 같아서였다. 학교를 나오던 연지를 가로막은 나를 그녀가 기억해내는 데는 십 초 이상이 걸렸다. 내가 말을 더듬자 그제야 알은체를 했다. 윤회의 안부를 묻자 연지는 한심스럽다는 표정으로 말했다.

신경 끄셔. 윤회는 그냥 희생양일 뿐이니.

제 말만 쏟아내고 돌아서는 연지가 낯설었다. 윤회 이름을 새기라고 팔을 내밀었다던 연지가 윤회 이야기를 냉정하게 하는 게 이해가 되지 않았다.

아, 생각난다. 그러고 보니 우리 같은 반이었네.

연지가 손을 내밀어 악수를 청했다. 상대방의 결함을 아무렇지도 않게 툭 건드리는 연지가 얄미웠다.

유, 윤회 소식 모, 몰라?

걔 소식을 왜 내게 물어?

여, 연지에게 무, 묻는 게 다, 당연하지 아, 않나?

연지가 쓸데없이 왜 그런 걸 묻느냐는 표정으로 나를 쳐다 봤다. 상기가 연지를 힐끗거리며 현태에게 잔을 권했다.

현태가 얘기 좀 해라.

무슨 얘기?

준모가 윤회를 궁금해 하잖냐. 너 똥방위 시절 얘기하면 되겠네.

그때 얘길 왜 해.

준모야, 윤회가 현태한테 꼼짝도 못했다면 믿겠냐?

현태를 돌아보았다. 그가 잔이 넘치도록 술을 따르고 있었다. 윤회가 현태에게 꼼짝을 못하다니, 말도 안 되는 소리였다. 현태는 그런 배짱 있는 녀석이 못 됐다. 현태는 중학교 때 내가 그나마 편하게 얘기할 수 있었던 만만한 녀석이었다. 나와는 짝꿍이었고, 키가 작았고, 달리기를 못했고, 숫기가 없다는 공통점이 있었다. 문신사건이 일어났던 당시만 해도 현태는 상기 똘마니가 아니었다.

상기 패거리에게 매일 얻어맞던 나는 윤회에게 빌붙으려고 작정을 했다. 윤회네 옆집에 사는 현태를 통해 기회를 엿보던 참이었다. 화장실 공터에서 기다리고 있던 현태에게 천 원짜리 한 장을 내밀었다. 나는 바람에 실려 오는 역한 암모니아 냄새를 맡으며 윤회에 대해 이것저것 물었다.

문신 그거, 연지와 윤회를 상기 패거리가 따라한 거란다. 상기 그 새끼 좆나 자존심도 없나봐.

손바닥으로 얼굴을 슥 문지르던 현태가 눈을 찡긋거리며 또 말했다.

참, 이거 비밀이다. 상기 패거리들이 알면 둘 다 결딴이 나고 말 테니.

현태가 사라진 자리에 가래침을 퉤 뱉고 일어섰을 때 화장실 모퉁이에서 상기가 나타났다. 도망가려다 목덜미를 잡힌 나는 뒷걸음질로 질질 끌려갔다. 두려움을 먼저 느낀 게 몸인지 정신인지 알 수 없었지만, 매를 맞으면서도 주인에게 미움받지 않으려고 꼬리를 흔들어대는 똥개가 된 기분이었다. 나는 한 대라도 덜 맞으려고 몸을 피하다가 급소를 잘못 맞아 허리를 꺾으며 주저앉았다. 꼬꾸라진 내 눈에 저쪽 편에서 상기 패거리들에게 질질 끌려오는 현태가 보였다. 무방비로 노출된 폭력으로부터 구원받을 수 없다는 절망감이 두려움을 뛰어넘어 색다른 공포로 다가왔다. 패거리들은 나와 현태를 화장실 벽에 세워두고 사정없이 귀뺨을 갈겼다. 입속으로 비릿한 액체가 흘러들어왔다. 내 얼굴에서 피가 철철 흐르는데도 상기 패거리들은 구타를 멈추지 않았다. 뒤탈이 날 것을 염려해 여간해서는 얼굴은 잘 건드리지 않는 패거리들이 아예 작심을 한 것 같았다. 내 의지와 상관없이 가랑이 사이로 오줌이 질질 새나왔을 때 나는 무릎을 꺾고 또다시 허물어져 내렸다. 그러는 내 옆에서 현태가 하얗게 질린 얼굴로 상기의 손목을 부여잡은 채 머리를 조아렸다. 현태의 비굴한 웃음이 무엇을 의미하는지는 나중에 알았다.

그날 이후 현태가 상기 패거리를 등에 업고 똘마니 노릇을 했지만 윤회만큼은 건드리지 못했다. 그런 윤회가 현태에게 꼼짝을 못하다니 말이 안 됐다.

단숨에 술을 들이켠 현태가 내게 잔을 내밀었다.

유, 윤회가 너, 너한테 꼼짝 못했다니? 그게 무, 무슨 말이야?

현태는 대답하지 않았다. 불판에서 고기가 타면서 연기를 내고 있었다. 현태가 연기를 피해 머리를 뒤로 젖혔을 때 귀밑에 까만 점이 도드라져 보였다.

점 때문에 현태는 점박이로 나는 말더듬이로 놀림을 당했다. 현태가 나와 거리를 두려는 눈치를 챘을 때 녀석은 이미 상기의 똘마니가 되어 있었다. 내가 현태에게 모욕을 당한 건 녀석이 한 번은 치러야할 통과의례인 듯했다. 쉬는 시간, 내가 평소처럼 점박이라 불렀을 때 녀석은 별명을 입에 담지 말라며 눈알을 슴벅였다. 돌변한 녀석과 내가 실랑이를 벌이자 상기 패거리들이 끼어들었다. 나와 동급인 점박이 녀석에게 정강이를 걷어차인 것은 더 이상 친구가 아니라는 표식이었다. 상기는 반 애들한테 다시는 현태를 점박이라 부르지 말라고 반 애들한테 말했다. 그 뒤로 친구들이 부를 수 있는 별명은 말더듬이가 유일했다.

술자리가 점점 어색해지고 있었다. 자꾸만 대화가 끊겼다. 상기는 아까부터 입을 다물고 안주만 집어먹고 있고, 연지는 현태가 따라주는 술을 한입에 툭툭 털어 넣고 있었다.

내가 침묵을 깨며 물었다.

오, 오만이와 혀, 형수도 오, 온다고 했잖아?

못 온대. 일이 생겼단다.

현태가 말한 뒤 또 대화가 끊겼다.

한참 뒤 어색한 분위기를 살려본 심산이었는지 상기가 피식 웃으며 말을 내놓았다.

준모 너, 진짜 윤회가 궁금하냐?

아, 아니, 사, 상기가 더 궁, 궁금해졌어. 가, 갑자기.

뭐가 궁금한데?

유, 윤회가 온, 온다고 왜 거, 거짓말을 치, 친 거야?

상기의 입술이 씰룩거렸다. 상기가 벌겋게 달아오른 얼굴을 하고 상을 엎었다. 식탁 위 그릇들이 우르르 바닥으로 쏟아져 내렸다. 그릇에서 튕겨진 반찬들이 사방으로 흩어졌고 빈 그릇과

젓가락, 집게, 가위 등속이 제멋대로 나뒹굴었다.

대체 뭘 알고 싶은 거야, 너? 처음부터 지겹도록 윤회 얘길 해대는 저의는 또 뭐고?

돌연한 상황에 어리둥절해진 나는 아무 생각도 없이 상기를 바라보았다. 연지 앞에서까지 속내를 훤히 드러내 보일 정도로 윤회에 대한 상기의 열등감은 깊은 것 같았다. 나와 상기의 새 중간에 박혀 있는 윤회가 확정되지 않은 변수인 것만은 분명해졌다. 상기가 악에 받쳐 고함을 쳤다.

그 자식이 뭔데 내 인생에 자꾸 끼어들어, 엉?

현태와 연지가 약속이라도 한 듯 팔짱을 끼고는 눈을 감았다. 또 시작이다, 라는 퍼포먼스인 것 같았다. 나는 사십 년 전과 똑같이 윤회 때문에 필요 이상으로 흥분하고 있는 상기를 쳐다봤다. 나도 현태도 연지도 아무런 반응을 보이지 않자 상기가 더 열을 냈다.

좋다 그래, 깜짝 놀랄 만한 비밀 한 가지 말해주지. 윤회 그 자식, 저 편하자고 연지를 내게 넘긴…….

사, 상기, 그만해.

나는 말까지 더듬으며 상기의 말을 막아선 현태를 보았다. 현태가 고개를 돌렸다.

연지가 상기에게 다가서며 말했다.

어떤 놈이 떠넘긴 그년이 왜 너한테 붙었는지 몰라서 그래?

집사줘, 먹여줘, 여왕처럼 떠받들어줘, 안 갈 이유가 없잖아?

무슨 말이야?

사는 게 별거 아니라는 말이다, 왜.

눈을 깜빡거리고 있는 상기에게 등을 돌린 연지가 문 쪽으로 걸어갔다. 상기가 몇 발자국 걸어가 연지의 목덜미를 움켜쥐었다. 멱살을 잡혀 끌려오면서도 험한 욕을 퍼붓는 연지는 상기가 전혀 무섭지 않은 모양이었다. 사십 년 전, 상기에게 곤죽이 되도록 얻어맞으면서 죽을 것 같은 공포로 오줌을 저렸던 나와는 달랐다. 연지가 배짱 하나는 두둑하다고 나는 생각했다. 느와르 영화를 찍고 있는 저들을 말려야 하나 말아야 하나 고민하고 있던 나를 현태가 잡아끌었다.

나오면서 자꾸 뒤돌아보던 내게 현태가 말했다.

걱정 마, 상기, 연지 죽으면 따라 죽을 놈이니까.

그러더니 담배에 불을 붙이면서 뜬금없는 말을 꺼냈다. 미안하다고. 그렇게 운을 뗀 현태가 윤회와 연지 그리고 상기 이야기를 들려주었다. 그러니까 현태가 들려준 이야기의 핵심은 고향 지소에서 방위로 근무할 때 연지와 윤회를 떼어놓은 건 상기였다는 것이다. 상기와 현태의 후임으로 윤회가 왔는데, 연지가 윤회를 면회 오면서부터 상기의 질투가 시작되었다. 윤회에게서 연지를 빼앗으려고 궁리를 하던 상기가 현태를 시켜 일을 꾸몄다고 했다. 그 일이 무어냐고 물었을 때 현태는 알려고 하지 말라며 단호하게 잘랐다. 그렇게 연지와 헤어진 윤회는 군복무를 마치자마자 고향을 떠나 지금까지 소식이 없고, 윤회와 헤어진 연지도 다른 남자와 결혼을 하고 아이를 낳고, 이혼을 하고 고향집으로 돌아왔다고 했다. 당시 나이트클럽을 운영하면서 제법 큰돈을 번 상기가 고향에 다니러 왔다가 연지 소식을 듣고 곧바로 그녀를 찾아갔다고 했다. 그날 이후 상기는 예쁘고 늘씬한 아가씨들이 우글거리는 클럽을 운영하면서도 연지가 아닌 다른 여자에게는 눈길조차 두지 않는다는 것이다. 두 사람은 방금 전처럼 싸우기를 밥먹듯이 하면서도 금세 헤헤거린다고 했다. 현태는 자기 말이 믿기 않으면 당장 들어가 보면 알 거라고 호언장담을 했다.

여기까지 이야기를 마치면서 줄담배를 피우던 현태가 담배를 비벼 끄면서 내 어깨를 툭 쳤다.

상기, 참석한다는 니 댓글 보고 진짜 좋아하더라. 바로 연지에게 모임에 온다는 댓글 달라고 전화로 아주 사정을 했다. 자랑하고 싶었나 보더라. 동창들 상기 다 꺼려하잖아. 그 정도 성공했으면 무시해도 될 텐데 안 그런가 봐.

그렇다고 거짓말까지 할 필요는 없잖아.

연지 저 기집애, 상기가 저 좋아하는 걸 이용하는 나쁜 년이야. 그런 줄 알면서도 상기는 저러고.

나는 현태가 건네준 담배에 불을 붙였다.

현태가 의리는 좋네.

아니, 의리는 상기가 좋지. 내 딸이 많이 아파. 상기가 도와주지 않았다면 진즉 잃었을지도 몰라. 상기, 열등감이 많아서 그러지 정말 괜찮은 녀석이야.

나는 말없이 현태가 건넨 담배 두 개비를 다 피웠다. 담배 연기를 좇아 허공을 바라보던 현태도 말이 없긴 마찬가지였다. 담배를 비벼 끄며 내가 말했다.

그만 가볼게.

상기, 보고 가지 그래.

나는 앞장서는 현태를 따라 식당 안으로 들어갔다. 상기가 호호 입김을 불어가며 연지 얼굴을 닦아주고 있었다. 조심스레 연지 얼굴을 닦아주고 있는 상기의 눈빛은 오랜 세월을 두고 쌓아온 정한을 동시에 품고 있는 야릇한 눈빛이었다. 그런 상기의 무릎을 벤 채 얼굴을 대주고 눈을 감고 있는 연지도 편안해 보였다. 무겁고 칙칙해 보이던 연지 얼굴이 화사한 분홍빛으로 물들고 있었다.

나는 뒷걸음질치면서 현태 옷자락을 잡아당겼다. 밖으로 다시 나오자마자 나는 현태에게 악수를 청했다.

여자란 존재들, 정말 모르겠다.

신용산역으로 방향을 잡은 나는 쫓기기라도 하듯 걸음을 재촉했다. 이것이 전부였다. 막상 정리를 하고 보니 아무것도 아니었다. 상기, 연지, 현태는 각자에게 주어진 삶을 최선을 다해 살고 있었다. 나 역시도 치열하게 살아서 이 자리까지 올 수 있었던 것이다. 그런 단순한 이치도 모르면서 열등감을 가지고 있는 윤회를 일부러 들먹거려 상기 심기만 어지럽히고 말았다. 하지만 어릴 적에 당했던 복수심 때문만은 아니었다. 심약한 나에게는 그만한 용기가 없었다. 다만 이제 나이가 들었음을, 사십 년 전의 애송이들이 아님을, 그래서 서로가 서로에게 어른 대접을 받을 권리가 있다는 점을 환기시키고 싶어서였다. 지금 생각해보면 그 또한 웃기는 일이었다. 현태 말대로 동창들 모임은 함께 공유했던 추억을 안주 삼아 거나하게 취하면 그것으로 좋은 것을. 나는 엉덩이를 툭툭 털고 일어나서 주변을 살폈다. 계단참에 앉아 이야기를 나누는 고등학생들 옆으로 에스컬레이터가 오르고 있었다. 신용산역으로 오르는 에스컬레이터였다. 정작 목적지를 코앞에 두고 길을 헤맸던 것이다. 나는 한 무더기의 사람들을 올려주고 있는 에스컬레이터를 향해 부지런히 걸어갔다. 에스컬레이터를 탄 나는 슬그머니 뒤돌아서 걸어왔던 길을 바라보았다. 저 멀리 골목 모퉁이의 삼겹살집 간판이 희미하게 보이다가 사라졌다.

태산 오르기

태산 오르기

 태산 입구에 있는 홍문은 등산객들로 아수라장이었다. 나는 매표소 앞에 늘어선 등산객들을 하나하나 훑으며 일행을 찾았다. 일행은 보이지 않고 투박하고 거친 중국인들의 소리만 귀가 먹먹할 지경으로 시끄러웠다. 표를 살 차례를 기다리며 수다를 떠는 등산객들에게 물건을 팔려는 장사치들의 소리가 더해진 홍문은 자정이라는 시간을 잊은 듯했다.

 차 선생, 태산 한 번 올라갔다 가시지 그래요.

 며칠 전 장 선생이 지나가는 소리로 말했다. 수업시간에 이번 학기를 마치면 귀국할지도 모른다고 했던 말을 학생들이 그새 떠벌린 것이었다. 사실 학기가 끝날 즈음에 처리하는 비자를 연장할지 말지 고민하던 중이었다. 보름 전 유 선생을 통해 다음학기를 끝으로 한국어과가 폐지된다는 사실을 알았기 때문이다. 그녀는 곧 결원이 생긴 연태 대학으로 옮길 거라고 했다. 가을에 신학기를 시작하는 중국에서는 결원이 생기지 않는 한 2학기 때 일자리를 구하기는 거의 불가능하다. 거꾸로 학교 측에서도 2학기 때 선생을 구하기란 쉽지 않을 뿐더러 한 학기만 필요로 하는 선생이라면 더더욱 구할 수 없는 상황인 것이다. 이런 시점에서 내가 덜컥 귀국해버리면 빈자리를 메울 선생을 구해야 하는 장 선생을 곤경에 빠트리는 일이었다. 중국 남자와 결혼한 지 8년째인 장 선생은 한국말을 중국말처럼 하는 버릇이 있었는데, 그날은 억양이 없는 한국어를 구사했다.

야간 산행, 특별한 경험이 될 거예요.

함께 밥을 먹던 학생들이 부추겼지만 나는 장 선생과의 등산이 껄끄럽기만 하여 선뜻 결정을 못 내리고 있었다. 학생들 몇이 같이 간다고는 했지만 영 마뜩하지 않아 식당을 나서면서도 결정을 하지 못했다. 그렇게 약속 시간이 임박할 때까지 망설이다가 그만 늦고 말았다. 휴대폰을 꺼내 통화기록과 문자를 확인했지만 일행에게 연락온 건 없었다. 어쩌면 그들은 내가 안 올거라 믿고 먼저 산에 올랐는지도 몰랐다. 전화를 할까 하다가 그만 두고 배낭에서 물을 꺼내 마셨다.

어, 선생님.

배낭을 멘 왕뚱이 내 앞으로 다가오면서 말했다. 왕뚱 뒤로 쯔밍과 치요 그리고 장 선생이 서 있었다. 오늘 한국어과 여선생들의 안전을 책임지겠다며 따라나선 중국 학생은 세 명이었다.

태산을 오르는 계단은 홍문에서부터 시작되고 있었다. 계단은 유치원 아이들을 위해 만들어 놓은 양 폭이 좁았다. 종종걸음을 치듯 계단을 오르면서 나는 속으로 투덜댔다. 중국 놈들하고는. 나는 중국어로 이야기를 나누는 장 선생과 학생들의 이야기를 엿들으며 계단을 올랐다. 학생들은 반 년 후쯤 유학길에 오를 한국에 관심이 많았다.

요즘 한국, 왜 그렇게 난리에요? 쯔밍이 말했다.

한국 사람들은 중국을 좋아해요? 싫어해요? 치요가 말했다.

한국말, 얼마쯤, 한국인들, 소통, 관계, 없어요? 왕뚱이 말했다.

말하는 본새하고는. 한심하다는 투로 왕뚱을 비웃은 장 선생이 다시 중국말로 구시렁댔다.

3년 동안 대체 뭐한 거야, 중국말 한 마디 못하고.

애들 질문을 혼자서 감당해야 한다는 불만이었다. 장 선생의 말에 학생들이 내 눈치를 살피자 장은 쓸데없는 걱정일랑 집어치우라는 투로 말했다.

차 선생, 농아야, 농아.

장 선생은 대놓고 나를 귀머거리 취급했다. 장 선생뿐만 아니라 학교 경비, 구내식당, 슈퍼마켓, 생수가게, 전화 센터 등 나와 안면이 있는 중국인들에게 나는 농아였다. 그들은 대화에 어려움을 느낄 때면 아참, 농아지? 라며 깔깔대다가 이내 소통하기를 포기했다. 그들은 바디랭귀지가 세상에서 가장 훌륭한 소통수단이라는 걸 모르고 있었다. 귀머거리 3년 만에 중국말이 조금씩 들리기 시작한 건 얼마 되지 않았다. 기숙사에 갇혀 발음을 깨우치는 데만 6개월이 걸렸다. 그렇게 읽을 줄 안 뒤부터 자주 쓰는 일상어를 무작정 소리 내어 외운 덕분에 중국말을 알아들을 수 있게 됐다.

한국어로 설명이 안 되는 단어는 어떻게 가르친다니?

장 선생이 왕뚱에게 물었다.

영어, 사용, 설명, 해요. 왕뚱이 대답했다.

학교에서 홍문까지 뛰다시피 다리를 놀린 탓에 왼쪽 허벅지 안쪽이 뻐근해왔다. 계단을 오르면서부터 시작된 통증으로 내가 과연 정상에 오를 수 있을까 염려가 되었다.

올라갈수록 맞바람이 거세졌다. 몸이 으스스 떨려왔다. 나만 추위를 느끼는 게 아니라는 듯 방한용 점퍼를 임대하려는 상인들의 호객 소리가 높아지고 있었다. 계단참마다 사람 키만큼 쌓여있는 군복 색깔의 외투에서 중국 특유의 냄새가 훅 달려들었다. 땀에 찌든 퀴퀴한 냄새가 바람을 타고 콧속으로 파고드는 바람에 나는 참았던 숨을 한꺼번에 몰아쉬곤 했다. 3년 동안 줄곧 맡았는데도 익숙해지지 않았다. 이 역한 냄새와 친숙해질 때라야 나는 한국으로 돌아가 다시 시작할 수 있을 것이다.

구닥다리 노트북 하나 들고 방문한 그를 붙들어 앉힌 건 나였다. 그를 뒷바라지 하다가 월세로 까나간 전세 보증금이 바닥을 드러냈고, 연체된 카드를 돌려막다가 신용 불량자가 되었다. 그렇게 밀린 월세 때문에 피해 다니던 집주인과 딱 마주치던 날, 그는 깊은 산골로 들어가 임자 없는 땅을 일구며 살자고 했다. 더 이상 내려갈 곳 없는 삶의 밑바닥에서 그가 택한 것은 도피였다. 현실도피라는 나의 질책에 그는 더러운 세상을 등지고 싶은 거라며 답답함을 호소했다. 서로가 서로에게 닿지 않을 말만 주절대던 어느 날 선배에게 걸려온 전화를 받고 나는 홀연히 그를 떠나왔다. 생각지도 않은 선배의 제안을 덥석 받은 건 살 집을 제공해준다는 조건 때문이었다. 내가 이곳에 머문 기간과 맞먹는 시간을 함께했던 그를 떠나겠다고 결심하는 데는 1분도 안 걸렸다. 그런데도 그와 함께 공유했던 시간의 무게에서 튕겨져 나온 나는 그 무게만큼으로 조각난 정신을 추스르느라 계절도 잊고 살았다.

계단은 끝없이 이어지고 있었다. 등산 행렬이 뿜어내는 불빛에 속살을 드러낸 태산은 병색이 짙은 암 환자를 연상케 할 만큼 삭막했다. 봄이 온다 해도 수런거리는 생명의 소리를 들을 수 없을 것처럼 바싹 메말라 있었다. 바람이 스칠 때마다 나뭇가지들이 버석거리는 소리를 냈고, 바닥에 드러누운 나뭇잎들도 바람을 따라 이리저리 굴러다녔다. 특유의 산 냄새를 지우고 황폐하게 메말라 있는 태산은 내게 어떤 감흥도 주지 않았다.

보폭이 좁은 계단은 종종걸음으로 올라야 하기 때문에 골반에 직접적으로 무리를 주었다. 허벅지가 조여 와 팔자로 걷던 걸음을 게걸음으로 바꾸려고 몸을 비틀었다. 땀에 젖어 몸에 들러붙은 옷을 떼느라 배낭을 추슬렀을 때, 뒤를 바짝 쫓아오던 왕뚱이 말했다.

너, 배낭, 바꿔?

왕뚱이 반말을 하는 것은 버릇이 없거나 한국어 실력이 형편없어서만은 아니었다. 너라는 호칭을 영어의 you 정도로 생각하기 때문이다. 존칭어를 거의 사용하지 않는 중국인들에게 한국어의 존댓말은 낯설 것이다. 실수할 때마다 지적해주는데도 잘 고쳐지질 않았다.

그럴래?

생수, 삶은 계란, 오이, 쥐포, 캔맥주 같은 먹을거리 외에도 손전등, 휴지, 장갑, 머플러가 들어 있는 배낭은 무거웠다. 왕뚱이 벌써 세 번째 물어왔던 터라 나는 기껍게 배낭을 건넸다. 앞서가던 장 선생이 휙 돌아서면서 화를 냈다.

너라니! 선생님, 저랑 배낭 바꿔 멜까요? 라고 다시 말해.

장 선생이 목소리를 낮게 깔았다. 순간적으로 움찔하던 왕뚱의 어깨가 금세 처져 있었다. 장 선생의 낮고 무거운 목소리가 주는 압박감은 다 비슷한 모양이었다.

중국에서의 첫날 약도를 보면서 한국어과 행정실을 찾아 캠퍼스를 헤매고 있을 때 등 뒤에서 들려온 장 선생의 목소리가 그랬다.

차정현 선생님이시죠?

장 선생은 내가 가르쳐야 할 학생을 미리 정해놓고 있었다. 지난 학기에 한국어과 과락을 맞은 학생들이었다.

차 선생님은 운 좋은 줄 아세요. 우리 학교는 석사 이상의 학력을 소지해야 가르칠 수 있거든요. 우리 애들, 한국말은 서툴지만 실력이 빵빵한 의대생들이니만큼 긴장하셔야 할 겁니다.

학교 병원장을 시어머니로 둔 장 선생은 번번이 '우리'라는 말을 써가면서 자신의 위치를 확인시켰다. 장 선생은 선배가 귀띔해준 그 이상이었다. 중학교 교단에 섰던 경력을 인정받아 서류심사에 겨우 합격했다는 사실을 알고 있었던 나는 첫 만남에서부터 그녀에게 주눅이 들었다. 임용고시에 합격한 지 2년 만에 발령받은 학교를 5년이 채 안 되어 그만둔 것을 처음으로 후회했다. 가르치는 일만큼은 않겠다던 내가 다시 강단에 설 용기를 냈던 것은 한국이 아닌 중국이기 때문이었다.

왕뚱에게 배낭을 맡긴 어깨는 가벼워졌으나 발을 디딜 때마다 느껴지는 허벅지의 통증은 가시지 않았다. 옷을 껴입은 몸에서는 열이 났고, 바람에 노출된 얼굴은 시렸다. 얼굴로 부딪치는 바람을 막기 위해 외투 깃을 세워 목을 감싸고 난간을 의지해 무거운 다리를 옮겼다. 언제 끝날지 모르는 계단을 꾸역꾸역 올랐다. 아무것도 생각나지 않았다. 가끔씩 고개를 들어 정상을 확인할라치면 하늘에서 한줄기 빛이 쏟아지고 있는 것 같은 착각이 일었다. 암흑으로 뒤덮인 태산은 계단을 오르는 등산행렬이 품어내는 불빛으로 끝이 보이지 않는 거대한 인간 띠를 형성하고 있었다.

회오리를 일으키며 불어오는 바람을 피해 등을 돌렸다. 짐을 잔뜩 진 노인이 계단을 올라오고 있었다. 삐쩍 마른 몸피가 주저앉을 듯 무거운 짐을 걸머진 노인의 어깨가 위태로워 보였다. 걸음을 멈추고 길을 터주었을 때 밤공기를 가를 것처럼 노인의 숨소리가 거칠었다. 이어 노인의 뒤를 쫓아 또 다른 짐꾼들이 올라오고 있었는데, 하나같이 이마에 주름살이 깊게 파인 노인들이었다. 짐꾼들은 길을 비키라고 계속 고함을 질렀다. 절대 서두르는 법이 없는 중국인들은 어슬렁어슬렁 길을 터주며 노인들이 지나가기를 기다렸다. 나는 다시 길을 재촉하며 왕뚱에게 말했다.

어딜 가나 힘든 일은 노인들 차지다.

왕뚱이 말했다.

한국, 그래?

나는 고개를 끄덕이고는 난간을 잡고 계단을 다시 오르기 시작했다.

중천문에 먼저 도착한 장 선생이 사당 앞 계단에서 우리를 기다리고 있었다. 장 선생이 배낭에서 오이를 꺼내 반으로 잘라 건넸다. 나는 꼭지 쪽에 가깝게 잘려진 오이를 받아들고는 잔뜩 인상을 찌푸렸다. 중국 오이가 유독 꼭지가 썼다는 기억 때문이었다.

고마워요.

나는 오이를 우적우적 깨물어 꼭지까지 먹어치웠다. 눈살을 찌푸리고 지켜보던 장이 말했다.

쓴 걸 정말 잘 드신다.

단데요, 뭘.

바람이 뭉텅이로 불어왔다. 바람에 실려 온 향내가 콧속을 파고들었다. 사당 앞에는 향을 피우려고 줄을 선 사람들이 차례를 기다리고 있었다. 사십 대 중반 가량으로 보이는 남자가 막 향을 피운 두 손을 가슴께로 가져갔다. 향을 사르고 기도를 마친 사람들이 몇 차례 바뀔 때까지 그대로 서 있는 남자를 나는 마냥 바라보았다.

딸이 학교 선생을 그만둔 이유를 몰랐던 엄마는 절을 찾아다니며 불공을 드렸나보다. 그때 엄마는 가르치는 일을 그만두고 몸 쓰는 일을 찾아다니는 나를 이해하지 못했다. 이참에 시집이나 가라던 엄마가 백팔배를 올리다 쓰러졌다는 연락을 받고 달려갔을 때, 엄마는 이미 이 세상 사람이 아니었다. 소방대원들이 구급차에 엄마를 옮겨 싣고 있을 때 입고 있던 바바리를 벗어 불상을 덮어버린 그 순간 나는 내 머릿속에서 신의 존재를 지워버렸다.

내가 왕뚱이 벗어 놓은 배낭에서 맥주와 안주를 꺼냈을 때 장 선생이 말했다.

여기서부터 계단이 얼마나 가파른데, 술 안 돼요.

캔 맥주를 따려다 말고 쯔밍과 치요가 장 선생의 눈치를 살폈다. 이미 마시고 있던 왕뚱은 어쩔 수 없다는 듯 맥주를 벌컥벌컥 들이켰다. 장 선생이 눈살을 찡그리며 빈정댔다.

저런 꼴통이 뭔 반장이라고.

나는 들고 있던 맥주를 서너 번 흔들다가 캔 꼭지를 확 잡아당겼다. 요란한 소리를 내며 좁은 구멍을 뚫고 하얀 거품으로 솟구쳤다. 장 선생이 엉덩이를 털고 일어서자 왕뚱이 바닥의 맥주를 배낭에 도로 집어넣었다.

선생님, 미안.

왕뚱이 풀 죽은 목소리로 말했다.

정상으로 향하는 계단은 정말로 가팔랐다. 장 선생의 말마따나 발이라도 헛딛는 날이면 대형사고로 이어질 만큼 급경사였다. 위에서 넘어진 누군가에 의해 연쇄적으로 쓰러지는 사람들을 상상하자 돌연 현기증이 일었다. 난간을 잡은 손에 힘을 싣고 돌아본 왕뚱은 고개를 푹 수그린 채 걷는 데만 열중해 있었다.

내가 처음부터 왕뚱이 속해있는 임상의학과 학생들을 가르친 건 아니었다. 중국에 와서 맡았던 첫 학기는 한국어 점수에서 과락을 맞은 방사선과 2학년 학생들이었다. 그때 1년 동안 가르친 학생들은 지금 한국 의대에서 유학 중이다. 이 학교가 의대가 있는 한국 대학과 유학 프로그램을 결성한 것은 7년 전이라고 했다. 그러니까 장 선생이 중국으로 시집오고 나서 1년 뒤에 성사시킨 프로젝트였다. 여기 학생들은 한국어과 3년 과정을 이수한 뒤 한국에서 1년 유학 과정을 거쳐 다시 학교로 돌아와 전공을 1년 더 공부해야 의사 자격시험을 볼 수 있다. 내가 방사선과 학생들을 가르치다가 임상의학과로 옮긴 것은 2년 전이다. 왜 임상학과 학생들을 가르쳐야 하는지도 모른 채 한국어과 과락 반을 맡았는데, 거기에 왕뚱이 있었다. 지난 학기에 이어 반장이라고 하는 치요는 툭하면 공산당 회의를 핑계로 수업을 빼먹는 등 불성실했다. 새 학기가 시작되었을 때 나는 수업태도도 좋고 한국어 공부를 열심히 하는 왕뚱을 반장으로 임명했다.

산 정상에 가까워질수록 바람은 더욱 세차지고 있었다. 헝클어진 머리가 시야를 가려 외투에 달린 모자를 뒤집어썼다. 바람에 시린 눈이 연신 눈물을 쏟아내는 바람에 시야마저 흐릿해졌다. 골반 뼈와 이어진 왼쪽 허벅지 안쪽에서 심한 통증이 전해졌다. 수업이 있을 때를 제외하고 기숙사에 갇혀 지내다시피한 내게 야간 산행은 애초에 무리였다. 한 발 뗄 때마다 고통스러웠던 나는 배낭에서 겨울용 목도리를 꺼내 왼쪽 사타구니를 동여맸다. 눈물인지 땀인지 모를 물기로 젖은 얼굴이 따귀를 맞은 것처럼 쓰라렸다. 오른발에 질질 끌려 올라오는 왼쪽 다리는 내 것이 아니었다. 돌계단을 디디는데 벌에 쏘인 양 왼쪽 허벅지가 따끔 하더니 일시에 다리 힘이 풀렸다. 어어, 나는 외마디를 터트리며 중심을 잃고 그대로 굴렀다. 구르면서 난간을 잡으려고 손을 뻗어봤지만 닿지 않았다. 급경사를 이루고 있는 계단 턱에 어깨와 엉덩이가 차례로 부딪쳤다. 아픔을 느낄 새도 없이 등산객들의 시선이 부끄러운 나머지 고통도 느끼지 못했다. 급히 달려온 왕뚱이 제 몸을 던져 나를 막았지만 한참 더 나뒹굴다가 나는 계단참 한가운데서 우뚝 멈췄다. 감았던 눈을 바로 뜨지 못하고 있다가 슬그머니 눈을 떴을 때, 지나가는 등산객들과 왕뚱이 나를 내려다보고 있었다. 조금 전 올라가면서 누군가 계단에서 넘어져 아래로 미끄러져 내려가는 것을 보고 속으로 웃음을 참지 못했던 나였다. 다급하게 왕뚱이 물었다.

괜찮아?

나는 눈을 흘기며 바지를 툭툭 털고 일어났다. 금세 밝은 표정으로 앞장서는 왕뚱의 뒤를 쫓아 나는 부지런히 계단을 올랐다.

찬바람을 삼킨 목구멍에서 밭은기침이 거푸 새나왔다. 기침을 할 때마다 쉰 소리를 올려 보내는 허파가 구멍이 난 것처럼 쓰렸다. 얼음조각처럼 굳어버린 귀가 떨어져나갈 것처럼 아렸고, 쥐가 올랐던 허벅지에 묵직한 통증이 느껴져 자꾸만 꼬꾸라지려는 다리를 곧추세워야만 했다. 나는 난간을 잡은 손힘을 이용해 다리를 질질 끌어올리다가 잠깐씩 쉴 겸 생수를 꺼내 목을 축였다.

움직이는 걸 끔찍이 싫어하던 나에게 태산 등반은 가당치도 않았다. 또다시 한계가 온 것 같았다. 나는 난간을 잡은 손을 부들부들 떨며 위를 올려다보았다. 저만치에 수직으로 깎아지른 듯한 계단 끝으로 정상이 보였다.

마지막 혼신을 다해서 오른 정상은 막상 평온했다. 등산객들을 수십 길 벼랑 아래로 날려버릴 듯 사납게 불어대던 바람은 온데간데없었다. 짙은 어둠에 잠겨 있는 산아래 세상을 내려다보았다. 아무것도 보이지 않는 가운데 캄캄한 지상을 밝히고 있는 불빛만이 밤하늘의 별처럼 빛났다. 등산행렬의 불빛 띠가 파도처럼 일렁거렸다. 내가 발을 딛고 사는 세상이 이곳인지 저곳인지 헷갈렸다. 위험천만한 어둠에 몸을 던지고 태산을 향해 머리를 조아리며 오르고 또 오른 태산이 내게 준 것은 경계의 모호함뿐이었다.

선생님 저쪽으로 가요. 치요가 나를 잡아당겼다.

군복 색깔의 외투를 입은 중국인들이 노숙자처럼 아무렇게나 바닥에 드러누워 있었다. 태양이 떠오를 채비를 하는지 사위에 희붐한 여명이 드리워지기 시작했다. 층층으로 연결된 계단참 두 개를 지나자 기와지붕을 머리에 얹은 고풍스런 상가들이 나타났다. 상가들은 여느 관광지처럼 식당, 기념품 가게들이었고, 상가 앞쪽으로 폭죽, 옥수수, 번데기 등을 파는 노점이 형성되어 있었다. 상가들이 대낮처럼 불을 밝히고 있는 태산은 아래쪽 캄캄한 세상과 대조를 이루며 공존하고 있었다.

하늘 문으로 들어선다는 천가를 지나고도 여전히 돌계단은 이어져 있었다. 벼랑을 깎아 만든 거대한 비석들에는 알지도 못하는 한자들이 새겨져 있었다. 가로 세로로 내려 긋는 획이 능청거리면서도 힘이 넘쳐 보였다.

기태산명이라고, 당나라 현종이 남긴 마애에요.

내가 관심을 보이자 치요가 예서체의 붉은 글씨를 가리키며 아는 체를 했다. 치요의 설명을 다 들었을 때 내 마음 한구석은 씁쓸했다. 자신의 무능함을 양귀비의 목숨으로 바꾼 현종은 무엇을 남기고 싶어 이 높은 곳까지 올랐을까. 남자의 영웅심리 이면에 숨어있는 야망의 실체는 무엇일까.

언젠가 그는 자신이 시를 쓰는 이유가 대한민국의 이름 난 시인, 아니 세계인들 모두 알아주는 위대한 시인이 되기 위해서라고 했다.

두고 봐. 반드시 노벨문학상을 타고 말 거니까.

그가 입버릇처럼 했던 말이 실제로 이루어진다고 해도 나는 전혀 행복할 것 같지 않았다. 노벨상은 나중이고 우선 문학 강좌라도 구해보는 게 어떻겠냐는 내 말에 그는 대답조차 하지 않았다.

태산 정상에서 내려다보이는 경치가 가장 아름답다는 일관봉에 먼저 당도한 장 선생과 쯔밍이 너럭바위에 두 다리를 뻗고 앉아 있었다. 내가 오는 것을 본 왕뚱이 배낭에서 맥주를 꺼내 장 선생에게 건넸다. 장 선생이 말했다.

차 선생님, 맥주 한 캔씩 마셔요, 우리.

장 선생님은 춥지 않아요?

그래도 올라올 때보다는 바람이 잦아들었잖아요.

나만 추운가?

쯔밍과 치요가 입안에다 맥주를 털어 넣고 있었다. 나는 맥주를 마시지 못하고 들고만 있는 왕뚱에게 말했다.

시원하게 쭉 마셔.

왕뚱이 들고 있던 맥주를 한 모금 마셨다. 아득한 능선 위로 붉은 기운이 퍼지기 시작했다. 곧 해가 떠오르려 하고 있었다. 점점 밝아지는 여명에 어둠으로 웅크리고 있던 깎아지른 듯한 절벽, 고산건축의 걸작으로 불린다는 벽하사, 제를 지내는 사당

과 사원 등 수천 년에 걸친 중국 역사의 숨결을 고스란히 머금고 있는 태산이 서서히 모습을 드러냈다. 나는 중국 역사를 오롯이 품고 있는 태산의 자연경관을 눈에 꾹꾹 눌러 담았다. 이제 저희들끼리 이야기를 주고받는 아이들의 얼굴에도 화색이 돌고 있었다. 무엇이 좋은지 아이들은 마냥 싱글거렸다. 태산의 정상은 아늑했고, 아이들의 티없는 얼굴은 해맑기만 하였다. 나는 하늘을 향해 뻗은 두 팔을 뒤로 젖히며 심호흡을 했다. 조금 전까지 내 영혼을 갉아먹을 듯이 들볶아대던 다리 통증도 사라진 듯했다. 나는 배낭에서 백 위안을 꺼냈다.

너네들, 따뜻한 국물이 먹고 싶은데, 좀 사다줄래?

아이들이 빠져 나간 곳으로 약한 바람 한 줄기가 지나갔다. 갑자기 어색한 분위기에 머쓱해진 장 선생이 쥐포를 씹으며 맥주를 찔끔거리고 있었다. 한참의 침묵을 먼저 깬 쪽은 장 선생이었다.

차 선생님, 한국 어떻게 될 거 같아요?

뭐가요?

장 선생이 광화문 광장의 촛불 이야기를 꺼냈다. 내가 고개를 끄덕이자 장 선생은 한국에서 일어나는 일과 나빠진 한중관계를 연결시켜 중국이라는 거대 시장을 놓친 한국경제가 받을 파장에 대해 장황하게 늘어놓았다. 막상 한국경제가 안타까워서 분개하는 듯 보였지만 장 선생은 당장 자신이 피해를 입었다는 사실에 열을 내고 있었다. 그러나 그녀가 성사시킨 한국 대학과의 프로젝트를 더 이상 진행시킬 수 없게 되었다는 말은 끝내 하지 않았다. 내가 특별한 반응을 보이지 않자 장 선생이 화제를 돌렸다.

물어보기 좀 조심스러운데, 왜 여태 결혼을 안 했어요?

장 선생의 물음에 나는 대답하지 않았다.

연애도 안 해봤어요?

나는 그냥 웃기만 했다.

그와의 사이에서 생긴 아이를 지우지 않았다면 왕뚱의 나이가 될 것이다. 엄마 몰래 그의 아이를 지웠던 스물두 살이라는 나이만큼의 세월이 흘렀다. 그때 아무런 상의도 없이 아이를 지운 데 분노하여 자취를 감췄던 그가 구닥다리 노트북을 메고 다시 나타났을 때, 나는 뿌리치지 못했다. 두 딸의 아버지인 그는 시를 써서는 딸들을 가르칠 수 없는 현실을 직시하고 가정으로 돌아갔을 것이다.

그런 게 뭐 비밀이라고 숨겨요.

그러게요.

장 선생이 어깨로 나를 툭 건드리며 말했다.

비자, 반년만 더 연장하시면 안 돼요?

뜻밖이었다. 장 선생이 먼저 고개를 숙이고 나올 줄은 전혀 예상하지 못했다. 그녀의 의도를 정확히 알 수는 없지만 그래도 뭔가 애쓰고 있다는 것은 분명해보였다.

장 선생은 왕뚱을 왜 그렇게 미워해요?

정이 가지 않아요, 걘. 엄마 없이 자란 티가 너무 나지 않나요?

2년 동안 담임을 맡았는데 나는 왕뚱에 대해 아는 게 없었다. 처음 반장으로 임명했을 때 왕뚱이 극구 사양했던 이유를 조금 알 것 같았다. 반 학생들이 왕뚱을 반장으로 인정한 것은 두 달이 훨씬 지나서였다. 선생이 줄기차게 반장이라고 부르는데 학생들도 어쩔 수 없었을 것이다. 학생의 능력보다는 부모의 영향력이 더 힘을 발휘하는 세상이었다. 중국이라고 다르지 않았다. 학생들이 지켜보는 가운데 반장 엄마가 선생의 따귀를 때리는 일이 대수롭지 않을 만큼 교권은 추락해 있었다.

엄마가 없구나. 우리 왕뚱이 엄마가 없었구나…….

네?

아니에요, 그냥 혼자 한 말이에요.

장 선생이 고개를 갸웃거렸다. 멀리서 비닐봉지를 든 왕뚱과 쯔밍, 치요가 걸어오고 있었다. 아이들 뒤로 붉은 기운을 드리우며 태양이 떠올랐다. 순식간에 둥근 햇무리를 퍼트리며 떠오른 태양이 아이들을 붉게 물들이며 높이 솟아올랐다.

아이들이 건넨 따뜻한 국물이 담긴 투명하고 얇은 봉지로 양꼬치가 얼비쳤다. 양꼬치를 다 먹어갈 무렵 급격히 어두워진 사위 어디쯤에서 회색구름이 뭉텅이로 날아들었다. 햇무리를 드리우고 찬란하게 솟아올랐던 태양이 빛을 잃고 잦아들었다. 구름송이가 쉬지 않고 날아들자 세상은 순식간에 구름 속에 갇혀버렸다. 천지가 다시 어둠에 잠긴 것 같았고, 등산객들은 한껏 소리를 낮추어 소곤댔다.

비석에서 빠져나와 세상 구경을 하던 붉은 글씨 혼령들이 집으로 들어가는 시간이야, 조용히 해!

옆에서 들리는 소리에 보조개가 움푹 패인 얼굴로 입술만 웃고 있는 왕똥에게 말했다.

웃고 싶을 땐 크게 웃어.

갑자기 고개를 돌린 왕똥이 격앙된 소리로 외쳤다.

선생님, 저기, 눈, 와.

도깨비가 요술을 부린 듯 회색구름이 꼬리를 감추며 황급히 사라지고 있었다. 세상을 감싸고 있던 구름뭉텅이가 아래쪽으로 빠르게 하강하며 흩어져 내렸다. 나는 무엇엔가 홀린 듯 하룻밤 사이에 확 늙어버린 느낌이었다.

한 학기 더 할게요.

일출을 구경하고 있던 장 선생이 놀란 얼굴로 반겼다.

고마워요, 비자 연장할 때, 제가 같이 가드릴게요.

아니, 괜찮아요.

네?

눈이 제법 내릴 것 같지 않아요?

글쎄요, 워낙이 가문 동네라.

전체가 바위로 이루어진 일관봉 아래로 중국 산동성이 훤히 내려다보였다. 어둠에 잠겼던 아래쪽 세상이 기지개를 켜며 깨어나고 있었다. 나는 장 선생에게 살짝 미안한 마음이 들었다. 한참 뒤에 안 일이지만 내가 몸담고 있었던 중국대학은 1학년 때 반장이 졸업할 때까지 쭉 반장을 맡는다고 했다. 그러니까 내가 왕뚱을 반장으로 뽑은 것은 학교 규칙을 어긴 셈이었다. 아까 장 선생이 꼴통이라고 왕뚱을 타박한 것은 나를 염두에 두고 한 말이란 걸 나는 알고 있었다.

내가 케이블카 승차권을 사려고 하자 장 선생이 막아섰다. 서로 표를 사겠다고 약간의 실랑이를 벌였을 때 학생들이 유쾌하게 웃었다. 굳이 계산하겠다고 고집을 피우는 장 선생을 향해 나는 웃음을 짓고 말았다. 쯔밍과 치요가 웃는 사이 화장실로 뛰어갔던 왕뚱이 배를 쓸어내리며 걸어 나오고 있었다.

차가운 맥주를 마셔서 배탈이 난 모양이구나?

나는 핼쑥해진 왕뚱의 얼굴을 바라보았다.

중국학생들이 한국으로 유학을 오면 기숙사 생활을 해야 한다. 주말이면 집에 와서 엄마가 해준 음식을 먹고 기숙사로 돌아가는 한국 아이들처럼 왕뚱에게 집밥을 먹이는 상상을 해본다. 앞으로 반년 동안 부지런히 더 돈을 모으면 신용불량자를

면하고 방 한 칸짜리 전셋집은 마련할 수 있을까. 그때는 내게
도 다른 세상이 펼쳐질까. 구닥다리 노트북을 멘 그가 바라는
세상이 아닌 또 다른 세상이 펼쳐질지도 모를 일이다. 인정하고
싶지 않은 해묵은 것들, 이제 더 이상 붙잡지 않아도 된다는 생
각에 마음이 편해진다.

  가자, 왕뚱!

  나는 왕뚱의 손을 잡고 승강장을 향해 뛴다.

가족의 원형 탐구,
그 결정불가능성에 대한
미학적 시선

신용성 (소설가)

루카치의 말을 빌리지 않더라도 소설은 인간의 자아실현과 정체성 탐구를 근본으로 삼는다. 내가 살고 있는 이 시대의 나와 타인들의 삶의 해석이고 그것은 본원적으로 인간 존재의 숭고미를 지향한다. 따라서 문학 장르로서 소설은 인간에 대한 사유이자 존재에 대한 탐구가 된다. 결국 인간 존재의 본질을 허구의 세계로 끌어들여 독자의 공감을 얻어내는 것이 문학의 영역이다. 문학은 작가가 다양한 삶의 모습에서 하나를 선택하여 문학적으로 형상화한 구체적인 작품이다. 그런 이유로 작가는 지금까지 전혀 생각하지 못했거나, 혹은 생각했더라도 담론화하지 않았던 문제와 인간들의 모습을 재발견하려는 욕구에서 작품세계를 구현한다. 인간과 세계의 문제를 탐색하는 중요한 기능을 갖는 소설은 인간 세계의 진실을 찾아내려 하기 때문에 그 실체를 탐색하는 데 있어서 정직하다. 소설 인물이 설령 타락한 방식일지라도 진정한 가치를 탐색하고 삶의 의미를 발견하기 위해 노력한다는 점에서 인간의 실존적인 문제와 부딪쳐 늘 긴장 상태를 유지한다. 작가가 창조해낸 허구적 인물들은 항상 세계의 문제를 찾아 그 나름으로 인식하고 극복하려고 애쓴다. 이런 의미에서 소설은 어떤 사태에 대한 인물의 문제인식과 문제해결 혹은 극복양상의 서사체라고 할 수 있다.

이를 위해 작가가 허구적 인물을 통해 인간의 근원적인 고독, 생로병사에 따른 삶과 죽음 등의 문제를 천착하여 보여준다. 따라서 독자는 인간의 본질적인 문제에 천착하고 있는 작품을 탐색하기 위해 인물의 내면심리와 그에 따른 의식의 흐름 등을 면밀하게 관찰할 필요가 있다. 작가는 텍스트 속에 언어라는 도구를 이용하여 자신의 의식을 기록하기 때문이다. 바로 이런 점 때문에 독자들은 가독성에 제약을 받고 작가의 의도를 정확히 헤아리지 못하고 오독하는 경우가 더러 있다. 결국 텍스트를 읽는 일은 작품 속에 나타난 작가의 의식구조를 밝혀내는 일에 다름이 아니다.

그나마 육삼 이혜경의 소설은 난해하지 않은 편에 속한다. 우리가 늘 만나는 이웃들의 이야기인 까닭이다. 때로 내 이야기이고 부모와 형제 이야기, 친구들 그리고 한 번쯤 만난 적이 있는 우리들의 이야기이다. 그의 소설이 편안하게 읽혀지는 것은 그러한 친근감 때문이리라. 하지만 문제는 읽고 난 다음이다. 표면적으로 드러난 서사 아래 숨어 있는 인간 행태의 또 다른 모습을 감지하게 된다. 그 순간 인물의 외형만을 추적하던 독자는 돌연 인간 본질에 대한 작가의 질문을 받는다. 그것은 원초적 기억에서 비롯된 부재하는 인간에 대한 애도 즉, 휴머니즘이다.

육삼 이혜경의 이번 첫 창작집에 실린 9편의 작품 주제는 다의적이다. 그만큼 독자에 따라 다양하게 읽힐 수 있는 여지가 있다는 얘기다. 어떻게 읽느냐에 따라 주제가 달라질 수 있다는 것은 작가의 열린 사고의 산물이라고 할 수 있다. 이러 할진대 필자의 작품 해설이 지극히 부분적이고 주관성을 띨 수밖에 없을 것이다. 그런 이유로 작가의 9개의 단편 중 가장 난해한 작품인 「물마루」, 「제가 그 둘쨉니다」, 「블랙아웃」에 대한 해설을 조심스럽게 하고자 한다. 나머지 단편들에 대한 작품 해설은 독자의 몫으로 남겨두려 한다.

「물마루」는 아버지의 원인 모를 죽음으로 시작하고 있다. 자칫 추리소설로 비쳐질수 있지만 아버지의 죽음을 추적하는 화자인 나는 현재시점에서 한 발짝도 나아가지 않고 있다. 아버지의 죽음이 할아버지와 연관되어 있을 거라는 의심이 확고하기 때문이다. 이렇듯 확고한 의심에서 화자는 아버지의 죽음이 아닌 장례 문제로 할아버지와 첨예하게 대립한다. 한 인간의 죽음이라는 사건보다는 아버지의 삶이라는 근원적 가치문제로 초점을 옮겨 간 것이다. 그것은 할아버지의 삶까지도 추궁하는 결과로 이어지면서 갈등을 심화 시킨다.

구체적으로 작품을 살펴보면 「물마루」는 중첩구조로 서사가 전개된다. 첫째는 아버지의 돌연사에 대한 의문이고 둘째는 장례를 어떤 방식으로 할 것인가이다. 먼저 아버지의 죽음에 대한 단서는 어머니의 하소연으로부터 시작된다.

"겁 많은 양반이 밤새 얼마나 무섭고 추웠을꼬. 술 자신 것도 아닌데, 뭣이 씌지 않고서야……."

어머니의 말은 아버지의 죽음이 적어도 자연사가 아니라는 의미다. 당연히 아버지를 죽음으로 몰고 간 원인이 무엇인지에 대한 의문이 뒤따르게 된다. 아버지가 자살을 택했다는 정보도 어머니로부터 주어진다. 아버지는 죽기 일주일 전 서울을 다녀왔고, 그 뒤로 해송 밑에서 살다시피 했고, 부쩍 내 얘길 입에 올렸다는 것이다. '뼛속까지 파고드는 바닷바람을 맞을 만큼 아버지를 괴롭힌 건 무엇이었을까.'라는 내 고민의 실마리는 '무엇인가에 씐 것'이라는 어머니의 말뜻으로 풀릴 수 있다. 그 무엇인가는 미국에 살고 있는 손자가 자폐라는 사실을 알았다는 점을 어렵지 않게 유추할 수 있다.

두 번째 장례 방법에 대한 할아버지와의 의견 차이다. 할아버지는 섬의 관습에 따라 아버지의 초분장을 계획하고 있다. 그런데 나는 할아버지가 초분장을 고집하는 것은 평소 아버지를 미워했기 때문이라고 판단한다.

그런 아버지의 장례를 초분장으로 하겠다고 고집하는 할아버지의 진의는 무엇일까. 아버지를 미워만 했던 할아버지, 할아버지를 무서워만 했던 아버지. 할아버지와 아버지 그리고 나와 종주…….

내가 초분장을 거부하고 수목장을 고집하는 것은 할아버지에 의해 강요된 아버지의 삶이 장례까지 이어져서는 안 된다고 생각하기 때문이다. 할아버지에 대한 원망은 아버지가 죽은 원인 중의 하나였을 것으로 해석을 확대시킨다. 할아버지가 초분장에 대한 고집을 꺾지 않는 것에서 나는 아버지의 죽음이 할아버지가 원인이라는 점에 무게를 싣는다.

이렇듯 서사가 중첩되고 있지만 지향점은 결국 한 곳으로 모아진다. 첫 번째 의문이었던 아버지의 죽음은 자살인 것으로 결론을 짓는다. 손자가 자폐라는 사실을 알았을 때 아버지는 자신의 탓으로 받아들여 아들 정혁에 대한 죄책감으로 내면화하는 과정에서 선택한 일이다. 이러한 아버지의 행위는 결국 자식에 대한 빗나간 사랑의 표현 방식이다.

종주 때문에 아파했을 내 고통을 온몸으로 느끼며 아버지는 스스로를 자책했을 것이다. 아버지가 자책으로 자살을 했다고 하더라도 나는 자식에 대한 아버지의 빗나간 사랑을 비난할 자격이 없었다.

두 번째 의문은 첫 번째 문제가 해결됨으로서 자연적으로 결론이 내려진다. 할아버지가 초분을 고집한 이유는 자식(아버지)의 죽음이 본인의 빗나간 사랑이었음을 깨달았기 때문이다. 다음은 내가 할아버지 동의 없이 아버지를 수목장으로 모시고 할아버지에게 왜 초분장을 고집했는지 묻는 장면이다.

"아버지를 초분장으로 하시려는 이유가 있으셨습니까?"
"매장이나 화장은 그것으로 산자와는 끝이지만 초분은 그렇지가 않다."
"죽음은 이미 단절이지 않습니까?"
"시신이 썩어 유골로 남는 데만 3년이 걸린다."
말을 멈추고 한참동안 해송을 바라보던 할아버지가 힘겹게 말을 이었다.
"지켜봐야 한다는 말이다, 고통스럽게."

이제 이 작품의 주제에 대해 논의해야 한다. 여기에서 작가가 말하고 있는 '자식에 대한 빗나간 사랑'의 실체가 무엇인지 알아챘다면 이 작품의 핵심 주제를 쉽게 찾아낼 수 있다.

아버지의 죽음은 자살이고, 자살은 비극이다. 그렇다면 한 생을 비극으로 이끌도록 유도한 인물은 누구인가. 한 인간의 죽음이 누구의 잘못으로 일어난 일이고, 그 일에 대한 책임을 누구에게 물을 수 있을 것인가. 그리고 아버지는 무엇을 잘못했는가.

죽음의 당사자인 아버지는 잘못이 없다. 그런데도 죽음을 택한 아버지는 자신의 운명이 그럴 것이라고 받아들인 것으로밖에 해석할 길이 없다. 아버지는 신탁에 의해 운명이 정해진 오이디푸스의 전철을 밟은 것이리라. 「물마루」에서 아버지는 자신의 잘못은 없지만 손자의 자폐가 자신의 몹쓸 유전자를 물려받았다고 여겨 죽음을 택한 것이다. 작가가 작품 속에서 화자의 입을 빌려 자연친화적으로 묘사했던 아버지는 사실상 자폐였다.

제 손을 물어뜯거나 꼬집어 피를 내거나 하는 아이는 낯선 세상을 받아들일 준비가 되어있지 않았다. 종주가 그럴 때마다 속상했던 아내는 아버지를 들먹이며 내게 책임을 전가시켰다. 제 할아버지의 몹쓸 유전자를 받아서 그렇다고 우겼다.

여기서 작가는 독자에게 질문을 던진다. 우리가 알고 있는 가족 구성원이 따뜻하고 평화스럽기만 하더냐고 말이다. 가족의 전형성은 결코 겉으로 보이는 게 다가 아니라는 것을 작가는 말하고 싶은 것이다. 「물마루」에서 외형적으로 보여주는 할아버지의 아버지에 대한 사랑, 아버지의 나에 대한 사랑, 이것이 바로 '빗나간 사랑'의 실체이다. 작가는 부모 자식 간의 엄숙미에 대한 사랑을 역설적으로 '빗나간 사랑'이라고 우회적으로 표현하고 있다. '빗나간 사랑'에 대한 알레고리는 비극을 통해 정신의 승화를 염원하는 작가의 치밀하고 전략적인 구도에서 나온 재현이다. 영혼이 정화되는 카타르시스는 인간이 느끼는 숭고 중에서 가장 큰 것으로 「물마루」는 비극의 숭고미가 재현되는 이 지점에서 화해의 장이 펼쳐지고 있다.

「제가 그 둘쨉니다」는 위의 소설과 주제 면에서 맞닿아 있다. 이미 죽은 가족으로 인해 남은 가족끼리 불화를 겪는 설정도 같다. 두 작품 모두 가족의 죽음을 애도하는 방식에서 대립하다가 결국 화해의 장으로 나아가는 플롯을 취하고 있다. 그렇지만 소설을 진행하는 서술 방식에서는 큰 차이가 있다. 작가는 이 작품에서는 결코 기교를 부리지 않는다. 우리 이웃의 이야기처럼 담담하게 일상을 그려나간다. 결손 가정이라는 점을 제외하면 여느 가족과 다를 바가 없다. 인물들의 기본적인 사고관도 이와 무관하지 않게 지극히 평범하다. 화자인 내가 엄마에게 아쉬운 것은 관심을 보여주지 않는다는 점이다. 내가 끊임없이 엄마의 관심을 끌려는 것은 가족이라는 집단에서 엄마라는 위치를 인정하고 존중하겠다는 의지이다.

「제가 그 둘쨉니다」는 장어 음식점을 하는 엄마가 내 눈에는 자식은 관심도 없고 돈밖에 모르는 타인처럼 보인다. 나는 자연스레 폭력적이고 문제 학생으로 자란다. 중학교 3학년인 나는 담배를 피우고 아이들에게 삥땅을 뜯으며 본드를 한다. 내가 이러는 건 엄마의 관심을 끌기 위해서지만 엄마에게 그것을 기대하기는 어렵다. 나의 일탈은 결국 본드 과잉 흡입으로 사경을 헤매는 지경에까지 이른다.

실업계고등학교를 가겠다는 건 엄마의 관심을 끌려는 술수였다. 그러면 엄마가 화를 낼줄 알았다. 화가 난 엄마가 훈계를 시작하면 지금부터라도 노력해서 엄마가 원하는 아들이 되겠노라며 화해를 시도하려고 했다. 엄마가 반응하는 정도에 따라 눈물도 조금 흘렸을지 몰랐다. 그런 다음 가슴깊이 묻어두었던 말을 응석부리듯 꺼내놓으려고 했다.

위의 독백에서 짐작할 수 있듯이 나는 가슴에 묻어두었던 어떤 이야기를 엄마와 진지하게 공유하고 싶다. 그런 내 계획이 엄마에 의해 또 무참히 짓밟힌다. 이제 나는 걷잡을 수 없는 방황으로 본드를 흡입하기 시작한다. 화자가 엄마에게 반항하는 차원이라면 굳이 본드까지 할 필요가 있을까. 언뜻 보면 사춘기

소년이 엄마의 사랑을 요구하는 어리광으로 비출 수 있지만 분명 무언가가 있다.

  기식이 녀석이 얼마 전 학원 앞 아파트 공원에서 본드를 하다가 경찰에게 걸렸다. 명지 그년이 토하고 지랄하는 바람에 주민들이 신고를 한 것이다. 그때 경찰이 조서를 꾸미면서 기식이 면전에다 본드를 들이대고는 '지금이 어떤 시댄데 쯧쯧, 시대에 뒤쳐져도 한참을 뒤떨어지는 애송이들아, 담배보다 싸고 구하기도 쉬웠냐.'하면서 머리를 쥐어박았다고 했다. 경찰서에서 나온 기식이 곧바로 나를 불러내어 마약한 혐의를 받은 것보다 본드를 하다가 걸린 게 더 쪽팔렸다며 씩씩댔다. 하지만 나는 기식과 달리 본드가 아닌 다른 것에는 애초에 관심도 없었다.

  이 대목에서 화자는 기식의 사건을 보여주면서 자신에게는 다른 마약류가 아닌 본드여야만 하는 필연적인 이유가 있다는 것을 내비치고 있다. 이제 더는 엄마의 관심을 기대할 수 없는 지경에 이른 화자는 엄마에게 직접적으로 시비를 건다. 요즘 누구를 만나느라 가게 문을 닫느냐고 말이다. 이에 '둘째 너는 몰라도 된'다고 대답한 엄마에게 나는 불같이 화를 낸다.

  둘째 좋아하시네, 아직도 내가 둘째야?
  그래서 그런 놈을 돌봐주러 다닌 거야, 죽어가니까 불쌍해서? 그렇게 얻어터지고도 챙길 맘이 나냐고?

　그럼 우리 형은?

　여기 엄마에 대한 반박에서 화자는 나에게 형이 있다는 것을
우회적으로 밝히면서 죽어가는 아버지를 돌봐주는 엄마를 공박
한다. 아버지를 '그런 놈'이라고 표현하는 화자는 현재 부친살해
의식에 사로잡혀 있다는 걸 알 수 있다. 이어지는 '그럼 우리 형
은?'이라는 나의 절규에서 독자들은 형의 부재 원인이 아버지
와 관련되었을 거라는 사실을 어렵지 않게 유추하게 된다. 이제
화자는 그동안 가슴에 담아두었던 말을 엄마와 다투면서 툭 내
뱉은 카타르시스로 인해 자신의 일상을 점검해볼 여력이 생긴
다. 그렇게 방안을 둘러보다가 문득 빨간 동그라미로 표시된 달
력날짜를 발견하지만 무시한다. 어젯밤 엄마가 아무 말을 하지
않았기 때문에 무시해버린 그날은 화자에게 매우 중요한 날이
다. 그럼에도 작가가 그날을 부각시키지 않고 스리슬쩍 다음으
로 넘긴 것은 극적 효과를 위한 노림수로 볼 수 있다. 나는 갑자
기 순대국밥이 생각나서 형하고 자주 가던 재래시장에 있는 순
이네 순댓국밥집을 찾아 나선다.

　아주머니가 고개를 갸웃거리고 나와 조심스레 말한다.

　혹시, 장어집 쪼그만 하던 둘째?

제가 그 둘쨉니다.

몰라보게 컸다 야. 세상에나 같이 국밥 먹던 생각이 나서 왔나보네.

네?

그렇잖아도 아까 그날 얘길 했단다. 그날 말야, 니 엄마가 요 옆 야채 가게에서 시장 보다가 연락을 받았잖니.

네? 아, 예! 순대랑 국밥이랑 포장해주세요.

순이네 아주머니와의 대화에서 작품집의 제목이자 이 단편의 제목이기도 한 '제가 그 둘쨉니다'가 화자인 나를 통해 발화된다. 어젯밤 엄마에게 '아직도 내가 둘째야?'라고 반박했던 화자가 아무런 거부감 없이 '제가 그 둘쨉니다'라고 인정한 것이다. 화자의 심경에 변화라도 생긴 걸까. 순이네 아주머니가 말한 그날 얘기가 무엇인지 아직은 알 수 없지만 화자의 시선을 따라가 보면 곧 알게 될 터다. 그렇게 집으로 돌아온 나는 어떤 의식과도 같은 상차림을 한 뒤 형과 마주 앉아 술을 마신다. 술에 취해 바닥이 잡아챈 듯 꼬꾸라진 나는 본드를 짜 넣은 검은 봉지에 코를 박고 닫혀있는 형 방을 노려본다. 그리고 다그치듯 형에게 묻는다.

왜 그랬어, 왜?

실수가 아니라고, 세상 좆같아서 끝내버린 거라고 말하란 말야.

화자가 그동안 가슴에 묻어둔 것은 본드를 과다 흡입하고 죽은 형에 대한 이야기였음이 밝혀지는 대목이다. 화자가 형에게 다그치는 말, 그러니까 자살에 의한 죽음과 실수로 인한 죽음에는 어떤 차이가 있기에 그러는지 알 수 없다. 이 단편 역시 「물마루」처럼 끝내는 가족끼리 죽음에 대한 애도방식의 차이를 인정하면서 화해국면을 맞지만 여전히 석연치 않은 점이 있다. 왜 나는 형의 죽음을 자살이라고 우기는 걸까?

잉가르덴에 따르면 문학작품에는 극도로 이해하기 복잡한 작가의 의식작용을 거쳐 나온 산물로 미결정 부분을 지니고 있다. 따라서 텍스트의 미결정 부분을 메워야만 작가가 의도한 작품의 의미를 제대로 파악할 수 있게 된다. 이를 위해 독자는 텍스트의 '내재적 읽기'를 통해 빈틈을 구체화시킬 필요가 있다. 작가라는 의식 주체자가 의도하고 쓴 텍스트의 모든 문장에는 지향성이 담겨져 있기 때문에 가능하다. 이렇게 구체화하는 과정에서 소설 특유의 문학성에 의한 해석의 혼란과 모호성을 해명할 수 있다. 작가의 문체와 형식 그리고 인물의 내면의식의 흐름 등을 면밀히 검토하여 미결정 부분들을 구체화시킬 때라야 비로소 작품의 미적가치를 성취할 수 있다.

지금부터 필자는 텍스트 속 화자 의식의 흐름을 추적하여 내가 왜 형의 죽음을 실수가 아닌 자살로 만들려 하는지 그 미결정 지점을 메워보려 한다.

현재의 나는 이 년 전 형이 떠난 그날 일을 영상을 돌린 듯 온전히 다 기억하고 있다.

열린 문 사이로 검정 비닐봉투를 뒤집어쓴 채 웅크리고 있는 형이 보였다. 형 머리맡에는 정액이 묻은 휴지와 공업용 본드 두 개가 흐트러져 있었다. 형이 쓰고 있던 검정 비닐봉지를 벗겨냈을 때 형은 편안히 잠든 모습이었다. 역류한 누런 위액이 말라붙어 있는 형의 입을 닦아주고 깨끗하게 방을 치웠다 . 그리고 형을 반듯하게 눕히고는 119에 전화를 걸었다.

그날 내가 형의 뒷마무리를 깨끗이 한 뒤 119에 전화를 건 것은 형의 죽음을 은폐하기 위해서다. 본드를 하다가 실수로 죽은 게 아니라 자살한 것처럼 위장한 것이다. 그럼에도 형의 사인은 본드 과다 흡입으로 판명이 나고 만다. 화자가 다른 마약류가 아닌 본드를 고집하고 직접 본드를 마시면서 형의 죽음을 캐내려한 결과 형의 사인이 본드 과다흡입에 의한 실수라는 것을 인정할 수밖에 없게 되면서 흐느낀다.

때로 반쯤 정신을 잃은 적은 있지만 이렇듯 가슴 통증을 크게 느끼는 건 처음이다. 나는 몸을 돌려 천천히 숨을 들이마신다. 찬바람이 목구멍을 타고 허파로 들어간다. 헛구역질과 함께 쓴물이 올라온다. '사인, 본드 과다 흡입', 이렇게 실수로 죽을 수도 있겠구나. 나는 팔을 대자로 뻗고 흐느낀다.

그럼에도 나는 끝까지 엄마에게 형의 죽음을 자살이라고 우긴다. 왜 그런 걸까. 그것은 형의 짧은 인생을 미완으로 남기고 싶지 않아서다. 바로 형에 대한 애도로, 실수가 아닌 자발적 죽음으로 승화시켜 형의 죽음을 정당화시키고 싶은 것이다. 또 한 생의 완성으로써의 종결인 형의 죽음을 실수로 얼룩지게 만들고 싶지 않은 일념도 작용했을 것이다. 그런 마음으로 형의 죽음을 자살로 은폐했지만 실수로 판명되고 엄마까지 형의 죽음을 그냥 뒈진 거라고 하니 미치고 환장할 노릇이 아닌가. 그것에 대한 반항으로 문제 학생을 자처하며 엄마의 관심을 끌어보려 했지만 허사였다. 급기야 나는 극단적인 상황에 이르러서야 엄마가 형을 위해 반윤리적인 짓을 서슴지 않았다는 사실을 알게 된다. 자신을 닮지 않아 남의 자식처럼 대하는 아버지로부터 형을 보호하기 위해 엄마는 수면제를 탄 술을 먹여 아버지를 재우는 일을 반복해 결국 백치가 되어 사경을 해매다 죽게 한 것이다. 이런 사실을 알아버린 나는 엄마에 대한 미안함과 고마움으로 본드 과다흡입으로 죽은 형처럼 되려는 찰나 화들짝 정신이 깨난다.

엄마, 나야 나, 엄마 아들 둘째라고!

　모든 것을 뉘우치고 이제부터 엄마의 둘째 아들로 잘 살아가
겠다는 후회 섞인 저 말을 한 내 눈에서 눈물이 흐른다. 그리
고 바라본 엄마 모습은 '염주를 돌리며 달싹거리는 엄마 입술
이 분필을 칠해놓은 것처럼 하얗다.' 묵직한 울림으로 가슴팍에
서부터 올라온 뜨거운 것이 눈물로 떨어져 내린다. 이때 또 내
입에서 '시발. 왜 자꾸 눈물이 나는거야. 쪽팔리게'라는 말이 흘
러나온다.
　임펙트 있게 끝나고 있는 저 소설의 마지막 장면은 이 작품의
백미다. 사춘기의 반항적 기질을 일관성 있게 유지하면서 독자
들에게 묵직한 감동을 주는 나, 앞으로의 행보가 기대된다. 이
렇듯 작가가 해체될 위기에 처한 가족을 다시 일으켜 세우면서
소설을 끝내는 것은 휴머니즘에 입각한 그의 마음 언저리가 따
스하다는 방증일 것이다.

　문학은 감동의 예술이고, 감동은 균형미에서 비롯된다. 문학
이 가지고 있는 고유한 특성 중의 하나가 아름다움에 대한 추구
이다. 고대 그리스 문학에서 숭고한 감동을 느끼는 것은 문학을
통한 미적 체험 때문이다. 문학이 허구의 세계를 다룸에도 아름
다움을 향유할 수 있는 것은 세계를 진실되게 보여준다는 점에

서다. 그런 면에서 육삼 이혜경의 「블랙아웃」은 작가로서 문학관의 절정을 보여주는 작품이다. 문학만이 가지고 있는 언어 예술의 특징을 잘 드러내주고 있는 이 작품은 너무나 냉소적이어서 섬뜩하기까지 하다. 이 작품 역시 죽음과 관련되어 있는데, 앞선 작품들과는 사뭇 다른 분위기를 띠고 있다. 작품을 구체적으로 살펴보기로 한다.

「블랙아웃」은 사법시험에 합격한 내가 남자 친구의 어머니에게 파혼통보를 받는것으로부터 시작된다. 그 이유를 정확히 알수 없지만 부모가 돌아가셨다는 말끝에 연락을 받은 것이다. 부모에 대한 트라우마가 있었던 나는 그 일로 인해 급격하게 심리적 불안 상태에 빠져들어 아빠를 찾아간다. 내 기억에서 싹둑잘라 망각의 주머니에 넣어 밀봉시켰던 부모의 사건이 다시 의식의 수면 위로 떠오른 것이다.

아빠를 떠올리면 고통이 먼저 찾아왔다. 무언가를 하지 않으면 불안해서 견딜 수가 없었다. 불안감을 떨치려고 앞만 생각하고 지내온 시간들이었다. 늘 초조하고 불안해서 얇은 잠에서조차 가위에 눌렸다. 아빠의 사건은 늘 진행 중에 있었다. 비슷한 사건이 발생할 때마다 아빠의 불씨는 살아서 꿈틀거렸다. 잊힐 만하면 되살아나는 아빠의 망령에 시달렸다. 살아있는 채로 망령이 된 아빠에게서 도망치려면 한 가지 방법밖에 없었다. 가슴에서 아빠를 지우는 일이었다.

파혼통보를 받은 즉시 내가 7년째 복역 중인 아버지를 찾아 나선 것은 잃어버린 욕망에 대한 타자화의 시도이다. 내 불행의 원인을 아버지에게서 찾으려는 행동에 다름아니다. 그래서 미안하다는 아버지의 말에 거침없이 "그렇게 미안하면 죽든가." 라고 매정하게 쏴붙일 수 있는 것이다. 그렇게 아버지를 면회하고 돌아와서 택시 기사와 경찰서에서 난동을 부리는데 그 실체는 내 무의식 속 페르소나의 속삭임 때문이다. 숨어있던 자아의 어두운 면이 결혼이라는 사회적 제도와 교행하면서 역기능을 나타낸 것이다. 이러한 무의식이 주체의 행동을 결정짓게 하는 틀로서 작동하면서 나의 삶 자체가 바뀌어버린다.

　라캉의 말처럼 억압을 통해 생겨나는 무의식은 언어처럼 구조화되어 있다. 나를 억압하는 근원은 가족이다. 가족은 구성원에게 특정한 역할을 부여한다. 개인의 성격은 역할 수행과 관련되어 규정된다. 무의식은 가족 내에서 자신의 위치를 확인하고 집단의 규정에 반응하면서 틀을 잡아간다. 「블랙아웃」에서 부모의 불화로 인해 아빠가 엄마를 죽이는 사건이 일어나고 결국 나와 동생의 삶을 파탄으로 몰아간 가족은 나에게 상처와 죄의식이라는 무의식을 형성한다. 이러한 억압의 방어기제가 남자 친구와 그의 어머니와의 관계에서도 병렬식으로 발생한다. 그의 어머니의 사회적 욕망이 그를 문화적 이데올로기에 빠지도록 만들었고 그것은 곧 나에게로 직접적인 영향을 미친다.

감옥에 있던 아버지의 자살, 그것은 내 파우치에 들어 있던 미용가위였다. 내가 사식 속에 그것을 넣었는지조차 나는 기억하지 못한다. 나의 무의식에 자리한 인간에 대한 불신이 현실에서 어떻게 나를 파멸시키는지의 여과장치는 마련하지 못했다. 내가 알고 있는 세계는 결국 가치나 진리가 아닌 나의 무의식이 만들어낸 사회적 이데올로기였음을 간과한 것이다.

작가는 여기서 독자에게 첫 번째 질문을 던진다. 아버지는 왜 자살을 택할 수밖에 없었는가. 프로이트에 의하면 인간에게는 생물학적으로 죽음충동이 있다. 타나토스는 삶에 대한 두려움이 위험에 대한 두려움으로 나타나고 이 논리가 극단화되면 자살로 이어진다. 자신의 삶을 잃은 데에 대한 극도의 두려움에서 죽음이 유일한 탈출구가 된다. 처음으로 면회 온 딸에게 미안함을 감추지 못했던 아버지에게 돌아온 딸의 대답은 죽으라는 것이었다.

미안하다 주은아.
그렇게 미안하면 죽든가.

그렇다면 나는 왜 아버지에게 죽으라고 했던 걸까. 물론 복합적인 원인이 작용했을 테지만 가장 핵심적인 요인은 오만이다. 내 삶의 상실과 결여의 책임을 타자인 아버지에게 전가시키려는 무책임한 행태이다. 스스로 만든 이데올로기의 속박에서 벗어나기 위한 타자화는 오만의 결과물이다. 더욱 문제적인 것은 내가 그 사실을 알고 있었다는 점이다. 오만으로 방어기제가 무너진 무의식은 나의 탐욕을 숙주로 의식의 통제를 불가능하게 만들고 만다. '욕망은 언제나 타자의 욕망'이라는 라캉의 주장이 설득력을 얻는 장면이다.

그의 어머니에게 좋은 값으로 팔려가는 상품도 아닌데 왜 나는 죽은 자처럼 입을 다물었을까. 나도 모를 속물적 기대심리가 있었던 건 아닐까.

이제 작가의 두 번째 질문이다. 그렇다면 아버지를 죽음으로 내 몬 책임은 누구에게 있는가. 그것은 사회 인식의 그릇된 변종으로 볼 수 있지 않을까. 특정한 시대를 지배하는 이데올로기라고 할 수 있을 것이다. 이데올로기는 하나의 신념 체계로 문화적 조건화의 산물이다. 여기에서 그릇된 변종은 가족이든 사회든 우리가 실재하는 곳에서 만들어가는 억압적 이데올로기의 하나로 볼 수 있다. 이러한 억압적 이데올로기에 지배를 당하면 사회를 제대로 파악하지 못하게 만들며 세상을 올바르게 이해하는 능력이 마비된다. 억압적 이데올로기가 결국 우리를 지배하는 권력체계에 끊임없이 굴복하게 만들어버린다. 그렇다면 결국 아버지를 죽인 것은 나일 수도 있고, 그일 수도 있고, 그의 어머니일 수도 있지만 최종적인 책임을 물으라고 한다면 가족이 만들어낸 이데올로기를 범인으로 꼽아야 하지 않을까. 가정이라는 기초 집단의 파탄은 그릇된 이데올로기의 폐해를 낳고, 이는 결국 인간의 오만과 탐욕을 부르면서 개인의 정체성을 파멸로 이끈다.

작가는 이 작품에서는 어떤 의미망도 구축하지 않는다. 이런 이유로 쉽게 읽히는 소설이지만 막상 덮고 나면 무엇인가 꺼림칙하다. 그것 때문에 한참동안 이 작품의 그늘에서 벗어나지 못한다. 그 이유는 몇 가지가 있을 수 있겠지만 첫째 이유가 속이거나 숨기거나 하지 않고 삶 자체를 민낯 그대로 드러내기 때문에 독자들은 읽기에 부담을 느낀다. 무엇이든 감추고, 계산하고, 머리를 굴리는 현대인들에게 이 작품은 맞지가 않을지도 모른다. 일종의 작가의 노림수라고 볼 수 있다. 아닌 척하면서 모든것을 깡그리 드러내는 작가의 대담성이 자연스레 돋보이도록 만든다. 작품에서 이러한 주제는 인간 본질에 대한 근본적인 이해가 뒷받침되지 않고서는 다루기 어려운 부분이다. 그만큼 작가의 삶에 대한 천착이 작품 속에서 부각되었다고 할 수 있다.

소설은 자기 고백의 예술이다. 삶의 깊이를 속속들이 들여다보지 않고서는 존재의 근원을 탐구한다는 것은 불가능하다. 육삼 이혜경 작가의 첫 작품집 『제가 그 둘쨉니다』는 이러한 존재

문제에 대한 자각의 축적물이다. 꾸미지도 않고 날것 그대로의 속살을 그대로 담담하게 보여주면서 우리에게 삶의 이면과 잊혔던 의식 저편의 본질을 선명하게 제시한다. 이를 통해 작가로서 나아가야 할 방향을 설정하고 탐색로를 설계하는 것이다. 이런 차원에서 본다면 작가의 작품은 별도의 해설이 필요 없는지도 모른다. 육삼 이혜경 작가의 소설은 날것일 때 그 의미가 더욱 빛나기 때문이다.

제가 그 둘쨉니다

육삼 이혜경 등단 10년 소설집

초판 1쇄 발행 2017년 8월 31일

지은이 이혜경
펴낸이 홍남권
펴낸곳 온하루

출판사 등록번호 제466-2014-000030호
출판사 주소 전주시 덕진구 무삼지2길 10- 3
tel 063-225-6949 | 010-7376-8430
e-mail nnghong@naver.com
ISBN 979-11-959354-6-8

＊ 이 도서의 국립중앙도서관 출판예정도서목록(CIP)은 서지정보유통지원시스템 홈페이지
 (http://seoji.nl.go.kr)와 국가자료공동목록시스템(http://www.nl.go.kr/kolisnet)에서
 이용하실 수 있습니다.(CIP제어번호: CIP2017020075)